本书为国家社会科学基金项目
“新中国70年少数民族民间文学学术史研究”
（项目编号：20BZW190）的阶段性成果。

重述经典

中国“十七年”电影改编研究

张歆 ◎著

中国戏剧出版社
CHINA THEATRE PRESS

图书在版编目（CIP）数据

重述经典 ：中国“十七年”电影改编研究 / 张歆著．
— 北京：中国戏剧出版社，2022.12（2024.1 重印）
ISBN 978-7-104-05298-2

Ⅰ．①重… Ⅱ．①张… Ⅲ．①电影改编－研究－中国
Ⅳ．① I207.351

中国版本图书馆 CIP 数据核字（2022）第 217740 号

重述经典——中国“十七年”电影改编研究

责任编辑：张　霞
责任印制：冯志强

出版发行：中国戏剧出版社
出 版 人：樊国宾
社　　址：北京市西城区天宁寺前街 2 号国家音乐产业基地 L 座
邮　　编：100055
网　　址：www.theatrebook.cn
电　　话：010-63385980（总编室）　010-63381560（发行部）
传　　真：010-63381560

读者服务：010-63381560
邮购地址：北京市西城区天宁寺前街 2 号国家音乐产业基地 L 座

印　　刷：北京九州迅驰传媒文化有限公司
开　　本：880mm×1230mm　1/32
印　　张：8.5
字　　数：190 千字
版　　次：2022 年 12 月　北京第 1 版
印　　次：2024 年 1 月　北京第 2 次印刷
书　　号：ISBN 978-7-104-05298-2
定　　价：88.00 元

序

今年春天，张歆告诉我她近期要完成一本著作，内容是有关1949—1966年电影改编的问题。我当时很惊讶，虽然她的博士论文写的是新中国少数民族文学史，但是完成一本电影改编的专著也不容易。当我拿到她的著作时，非常感动年轻学者的勤奋，她在教书之余还写了二十余万字的专著，实属难得。感动之余，与张歆相识的影像在我脑海中循环播放。我认识张歆是她读博士一年级的时候。具体时间不记得了，似乎是一次我参加中央民族大学少数民族文学专业钟进文和杨春教授的硕士研究生的答辩，答辩结束，出电梯的时候，钟教授介绍了他新招收的博士生，其中之一就是张歆。虽然相识的桥段记忆不清，相识于偶然，但我们之间交往却持续了下来。最初的相识，并未留下什么印象，但有一次因为找一本书，在太上共享资料群里，我发出了求书信息，张歆私信发给了我需要的书籍。之后，好像养成了习惯似的，有啥需要的资料，我首先就求助于她。她每次都会费尽力气到处帮忙查找，包括到图书馆复印、扫描。在资料查找、交换的过程中，发现我们都很关注新中国初期（1949—1966年）这一段文学史，只是她关注作家作品，尤其是少数民族文学作品的电影改编，而我当时在研的国家社会科学基金项目“国家话语与民间文学的理论建构（1949—1966）”正是对这一时期民间文学研究的梳理，所以我们之间有了更多交集，这恐怕也是我们之间交往越来越紧密的缘由吧。

在当代文学史的梳理中，1949—1966年的资料耙梳、理论阐述都比较成熟，但对这一时期少数民族文学与民间文学学术史的梳理并不多。而我们两人恰恰各自关注其中一个领域。我当时申请课题的时候，就已经意识到对这一时期民间文学梳理无法越过少数民族文学，但由于自己并非文学出身，总是发怵去碰作家文学研究，潜意识总是想避开这一部分。与张歆结识后，她经常给我提供自己看到的材料，包括当时的作品、电影等，见面的时候，她经常都是拿着移动硬盘，里面经常存放着大量的文本、影视资料。同时，我也给她灌输民间文学的研究理念。当时我给她说到萧甘牛、《一幅壮锦》，也跟她聊到义和团故事的搜集等，以及当时在云南、广西民间文学搜集工作，这些后来在她这本书中都有体现，她专章论述了“‘民间’向度与影像越界”，在这一章中，她结合当时文学影视对民间文艺资源的利用与转化阐述了“影像重述”与走向民间的动画电影。她在论述中当然还有一些不成熟与不自恰之处，但是她涵括民间与作家的视野，无论是对少数民族文学还是民间文学都是一个拓展。特别引起我兴趣的是，她对《渔童》的论述，她跳出了就作品阐释作品的范式，而是结合搜集整理者张士杰及20世纪五六十年代民间文学搜集整理思想、新的人民文艺方向等统合论述，这样她所呈现的《渔童》影像建构、文化表述就凸显了整体性，而不是碎片化或个案表达。我记得她当时在“孔夫子”上购买了义和团故事资料，同时也邮寄给我，我们在共享资料的同时，也听她讲述自己对《渔童》这部影片的“新认知”。这次阅读书稿，我觉得她在最初思考的基础上又前进了一步，她关注到电影改编中对皮影戏、民间歌谣、民间故事等不同文类的跨越与兼容，尤其是她改变了之前从“大概念”“理论”出发论述的“毛病”，而是着眼于文本细读与样例分析，从研究对象出发将历史记忆、口头诗学等理论内化到自己的论述中。对于作家文学这块我不敢妄作评论，但看完她对《柳堡的故事》《李双双小传》的阐释，脉络清晰，可读性强，《柳堡的故事》的导演、影片中的角色对话跃然纸上，形象生动，同时她又对当时文学、影视作品中的爱情、革命、乡村话语的结合表达了自己的独到见解，当然如果她能将其与当下文学领域对农村题材叙事的讨论结合起来就更好了。

任何事情都不是一蹴而就的，尽管这本书不能说是完美无纰漏（我觉得如果一点问题都没有的研究，可能也就是画上了句号），但恰是“不完美”才给了著者和其他研究者更多讨论的空间。我也希望张歆能在这一领域继续深耕，取得更丰硕的成果。

毛巧晖

写于望京西园二区

2022 年 7 月 20 日

目 录

contents

绪　论
早期电影改编理念与实践

文学和电影是两种截然不同的传播媒介，文学在具体的阅读行为中“作为集体记忆的媒介”[①]，而电影则以视觉为出发点，代表着一种迥然不同的经验形态，一种不同的理解世界的方式。文学与电影的结合，是20世纪世界文化史上“最重要的一次偶然”，这一结合蕴含了巨大的潜能。1927年，有声片的出现，意味着电影作为具有相对时空结构的视觉媒介，获得了声音，成为新的视听艺术。电影在其能指系统的层面上，获得了接替，进而取代了小说叙事的物质基础。[②]电影作为最通俗的大众文化样式，在社会功能和文化消费层面上成为世俗神话的载体，而电影改编很快成为一个重要的议题。

---

① ［德］阿斯特莉特·埃尔：《文学作为集体记忆的媒介》，引自［德］阿斯特莉特·埃尔、冯亚琳主编：《文化记忆理论读本》，北京大学出版社2012年版，第227页。

② 相关表述参见［美］罗伯特·斯塔姆、亚历桑德拉·雷恩格编著：《文学和电影：电影改编理论与实践指南》，北京大学出版社2005年版，第2页。

一、“影戏”传统与电影艺术理论的杂糅

19世纪和20世纪之交，随着西方民族主义思潮、大众文化理论等进入中国，西方所称“活动摄影”这一大众娱乐样式在民众间得以传播。1881年，《格致汇编》第4卷第10期刊载《影戏灯》：“影戏灯者，西国之戏具也，能将画影射于墙壁或屏帷之上，放大若干倍。使人观之怡神悦目，故此名也。”此时影戏灯所用之影片有两种，分为“画者”与“照者”。其画者乃“将物体彩画于玻璃片上或天文或地理或人物花草或鸟兽鱼虫或山川屋宇或城塔楼台”“古今名人俱可影照彩饰以作戏观”。

1905年戏曲电影《定军山》的拍摄，虽然只是对京剧表演片段的简单记录，但其作为中国电影的开山之作，拉开了中国电影的序幕。[①] 关于“影戏”之名称界定，较为详尽的是1928年大东书局出版的《电影讲义》，由周剑云、陈醉云及汪煦昌撰写，开篇“影戏概论”即谈道，“影戏是由扮演的戏剧而摄成的影片，不是画成的影片（讽刺或滑稽活动画 Animated Cartoon 又当别论）。故活动影画（Motion Picture 之直译）既长又失却重要的命意，似乎犯了生吞活剥的毛病；简洁了当，自以‘影戏’或‘电影’为定”。而较之“电影”，“影戏”之命名即可兼顾“动作与表情”

① 据丰泰照相馆照相师刘仲伦回忆，拍摄《定军山》时：“廊子下借着两根大红圆柱，挂上一块白色布幔。屋内成了谭老板临时起居的地方，他的跟班、琴师、敲锣鼓家伙的都来了。屋外、院子里，那架号称‘活动箱子’的摄影机摆在了前院后墙边。”参见三友：《中国第一部电影〈定军山〉诞生记》，《档案与社会》2013年第2期。

和“戏（Drama）之重要使命”，故取此名。[①]

在早期电影的呈现方式上，“戏”是叙事主体，而“影”则是完成叙事的手段[②]，在剧作上钟情于戏剧冲突、故事的有序化和艺术形象的完整性；镜头组合以类似“幕”和“场”的段落为基本单元。[③]受“影戏”传统的影响，中国电影在改编上也较为倚重情节性和叙事性。换句话说，对于故事的迷恋与讲述是电影作为叙事艺术难以割舍的情结。这种情结不仅与清末民初兴起的文明戏有关，还跟早期我国电影编导无“本”可循，只得借助戏剧经验来张扬电影审美功能的创作思想和文化心态密切相关。[④]

关于这一时期中国早期电影剧本匮乏的困境，从1927年上海良友图书公司出版的谢恩祈编写的《电影故事》中可见一斑。此书取材于最近十年来在中国所映外国电影“本事”，分为“历史类”“伦理类”“爱情类”“悲情类”“义侠类”“侦探类”“探险类”“战事类”“航空类”“歌剧类”“喜剧类”“影坛史类”“科学类”“墨水画类”等，汇编成册。此书之意义据编者自述为：

在中国电影，正在勃兴而任何公司都在感到缺乏剧本的今日，

① 周剑云、陈醉云、汪煦昌撰写：《电影讲义》，大东书局1928年版，第1页。

② 张晓琴、张哲玮：《“影戏观”下的家国理想：中国早期电影的理论拓荒》，《艺术评论》2021年第4期。

③ 张振华：《我国“影戏”传统及其文化嬗变》，《北京社会科学》1997年第2期。

④ 同上。

这一部书的出版，也许是有相当意义的，同时这里所收的四百件故事，对于一般爱好电影的士女们，也可以当它做一本可贵的纪念册。[①]

回顾中国早期的电影拍摄，并不需要今天常见的文学剧本，这主要基于当时的电影技术条件[②]和幕表制[③]的摄制方式。但“影戏剧本”问题已然引发时人之重视，如《电影杂志》[④] 1924 年第 1 期发表《中国影戏剧本的必要特点》[⑤]一文，提出“中国现时之影片事业上最缺乏者，为剧本”，剧本中最缺乏者为“中国式剧本”，所谓“中国式剧本”，为“表演中国民族之精神与社会之情况之剧

---

① 谢恩祈编:《电影故事》，上海良友图书公司 1927 年版，“序”。

② 我国早期的有声电影摄制是在蜡盘发声的技术基础之上开始尝试的。1930 年，上海联华公司出品的《野草闲花》开始了第一次发声的尝试。真正在业界和学界的共识中，被认定为我国第一部有声电影的是张石川导演、百代公司和明星公司联合录制的电影《歌女红牡丹》。当时《北洋画报》1931 年 5 月 30 日第 2 版刊载《听过歌女红牡丹之后》评价其为:“此片完全有声，对白，歌唱，音乐，无一不备，与西洋声片，无不同处，亦无不及处。”关于中国电影由“无声时代”向“有声纪元”的培养与嬗变参见唐子文:《技术、观念与文化：中国有声电影的早期历史掠影——基于〈北洋画报〉和〈申报〉1926—1937 年的十年记载》，《四川戏剧》2018 年第 6 期。

③ 编剧者往往只提供剧情梗概，甚至仅提供剧情提纲，拍摄时再由导演和演员即兴发挥。

④ 1924 年 5 月创刊于上海，月刊，每逢月初出版，由晨社发行，社址位于上海天津路 320 号晨社营业部，属于电影刊物。顾肯夫、朱瘦菊、程步高担任该刊编辑主任，主要撰述人有戈振公、毕倚虹、郑正秋、王钝根、周瘦鹃、徐卓呆等。该刊每册零售价为二角，预约全年一元五角。具体停刊时间和原因不详，馆藏 1924 年 5 月至 1925 年出版的 13 期内容。

⑤ 马二:《中国影戏剧本的必要特点》，《电影杂志》1924 年第 1 期。

本是也”。

在对“民族精神”的追求中，众学人围绕“旧小说”及“旧剧”的改编展开了讨论。如1927年，周素雅在《选小说为电影剧本》一文中谈及“小说”与“电影”在表面观之“截然不同”，“然而为表扬艺术宣传文化则一也”。《儿女英雄传》中“十三妹以一女子做此侠肝义胆之事，激昂豪爽足使一辈柔弱男儿愧煞”。这篇小说“在文字上已极尽生气虎虎之能事”，现于银幕之上，则更显其精神也。剧中描写安龙梅“纯孝老诚”“循规蹈矩”，活现一当时之书生本色。以这一人物凸显“我国国民性之一斑”“余如安学海之正直不阿，邓九公之刚锐英爽，靡不足以发挥我国之国民性”，而以龙梅“披肝胆带风霜”救护之节而论，此为以“绝好之道德影片”。①

当时也有学人认为“旧小说”改编为电影，实“不能表演一时代之精神”。但是旧小说“并非尽无可取者”，应当选取一部小说中“结晶之片段”，以为剧本，未必不受欢迎。②只要在改编中保证“分幕得当”“表演认真”“光线适度”“背景幽美”，就能够拍摄出好的电影。如《月宫宝盒》取材于《天方夜谭》，本为荒诞不经的故事，但是经过范朋克的表演就变得生动有趣了。③

除了关于“旧小说”改编电影问题的讨论之外，还有关于

① 周素雅：《选小说为电影剧本》，《友联特刊》1927年第3期。

② 道明：《电影剧本采取旧小说之我见》，《友联特刊》1927年第3期。

③ 顾慧仑：《旧小说与电影》，《上海》1927年第4期。

“旧剧改编电影”问题的讨论，如《旧剧改映电影之商権》[①] 一文中提到旧剧改映电影“事实陈腐”，若非名伶主演，恐亦无甚叫座能力。费穆在《中国旧剧的电影化问题》中提到中国剧，指纯艺术之剧而不限于所谓“京朝派”，犹之乎中国画：

中国画是意中之画，所谓“迁想妙得，旨微于言象之外”——画不是写生之画，而印象确是真实。用主观融洽于客体，神而明之，可有万变。有时满纸烟云，有时轻轻几笔，传出山水花鸟的神韵，却不斤斤于逼真。

中国剧的歌唱，说白，动作，与其戏剧的表现方法，完全包括在程式化的歌舞范畴之中，演员也绝非“现实”之人。观众必须在一片迷离状态中，认识旧剧在艺术上的“升华”作用，而求得其真实与趣味。[②]

因此，关于旧剧的改编，若依银幕演出，剧本改编是必要的事，但若依“古装”演出，又将失去改编的原意。“然而，果原封不动，搬上银幕。省事固省事。亦决非改编之原意，亦非改编所‘期待’者。”[③]

20 世纪 30 年代初期，左翼剧作家相继进入电影界，面对早期的中国电影“一方面由鸳鸯蝴蝶派在叫着哥哥妹妹，另一方面

① 华小可:《旧剧改映电影之商榷》,《影戏生活》1931 年第 49 期。

② 费穆:《中国旧剧的电影化问题》,《艺华画报》1940 年“三笑续集特刊”。

③ 清歌:《关于旧剧改编电影》,《三六九画报》1941 年第 6 期。

则由一般梦游思想者在编着飞檐走壁的英雄剑侠的故事”[①] 的现实，他们将社会问题引入探讨，为中国电影发展脱去了几层“影戏”的外壳，《三个摩登女性》《狂流》《城市之夜》《都会的早晨》《脂粉市场》等片的相继出现，推动了中国故事片的健康发展。《三个摩登女性》上映之后，“带给了我们一个典型的摩登女性”“这摩登女性并不是纯物质的享受者，也不是纯情感的追求者，而是明白事物的真理，认清当前的需要，能够自食其力的前进的姑娘”。[②] 在谈到《三个摩登女性》的剧本时，评论者指出：“制作者是万分聪明的，他在庞杂的社会局面上轻轻地提出三个不同性格、不同地位的女性来作描绘的对象，并且用了很有力量又俏皮的字幕（说明与对话）。这是有史以来的创举，尤其是 Montage 的接紧，伏贴有味的布局，十分 Dramatic。”[③]

伴随着左翼文艺运动的兴起，一些“新”文学作品被改编为电影，有论者对“小说是否都可以改编为电影剧本”的问题展开如下讨论：

小说描写布局的技巧，决不全和电影剧本相同，电影剧本虽可取材于小说，然而不在分幕上，用一番功夫，和小说一样的描写布局，直摄成一部影片，反而没有像小说一般精采（彩），因电影艺术，和小说的艺术，有很多不相同的地方，往往有许多影片的剧情，写成小说，却成为毫无意义。因为虽然是极平凡的剧情，如

① 子蕴：《从新兴电影说到穆时英的小说》，《艺风》1934 年第 1 期。

② 同上。

③ 田水：《〈三个摩登女性〉种种》，《联华周报》1932 年第 2 期。

果能在分幕上运用其技巧，就能使剧力增加，成为不平凡的影片。[①]

当时很多影片公司采用小说做剧本的原因第一是“电影剧本之缺乏，而写电影剧本的新作家，却又找不到出路（如某公司以征求剧本为名，而剽窃其题材剧情，及以三四十元之代价，购买一剧本）”；第二是“想借着已风行于世的小说，以资号召（据说还有一种原因，是为怕某报攻击，便采用某报所刊的小说作为剧本，使某报不能自打耳光，说它不好），可是事实告诉我们，以小说改作剧本的电影的成绩，却在那里”。

如茅盾的小说《春蚕》改编为电影之后，亦有人认为其“令人见了昏然欲睡”，而轰动一时的张恨水的小说《啼笑因缘》改编成电影之后，却也不能叫座，“大蚀其本”“从这里便可知道小说里的动人处、精彩处，决不是银幕上所能表现出来的”。[②]

此外，还有关于小说改编剧本的“著作权问题”。如上文所述《啼笑因缘》，“前经明星影片公司登报声明，向张君购得版权摄制电影”“于是凡关于电影或舞台剧之有名啼笑因缘者，动辄受明星公司之干涉，予以法律诉讼”，但大华电影社经理顾无为登报申明已向内政部领得《啼笑因缘》之电影剧本著作权之执照，并依据法律得享专有公映之权。“此项启事一出，顿时引起全沪电影戏剧两界之注意”。时人认为根据《著作权法》第一章第一条：“就乐谱剧本有著作权者并得专有公开演奏或排演之权。”而“张恨水所注

① 《电影剧本与小说》，《开麦拉》1932 年第 112 期。

② 灵犀：《论小说与电影剧本》，《社会日报》1934 年 5 月 27 日第 2 版。

册者为小说，并无可以演奏或排演之权明甚”。同法第二章第十九条规定：“就他人之著作阐发新理，或以原著作物或不同之技术制成美术品者得视为著作人享有著作权。”一经改编，即成为种类不同之剧本。“其剧本之著作权为改编人所有，原著人无权顾问。而改编人亦无征求原著人同意之必要也。”

> 此事一经辨明，明星公司方面，已大起恐慌。盖以前所为如控诉他人强制他人开演等行动，俱以注册为藉口，今社会已识破其注册者为小说而非剧本，其自身已失去法律根据。[①]

大概正因为以上争议的存在，所以当王乔南[②]有意将《阿Q正传》改编为电影《女人与面包》，写信征求鲁迅意见的时候，鲁迅在复信中表示：

> 我的意见，以为《阿Q正传》，实无改编剧本及电影的要素，因为一上舞台，将只剩了滑稽，而我之作此篇，实不以滑稽戏或哀怜为目的，其中情景，恐中国此刻的“明星”是无法表现的。[③]

数年以后，鲁迅在给沈西苓[④]的信中还表示：

---

① 剑啸：《啼笑因缘之剧本著作权 大华电影社与明星公司已起争执》，《北京画报》1931年第215期。

② 原名王林，河北河间人，时任北京陆军军医学校数学教师。

③ 鲁迅：《致王乔南（1930年10月13日）》，《鲁迅选集·书信卷》，徐文斗、徐苗青选注，山东文艺出版社1991年版，第139页。

④ 沈学诚（1904—1940），笔名沈叶沉、沈西苓，浙江德清人，戏剧电影工作者，当时在上海明星影片公司任导演。

> 左联初成立时，洪深先生曾谓要将《阿Q正传》编为电影，但事隔多年，约束当然不算数了。……《阿Q正传》的本意，我留心各种评论，觉得能了解者不多，搬上银幕以后，大约也未免隔膜，供人一笑，颇亦无聊，不如不作也。[①]

鲁迅这种对待改编的态度并非认为自己的作品有“不得改作剧本之类的高贵性质”[②]，而实在只是要求改编者充分考虑“电影的要素”，遵循电影艺术表现生活的特殊性，在改编文学作品上有谨慎的斟酌。[③] 此外，鲁迅翻译的《现代电影与有产阶级》[④]，撰写的《略论中国人的脸》[⑤]《上海文艺之一瞥》[⑥]《“连环图画”辩护》[⑦] 等文均对中国早期电影事业产生了较大影响。

20 世纪 40 年代，特别是抗日战争胜利之后，专为拍摄故事片编写的电影文学剧本日渐增多。这一时期，有学者关注到“究

---

① 鲁迅:《致沈西苓（1936 年 7 月 19 日）》,《鲁迅选集 · 书信卷》，徐文斗、徐苗青选注，山东文艺出版社 1991 年版，第 485 页。

② 鲁迅:《致王乔南（1930 年 10 月 13 日）》,《鲁迅选集 · 书信卷》，徐文斗、徐苗青选注，山东文艺出版社 1991 年版，第 139 页。

③ 王永生:《鲁迅电影观管窥》,《淮北媒师院学报》(社会科学版) 1987 年第 3 期。

④［日］宕崎 · 昶作:《现代电影与有产阶级》，鲁迅译,《萌芽月刊》1930 年第 3 期。

⑤ 鲁迅:《略论中国人的脸》,《莽原》1927 年第 21、22 期。

⑥ 鲁迅:《上海文艺之一瞥》,《文艺新闻》1931 年第 20、21 期。

⑦ 鲁迅:《“连环图画”辩护》,《文学月报》1932 年第 4 期。

竟谁该改编电影剧本”[①]的问题。“左翼”影评人鲁思[②]在文中谈到英国的剧作家萧伯纳（Bernard Shaw）为了反对影片公司随便改编他的原作（如《卖花女》（*Pygmalion*）与《女上校》（*Major Barbara*）等）搬上银幕，曾经写了一篇题为《谁应该写电影脚本》这样的文章，愤恨地说：

当电影制作者着手摄制什么场面的时候，他们总是寻找最好的摄影师中的最好摄影师；在他们需要录音的时候，他们也总设法邀请挺熟练的专家；但是对于编写现成文学作品的脚本，他们却把这种工作去责成当地的小职员，开电梯的，或者载货的马车夫去做。这种人受了文学作品中所包含的思想之“灵感”以后，便把文学作品的原作者底思想洗刷得一无存留。这样，电影制作者还美其名曰“文艺电影”。——我不赞成这种“电影侵略”！……

鲁思认为“萧氏”的理论“部分地是包含着真理”。比如，上了银幕的“曹禺底三部曲:《雷雨》《日出》和《森林恩仇记》”。别说丝毫嗅不到文艺气息，简直是“面目全非”！但是，鲁思也不全然认可萧氏“改编需由原作者来做”的理论，他以高尔基（Maxim Gorky）1930 年创作的电影脚本为例。谈到日本马上义太郎在《高尔基与电影》中记载：

---

① 鲁思:《究竟谁该改编电影剧本?》,《上海影坛》1943 年第 1 期。

② 1945 年，永祥印书馆出版鲁思所著的《电影知识》一书，作为“青年知识丛书”之一种，主要介绍电影的诞生、格雷雯斯与电影艺术、电影的表演、电影的化装、导演与摄影师、有声电影如何发音等专业知识。

这个电影脚本的题名已经不得而知，但其内容却又与高氏的舞台剧《夜店》的题材相仿佛的。他写他剧中的全人物如何受到新社会的建设之影响，而转变并欢迎着伟大的革命。

可是这个脚本没有被录用而电影化。问题即在于对“电影艺术的特殊性”的轻视。后来高氏自觉地发现了这种“谬误”，并于1935年7月16日在法国的名作家罗曼·罗兰（Romain Rolland）和苏联电影界的会见席上谈道：

我以为文学和电影的问题，双方面都有误解；不过，我们这方面的误解似乎较大一点。

据此，鲁思强调：一个仅仅“善于讲述艺术作品”的人，他对电影的特殊性（导演的手法、摄影的技术以及胶片的剪接等），没有一点儿基本概念的话，那他编制电影脚本，实在是件近乎盲干的冒险的事。只有富于“文学修养”的，而同时又熟悉电影之特殊性的人，才够资格。

纵观早期电影发展史，我国“第一代”电影人[①]出于自身固有的美学观念抑或商业考虑，认为电影与戏剧有着天然的联系。随着西方民族主义思潮、影视文化理论的传入，电影艺术理论为时人所关注。如郑心南译《电影艺术》[②]、黄子布和席耐芳编译《电影

① 如张石川、郑正秋、侯曜、邵醉翁等。

② ［美］里斯加波拉、［日］川添利基：《电影艺术》，郑心南译述，商务印书馆1926年版。

导演论、电影脚本论》①、殷作桢著《电影艺术》②、洪深著《电影术语词典》③、贝仲圭译《电影鉴赏法 一册》④、王平陵编著《电影文学论》⑤、徐公美著《电影发达史》⑥、徐傅霖著《电影放映法》⑦等。当然此时对于"蒙太奇"等电影理念的接受，还是深受中国"影戏"传统影响的。

这一时期的电影改编实践在"内容"与"形式"上都与中国"影戏"传统发生着"割裂"，不仅是内容上从传统戏曲和说唱艺术转向了文学著作，形式上也倾向于追求剧情及布景的细腻，注重"分场分幕镜头的画面美感"，讲究光影造型等。

二、"通俗"与"大众"：电影改编问题的相关讨论

20 世纪 20 年代中后期，"在政治经济社会状势激变的湍流"之中，"两大潮流的对立"⑧影响着通俗文学、大众文学与民众之间的"距离"。"电影改编"中"人物描写""剧情叙述""视觉呈现"诸问题受到空前的关注。

---

①［苏］普特符金：《电影导演论、电影脚本论》，黄子布、席耐芳编译，晨报社 1933 年版。

② 殷作桢：《电影艺术》，中国文化书局 1934 年版。

③ 洪深：《电影术语词典》，上海天马书店 1935 年版。

④［美］Edgar Dale：《电影鉴赏法 一册》，贝仲圭译，商务印书馆 1935 年版。

⑤ 王平陵编著：《电影文学论》，商务印书馆 1938 年版。

⑥ 徐公美：《电影发达史》，商务印书馆 1938 年版。

⑦ 徐傅霖：《电影放映法》，商务印书馆 1938 年版。

⑧《一九三一年之回顾》，《文艺新闻》1931 年第 41 期。

1926年，《良友》杂志刊载《国产电影取材名小说之先声》[①]一文，谈到欧美电影，如《贼史》《罗宾汉》《歌场魅影》等“皆摭拾名家说部”。1932年，《橄榄月刊》辟专文介绍国外“几个名作改编有声电影”：

> 获得一九二九年诺贝尔文学奖奖金美国作家路易士，其作品《艾罗史密斯》（*Arrowsmith*）现已摄成有声电影，片名改为《情医》，又获得一九三一年“帕力次奖金”之美国女作家布克夫人近著《福地》（中国有译本）福斯公司已经得到夫人同意，亦将摄成电影。又布克夫人之近著《儿子》已脱稿，已在英、美、加拿大，三国报纸同时发表云。[②]

当时对于国外改编电影之关注可见一斑。而中国20世纪20年代以小说改编为剧本的作品，唯明星影片公司之《玉梨魂》。此书为徐枕亚所著[③]，于1912年6月起在《民权报》副刊连载，次年1月由上海民权出版部初版，是民国初年最为畅销的小说。电影《玉梨魂》作为中国第一部有广泛影响的哀情片，开创了“电影人

---

① 毅华：《国产电影取材名小说之先声》，《良友》1926年第1期。

②《国外之部：几个名作改编有声电影》，《橄榄月刊》1932年第26期。

③《玉梨魂》出自徐枕亚与寡妇陈佩芬一段刻骨铭心的爱情。徐早年在无锡乡下教书，著名书法家蔡荫庭之孙蔡如松是他班上的学生。蔡如松有一年轻寡母陈佩芬，孤守空房却能诗善文。由于感谢徐枕亚对其子的爱护教导，兼之钦佩徐先生的才情，与他写诗唱和，通过其子传递书信，终于摩擦生电，萌发爱情。只是当时社会礼教森严，这份爱情不合时俗，压力太大。为挣脱压力，陈佩芬一再央求徐枕亚娶其小姑蔡蕊珠，徐枕亚应允娶陈佩芬小姑蔡蕊珠为妻，伉俪情笃。参见裴毅然：《徐枕亚与〈玉梨魂〉》，《档案春秋》2009年第9期。

与鸳鸯蝴蝶派合作之新时代”。[1]基于此片之基础，公司又将包天笑所译述之《空谷兰》一书摄成电影。“不惮繁复，以成巨片。”[2]此片剧情系根据包君所译原著，“故极冗长”。“虽经导演张石川既无数电影家之考虑，取精剔糠，然其结果仍需两万余尺。”这也是鸳鸯蝴蝶派小说改编电影之后，最为人所诟病之处，即内容之“冗长”与情节之“拖沓”。

鸳鸯蝴蝶派小说在情节上涉及不少“社会问题的现象”“可惜的在于读者只能由一二主角的际遇寄予同情，对于造成这个主角的际遇的环境和社会的因果却抛弃了”。[3]鸳鸯蝴蝶派小说改编电影，如《红杏出墙记》《秦淮世界》《春风回梦记》《碧海青天》成绩颇“差强人意”，但总有一个“共通的现象”：“因了原作小说情节之冗长和复杂，摄成电影就变成了一个个断片的连接，看了使人有零碎之感。”[4]

以张恨水小说改编电影为例，原作《夜深沉》改编的电影中对于剪接方面较为注意，使人看了不会有零碎画面堆砌的感觉。但是主题的不显露，仍旧是其最大

图 0-1　电影《夜深沉》[5]

① 李斌：《中国早期电影史上的〈玉梨魂〉》，《新文学评论》2013 年第 2 期。

② 毅华：《国产电影取材名小说之先声》，《良友》1926 年第 1 期。

③ 高士：《由鸳鸯小说到电影的“夜深沉”》，《知识与生活》1941 年第 11 期。

④ 同上。

⑤《夜深沉》，《永安月刊》1941 年第 26 期。

的缺憾。[①]此片中部分演员的演技实可一观，“周起饰王大傻，虽居配角地位，演技之像真，十足表示了他对于生活经验的丰富。马笑侬的丁母，也是值得赞赏的，细腻，老到，她对于老妇人的角色也可见是下过相当揣摩的功夫。”[②]由张恨水的另一部小说《满江红》改编的“三角恋爱片”《歌衫情丝》上映后亦被评为“并未十分圆满”，此片演秦淮歌妓李桂枝的三角恋爱故事，剧情缠绵曲折、哀感顽艳，极具戏剧性，“申曲越剧舞台上均已几经上演轰动一时，改摄电影后，反不若他们的盛况”。造成这一现象的原因，有人认为是“题名不通俗”，但实则是“陈旧的导演手法”使影片本身“枯燥乏味”“充其量不过把故事照实地搬演而已”。[③]这种情况并非仅仅出现在鸳鸯蝴蝶派小说所改编的电影中，而是这一时期电影改编之“通病”。不可否认的是，由鸳鸯蝴蝶派小说的电影改编引发的文人与电影工作者大规模参与、合作与互动之现象，实为同时期世界电影史所罕有。[④]

---

① 全篇只是叙述，谈不到技巧的问题，讲的是一个学戏女郎的颠沛经过。她曾受过两次社会恶势力的欺骗，结果是悲剧式地自杀了。这一结果的产生，多半是她自身的意志不坚定，而最严重的该是社会恶势力的威胁。花花公子宋信生、刘经理之流，导演应该把他们充分地暴露出来，但《夜深沉》中却徒然着重于杨月容，使观众看不到真正的宋信生、刘经理的狰狞面目，反而对杨月容产生了有限度的憎恨。参见高士:《由鸳鸯小说到电影的“夜深沉”》,《知识与生活（上海）》1941年第11期。

② 高士:《由鸳鸯小说到电影的“夜深沉”》,《知识与生活》1941年第11期。

③《由张恨水小说“满江红”改编的一张三角恋爱片：歌衫情丝（附照片）》,《艺坛春秋》1943年，双十国庆纪念电影新闻特刊，第15页。

④ 以日本为例，彼时电影界与文人仍靠少数几个电影人改编加以维系，文人本身并没有向电影进发的愿望和集体行为。

20世纪30年代，“文艺大众化运动”与“通俗文艺运动”纷纷将电影这一艺术形式纳入运动范畴，提倡借用这种新兴的艺术形式“化”大众，从而达成建构新的现代民族国家的社会理想。[①]但两大思潮影响下的“电影改编”较之于前更为驳杂与丰富，内隐于中的“左翼”话语、通俗文艺实践理念的“缝合”是造就这一复杂历史现象的主要缘由。如何达成电影“形式”与小说“内容”的统一，这一问题亦被纳入两大运动的思潮中加以讨论。

1932年，“左联”重启了对“文艺大众化问题”的讨论[②]，“左翼”力量开始进入电影界内部直接介入电影创作。[③]夏衍（黄子布）、郑伯奇（席耐芳）、钱杏邨（张凤梧）三位左翼作家进入明星影片公司担任编剧顾问之后，即创作《狂流》《春蚕》《秋收》（由茅盾同名小说改编）等电影剧本并实施拍摄，“更深入地描写农村生活，农民的苦痛，同时在另一方面也加以出路的暗示之”[④]。

---

① “通俗文艺”服务于国民党的建国理念，试图塑造的依旧是理想中的“现代国民”；而左翼知识分子所构建“大众文学”之形态并不止步于“发见”民众抑或越俎代庖，用“民族主义”的立场代替阶级的立场，而是在民族危机的新形势下，将民众始终作为历史主体，推动革命的“大众文学”在具体文学实践中的扩大化、具体化发展。

② 如秋汎、耕寒：《对于“文艺大众化”的意见》，《绿天》1932年第1期；寒生：《文艺大众化与大众文艺》，《北斗》1932年第3—4期；容轩：《文艺大众化的两个前提》，《益文月刊》1933年第5期等。

③ 虞吉：《20世纪30年代中国电影：原在势能与“左翼”影响》，《影视艺术》2019年第12期。

④《茅盾小说于电影》，《摄影画报》1933年第17期。

以茅盾小说《春蚕》改编电影为例，以“中国农村之以一老农夫为主角，追叙其壮年时代之丰衣足食，而逐渐至现在之衰落，而致破产，而反映出农村社会之内层：地主之高利贷的剥削，中小自耕农之奔溃”[①]。

图 0-2　电影《春蚕》[②]

《春蚕》一经演出，各方面的批评纷至沓来，一大部分人不满意于“电影的太忠实于小说的态度”，觉得读小说所得的印象远深于电影，还有人认为《春蚕》的意识不明显，只描写了农村破产的事实，而没有暴露它之所以如此的原因，更有人怪编剧没有指出一条出路，至终是一幅模糊的照片。

但《春蚕》的改编也有其“值得歌颂”之处，“他是第一部新文艺小说被移入了开美拉的镜头”，有“开端”之意义，也是中国电影史的一个重大转变，“这转变说明了群众对于电影所需要的是怎样于他们有着切身的关系的题材，同时更指出了新文学和电影应如何地在携手合作的情况之下负起教育的使命”。[③]

以往中国电影的脚本，一向都以旧小说为蓝本，其中有所谓神怪的《火烧红莲寺》《封神榜》等，有所谓言情的《啼笑因缘》

---

① 英：《文艺与电影》，《出版消息》1933 年第 11 期。

② 季琳：《春蚕》，《艺风》1933 年第 6 期。

③ 林莽：《评〈春蚕〉》，《文化界》1933 年第 3 期。

《落霞孤鹜》等。这种电影并未对中国的文化运动有明显的推动作用。“数年来，电影界和新文艺家，也就没有发生过丝毫的关系。”[①]电影《春蚕》的诞生“藉着老通宝家和其他农民养蚕失败的结果”，在每个观众脑海中一个留下了“农村破产的深刻的印象”。

1932年5月15日，教育界“闻人”杨杏佛、罗家伦、段锡朋、钱昌照等以电影乃实施社会教育最有效之工具，为研究利用电影辅助教育，并协助教育电影事业之发展起见，爰以私人资格，发起组织中国教育电影协会。[②]筹建中国教育电影协会的缘起，即在“教育”二字，由于电影“绘声绘形，所表现者真切有味，感人至深且速，其效能盖十百倍于语言文字也”。为了弥补学校教育与社会教育的不足，“微论两极探险，异地纪游，山川形势，社会风俗，历史伟绩，哲人言行，造化过程，物理发明，人体解剖，微菌变态……一切较隐较远之科学知识，均有待于电影之显示；即国民道德，卫生常识，及各国农工商业之现状，市乡政治之设施……实亦需电影为之启发介绍，以辅助教育之所不及焉”。[③]

1932年8月25日，第四届中央执行委员会第三十五次常务

---

① 赵家璧：《映画〈春蚕〉之批判：小说与电影》，《矛盾月刊》1933年第3期。

②《一月来各省市重要民众教育消息汇志 南京市》，《民众教育通讯》1932年第3期。

③《中国教育电影协会缘起》，《教育与民众》1932年第1期。

会议通过了《通俗文艺运动计划》（以下简称《计划》）[①]，与“大众文艺”相对应，提出了“通俗文艺”的概念，并在附说中专设一栏论及“电影”为“最适合通俗之艺术”“惟因摄制映演及发行等工作除需要机器及专家外，并与电影公司电影演员以及电影剧院有复杂之连带关系，实施时须有集中之组织……故已由中央另拟办法先与电影公司合作摄制，并普映新闻片，俟有相当成效，再筹画合作演制革命历史片及其他影片”。

同年，《电影检查委员会公报》刊载《电影片检查暂行标准》[②]，列举了电影“修剪”的五种情形：

（甲）有损中华民国及民族之尊严者：……

（乙）违反三民主义：……

（丙）妨害善良风俗或公共秩序者：……

（丁）提倡迷信邪说者：……

（戊）其他：……

“（戊）其他”类中即谈到“取材”之问题，“取材于禁书”“取材于未经内政部注册或登记之出版物”均在“裁剪”之列。

电影被裹挟在“文艺大众化运动”与“通俗文艺运动”中，形式与内容均关涉“民众”立场的选择与“教育”内容的表达。这就使得这一时期的电影发展被纳入“通俗”与“大众”的讨论

①《通俗文艺运动计划——二十一年八月二十五日第四届中央执行委员会第三十五次常务会议通过》，《中央党务月刊》1932年第49期。

②《电影片检查暂行标准》，《电影检查委员会公报》1932年第11期。

中。如1936年《绸缪月刊》[1]刊载的《电影戏剧的大众化》[2]一文讨论了“电影戏剧”虽为“公开演映”的东西，但十数年来，“电影戏剧变为都市上软性绅士们的专有物”：

除了几个繁华的都市以外，是没有电影院更没有演剧场，就是都市上戏院剧院场门票之贵也决非没钱的人们所敢问津，定价低到一毛钱的电影院，也只能吸收一些小康之家的市民，大多数掏两个铜板看西洋镜的朋友们是无缘光顾的。

因此，为了实现电影戏剧的“大众化”，应该顾及以下两个问题：第一是怎样使电影戏剧和大众接触；第二是怎样使电影戏剧的内容能应乎大众需要。前者关乎制度，后者关乎内容。电影的“大众化”在表演形式上需要“深入农村，接近大众”，而内容在选择上则要应乎“大众需要”，一方面是将“在他们知识范围之内”的历史故事、民间故事“拿来重编”，另一方面为合乎现实生活，像“苛损，杂税，汉奸，土豪，劣绅，童养媳，旱荒，水灾，凡农村中的生活事实，都可拿来表演，施以指示”。此外，还有从语言角度展开的“大众语与电影”[3]“电影票价的低下”[4]等问题的

---

① 该刊1934年在上海发行，停刊日期不详。它是由上海绸业银行创办，由上海绸业银行通问科编辑发行的一本综合性刊物。主要撰稿人有马寅初、张素民、张光地、章乃器、陈子展、赵景深等。主要栏目有论著、译述、经济史料、文学、学术、通问汇录、职业与青年、妇女与家庭。

② 王萍草：《电影戏剧的大众化》，《绸缪月刊》1936年第2期。

③《大众语与电影》，《影画》1934年第8期。

④ 张长江：《关于电影大众化的探讨》，《铃铛》1933年第2期。

讨论。

在电影的“通俗化”讨论中，学人持有相似的观点，认为“电影艺术集纳各部门艺术的精华，不仅是社会生活的反映，而且负有教育民众，指示社会这伟大的使命，因之，他的鉴赏者的对象，是大众的，决不是专为娱乐少数的资产阶级而设”。故而剧本的选择当以“通俗”为出发点，“使每一个观众都懂得里面所叙述的剧情和剧情所给予的暗示”。[①]然而“目下”从事电影制作的人们出于“财欲”，其制作方针“永远是迎合资产阶级及小有产者的心理去摄制出来那些充满色情，肉欲，荒唐，胡闹的影片”。“性”与“肉欲”的强调并不会使得艺术形式为民众所接受，简单的“暴露”“意识”“复兴民族”话语的叠加亦是如此。

有论者以“蹦蹦戏”在上海的流行[②]与电影发展相类比，认为“蹦蹦戏”如纯以“色欲”满足论断[③]，未免过于狭隘，其流行之盛当在“取材能够以民众本身为基础，意识和形式上都能符合通俗化的原则罢了”[④]。“左翼”剧作家石凌鹤也在《漫谈蹦蹦戏和四川

① 戴浩：《电影讲话　通俗化》，《中国电影》1937年第4期。

② 蹦蹦戏在上海，历史并不悠久，但却非常轰动。它在全盛时期，爱好戏剧的人几乎每个都以蹦蹦戏为谈助，甚至有许多文人从事于此一艺术的研讨。参见《蹦蹦戏在上海的盛衰观》，《上海生活》1937年第5期。

③ 原本的蹦蹦戏，无论男女，肩手臂腿，都是一跳一跳的。小生是手拿一根枪，不断地随唱随动一耸一耸的，小老妈是一手拿着手巾一手浮空，满头戴着可以颤动的绒花，或鲜花茉莉。唱起来，全身颤动，极有肉感，所以能引诱一般年轻的人，经政府禁止以后，这种动作亦就变更。参见赵达《阿英先生讨论蹦蹦戏》，《白玉霜画集》1911年“海棠红”特辑。

④ 戴浩：《电影讲话　通俗化》，《中国电影》1937年第4期。

戏》[①] 一文中谈到他对于“蹦蹦戏”之感受：“我以为在编剧和表演方面都有优秀的成绩，因而使人们满足于这戏剧艺术的鉴赏。”比较着“侍奉王爷贵族奴隶性的京戏”，蹦蹦戏的“泼野，奔放，自是天真朴质的表现”。虽然“流行”到上海的蹦蹦戏已然减轻了它的“泼野”以适合绅士之流的正人君子的口味，且增加了许多都市人所熟悉的庸俗的噱头，但它仍旧因其“民间”的表达而显得可爱。

20 世纪 30 年代，在“九一八”事变及“一·二八”事变的影响下，“抗战”与“革命”一时成为时代之主流话语，电影也以一种主动的姿态与“反抗”“抗日”等公共话语缝合，完成了充满“革命性”的转变。如 1938 年，商务印书馆出版的《抗战与电影》一书，前言中谈及“电影”是“最适用于抗战时民众教育的工具”，它已不再是“咖啡作用”的娱乐物了，而是“火药作用”的一种武器，那些被艺术家以动人的手法表现在银幕上的许多英雄的故事，“尽管披上了戏剧性的外衣，却总有它说教的目的”。如美国的《殊死战》(*Man Must Fight*)[②] 最能代表“服务于战争的电影”之理念。而在苏联电影界，“红军的活动”几乎已成为主要的题材之一了。[③] 中国的相关电影发展较为缓慢，仅有如《风云

---

① 凌鹤：《漫谈蹦蹦戏和四川戏》，《新认识》1936 年第 1 期。

② 电影讲述了一个为国捐躯的英雄的遗子起初很反对战争，但后来终于觉悟了，毅然投入军中，为国杀敌的故事。这个影片非但宣传了抗敌战争时全国民众应有的义务，而且还有力地抨击了非战思想之无益于和平。它的英文题名直译为“男儿应该去战争”，可见其题旨所在。

③ 姚苏凤：《抗战与电影》，商务印书馆 1938 年版，“前言”第 1 页。

儿女》《生死同心》《中国海的怒潮》等作品。这种对“革命”“抗战”话语的强调与左翼电影[①]一同奠定和规范着新中国成立之后的“红色经典电影”“成为新中国意识形态艺术表达的主要载体和政治话语体系以及宣教功能的重要组成部分”。[②]

随着抗日战争的全面爆发，电影事业所面临的现实境遇发生了巨大改变，这一时期的电影在救亡图存的民族抗战浪潮中发挥了独特的价值。“电影可以叫没有看见过战争的人看见战争的实况，最有刺激的力量；电影可以用艺术性的表演来作深刻的说教，最有感染的效能；电影可以使每一个人接受它而不发生理解的困难，最有普及的力量。”[③]据阳翰笙在《国统区进步的戏剧电影运动》中表述，从“九一八”“一·二八”以后到“七七”事变之前，“联华”“明星”“艺华”等电影公司在民族危机的震颤之下，也都有着“良好的表现”。广大进步文艺工作者的参与使电影作品“扫荡了过去那种神怪淫靡的妖风，也用全力来注意剧本的内容与意识”；对外是主张坚决地抗拒日寇的侵略，对内是暴露反动政府的媚外无能，与它所造成的农村破产、工人失业和社会的种种黑

---

①“左翼电影”这一概念存在三层相关旨意：一是“左翼电影”由共产党或左翼影人编导，或者为左翼思想渗透；二是表达反帝反封建反资本主义等政治主题；三是因电影中表达敏感的政治主题，尤其是阶级斗争，因此遭受电检会的禁映和修剪。换言之，“（左翼）电影之内的政治”引发了“电影之外的政治”。具体参见松丹铃：《教育电影还是左翼电影：20世纪30年代“左翼电影”研究再反思》，《近代史研究》2014年第1期。

② 袁庆丰：《红色经典电影的历史流变——从左翼电影、国防电影和抗战电影说起》，《学术界》2020年第1期。

③ 姚苏凤：《抗战与电影》，商务印书馆1938年版，第4页。

暗。虽然作品屡屡遭到反动政府的禁映，但依旧有《渔光曲》《桃李劫》《三个摩登女性》《母性之光》《狂欢之夜》《迷途的羔羊》《逃亡》《大路》《春蚕》《狂流》《小玲子》《自由神》《十字街头》《都市风光》《马路天使》《青年进行曲》等40余部电影，这些作品与之后《火烧红莲寺》一类的神怪武侠、封建迷信、鸳鸯蝴蝶、侦探、滑稽和各种“黄色的软性制作”形成了鲜明的对比。

“七七”事变爆发以后，电影行业一度陷入了停滞，但文艺工作者仍旧摄制了许多抗战电影，如《八百壮士》《保卫我们的土地》《风雪太行山》《湘北大捷》《中华儿女》《好丈夫》《火的洗礼》《长空万里》《塞上风云》《白云故乡》《东亚之光》《日本间谍》《民族万岁》《青年中国》等。抗战胜利之后，文艺工作者先后摄制完成了《八千里路云和月》《一江春水向东流》《忆江南》《松花江上》《万家灯火》《鸡鸣早看天》《祥林嫂》《夜店》《幸福狂想曲》《乘龙快婿》《丽人行》《恋爱之道》《希望在人间》等20余部影片。[①]

较之国统区，解放区开展电影工作是在1938年秋季，在延安八路军总政治部领导下成立了电影团，下辖一个摄影队和一个放映队。据袁牧之在《关于解放区电影工作》一文中回忆，“当时技术人员很少，摄影队的六七个干部中才只有三个电影专门工作者”。1939年1月，摄影队从延安出发到华北敌后，拍摄了第一

① 国统区电影运动材料引自阳翰笙：《国统区进步的戏剧电影运动》，参见中华全国文学艺术工作者代表大会宣传处编：《中华全国文学艺术工作者代表大会纪念文集》，新华书店1950年版，第248—272页。

部解放区的历史纪录片——《延安与八路军》[1]。1940 年以后摄影队回到延安，克服万难拍摄了《延安第一届参议会》《十月革命节》《边区工业展览会》《生产与战斗结合起来》[2] 等片。袁牧之后来回忆，“这些影片都是在缺乏近代水电设备的苦难条件下制成的，我们在无声片放映时用留声机配音及扩大器说明的方法来完成宣传任务。因为当时根本没有录音设备”。条件之艰苦可见一斑。[3]

① 电影团摄影队历时两年，兵分两路，袁牧之、吴印咸一路到晋察冀，徐肖冰、吴本立一路到冀中、晋东南，踏遍华北抗日根据地，以真实的画面、写实的手法，记录共产党在延安与华北抗日根据地领导抗击日本侵略者的斗争情景，反映了抗日根据地军民保家卫国、英勇奋战、艰苦劳动的精神风貌和顽强斗志，无情地揭露了日本帝国主义侵略中国的滔天罪行。该片的成功拍摄，拉开了共产党领导人民电影事业的序幕。其后部分素材为 1950 年中苏合作纪录片《中国人民的胜利》和《解放了的中国》所用。参见朱鸿召:《延安文艺繁华录》，陕西人民出版社 2017 年版，第 304 页。

② 又名《南泥湾》。该片以八路军三五九旅进驻南泥湾开荒屯田为素材，共分四个部分进行描写：一是三五九旅进驻南泥湾，八路军指战员天当被、地当炕、野菜野果当干粮的艰苦生活和披荆斩棘、开荒修渠的劳动情景；二是部队官兵利用农闲时间发展副业生产，多种经营；三是干部战士经过劳动耕种，收获劳动成果的喜悦场面；四是屯垦干部战士丰衣足食，习文练武，斗志昂扬，意气风发，时刻准备着夺取更大胜利的精神风貌。参见朱鸿召:《延安文艺繁华录》，陕西人民出版社 2017 年版，第 307 页。

③ 袁牧之:《关于解放区电影工作》，参见中华全国文学艺术工作者代表大会宣传处编:《中华全国文学艺术工作者代表大会纪念文集》，新华书店 1950 年版，第 198 页。

三、"民间电影"创作风潮

1937年，"八一三"淞沪战争爆发之后，由于人口的迅速集中[①]，上海租界内形成了两个不同的世界，"上海附近地区的地主富室纷纷避难前来，租界的畸形繁荣又告复活，旅馆、电影院经常客满，酒楼茶肆川流不息地吐纳着衣冠楚楚的人群，各种商店也无不生意兴隆"。苏州河一水之隔，一边是炮声震天，一边是笙歌达旦。"每当夜幕降临，租界内彻夜通明的电炬，透过幽暗的夜空，与闸北的火光联成一片，映红了半边天。"[②]在这一历史背景下，民间故事影片开始"抬头"。"民间电影"是这一时期学人对以"民间故事采为题材之影片"[③]的称呼。换言之，"民间电影"多是对"在民众中流传较广的民间传说、话本传奇以及历史演义的影像演绎"。[④]

这一时期，"国华""艺华"等大小电影公司争相摄制"民间电影"。据1940年《影迷画报》第16期所载《国联新闻》，"国联"摄制的民间电影《双珠凤》（上集）已在新光"献映"，其余

---

① 战争爆发后，成千上万的难民从上海近郊、江湾、闸北、虹口、南市、徐家汇等地，涌入公共租界和法租界。进入租界的难民，在高峰时达"70万人左右"（《立报》1937年8月31日）。参见罗义俊:《"八·一三"时期上海的难民工作》，《社会科学杂志》1982年第8期。

② 陶菊隐:《孤岛见闻——抗战时期的上海》，上海人民出版社1979年版，第4—5页。

③《希望民间电影》，《银色》1949年第4期。

④ 赵晓:《重绘上海"孤岛"时期"民间电影"创作风潮》，《南大戏剧论丛》2021年第2期。

《刁刘氏》《杜十娘》《珍珠塔》数部亦可“近期上映”。此外，还有《苏武牧羊》《红线盗盒》《西施》《夜半歌声续集》《雁门关》，等等。“新片方面，则有陈云裳、梅熹、王元龙主演而由张善琨亲自导演的《潇湘秋雨》(临江驿)以及岳枫导演，谈瑛、顾也鲁主演的《玉连环》。”时人评价其颇有“滥拍”之嫌。1940年，“国联”发布《中国联合影业公司紧要启事》回应“民间电影风行一时”之现象：

剧本材料之选择，必求其意义深长适合时代以符娱乐不忘教育之原则，绝不愿置本位职责于不顾而滥竽从事以延缓事业前进之行程。此本公司历年奋斗之情形，当为社会人士所共鉴者也。近观电影业之趋势摄制民间故事影片之现象重又兴起。此就事业前进之行程，言固不无退步之感，然就介绍电影于向观地方剧与听弹词之仕女言之似亦具有用为阶梯之理由，因是公决选择尽人皆知之民间故事十余种本，原来之意旨慎重编排摄制影片使战后来沪欣赏地方剧与弹词之观众亦得有享受电影娱乐之机会，循序导引见浅知深亦未始非发展影业推进社会文化之一助也。但此为本公司短时应付环境之决策，非放弃数年来努力事业之素志，深恐易滋误会特此公告，尚望明达之士有以教之。[1]

这一启事折射出“民间电影”之拍摄初衷，如“落难公子中状元”这一体现“宿命论”的故事结构在影片中被改写为落难公子在经受客观环境的种种侮辱和刺激之后，刻苦努力，最终获得

① 《中国联合影业公司紧要启事》，《青青电影》1940年第25期。

成功。除了“公子落难”“女扮男装”“钦赐状元”“洞房花烛”这些结构之外，“忠孝仁爱，信义和平”和“礼义廉耻”也是“民间故事电影”的写作意旨，有益于“移风易俗”“教化人心”。此时，学人们对“民间故事电影”带有一定的希望：

我们应该在“民间故事电影”中象征着时代的背景，时代的对象，那总比较死死地围绕着或被包围在环境腐旧的圈套里好得多。①

但亦有一些学人对此时“民间电影”风靡一时的现象表示忧心，认为其“偷工减料”“粗制滥造”，但由于迎合小市民的脾胃，“生意却始终不衰”“商人以营利为目的”，电影公司老板自不容例外，“而民间电影的毒素于是乎泛滥于上海滩了”。当然，如果民间电影真能利用民间资料，深入民间去教育大众、启发众生，“那实在是求之不得的”。但如果“依样画葫芦”地贩卖一些线装小说的内容，或者原封不动地移用“有毒的古旧意识”“民众只能被麻

① 作者提出，我们改革旧道德，并不是完全反对旧道德，因为中国的旧道德造成了家族观念的缺陷，使他们接受了一种自私的观念，这固然是家族观念的可贵，可是却使他们忘记了自己的祖国、自己的民族，所以一般××者流，大多数是被家族观念自私心所蒙蔽了的人们，不过，他们中间也有道德高深，知识充实，却借自己的势力戴上一个道德和知识色彩的假面具以毒害人民和国家民族的，如果要使他们反省，必须在他们的精神上加上一种刺激，使他们在良心上得到一个修养，这修养就有赖电影或者戏剧方面来陶冶了。参见冰炉：《谈民间故事电影》，《狼烟文艺丛刊》1940 年第 1 期。

醉得更加颓靡与落后”。[①] 时人持此观点也有其原因，因“一部戏自始至终，所需时日不过五七天，至多者亦不过二十天”，之所以能够如此之迅速，得益于“奇异巧妙的方法”“确为二十余年来上海制片界从未有过之奇事”。“导演先生和许多演员人等，大家备有一套连环图画，这连环图画，就是他们拍演那部片子的唯一范本。”[②]

概而言之，从20世纪30年代开始，中国电影发展呈现出一种驳杂状态，在影戏传统的影响下，既有对“旧小说”及“旧剧”改编问题的讨论，也有从“左翼电影”及“鸳鸯蝴蝶派电影”这两大历史潮流展开的具体实践与理论批评，“民间电影”的创作热潮亦是“孤岛”时期电影商业机制运转的重要缩影，或可视为“十七年”电影改编的“民间”向度之先声。

① 论者认为，“民间电影的内容，就这样浓化他们个人的幻想，强化他们落后的思绪，而现实的刺激，跟因而引起的对现实的认识和关怀是被冲淡了，他们在个人狭隘的梦境里兜圈子，他们的情绪永远那样消沉，那样颓靡”。而民间电影中的“民间问题材料”都是些古老的传说和陈旧的故事，唯其古老，唯其陈旧，所以民间电影在精神生活上造成了强烈的复古倾向。“它传布着报应的故事和定命的观念，它拥护陈旧的制度和吃人的礼教，它灌输安分守己的哲学，它训练乐天顺命的奴性……”“民间电影现在真不愧为腐蚀上海文化，腐化民众生活的一支主力军了。”参见叶棠:《略谈民间电影》,《青年知识》1940年第12期。

②《滥拍民间电影　以连环图书为范本　开电影界未有之奇例》,《电影》1940年第93期。

第一章
“新中国风景”与电影改编趋向

每一时期的电影改编，自然都体现出那一时期改编者对改编之“题材”及“文学”特性的理解，其中还蕴含着教导民众何为“真实”、何为“新中国”的“乡村”以及何为“新中国”的“女性”等现实寄寓。“十七年”电影改编通过延安文艺传统与“新中国风景”的融合与碰撞，不仅使延安文艺精神具象化呈现，还使“新中国”话语体系[1]在“人民电影”的实践中得以凸显，由此开启了电影改编的“新视界”。本章通过讨论随着历史语境和知识话语的更迭而变化的电影改编，试图勾勒出“十七年”电影改编所具有的丰富历史细节与复杂知识处境。

---

① 中国共产党自诞生之始，就开始了“新中国”的构想及实践。在不同的阶段，中国共产党明确提出了“新中国”的概念并且不断赋予其新的内涵。参见张旭东：《中国共产党“新中国”话语体系的演进》，《人民论坛》2019 年第 15 期。

第一节 “十七年”电影改编情况概述

根据《中国新文艺大系（1949—1966）电影集（下卷）》[①]所载的“附录”《1949—1966故事片编目》统计，“十七年”时期共出品故事片（不包括戏曲片）435部，其中根据文学作品、漫画、歌剧改编的有100余部，彼时对改编的重视程度可见一斑。《中华人民共和国发展国民经济的第一个五年计划1953—1957》[②]在“电影”计划中谈到要“积极地组织文艺作家的力量，从事电影剧本的创作，扩大影片的题材范围，努力地增加影片的出品数量，并逐步地提高影片的思想、艺术水平”。

> 五年内，共摄制各种影片四〇〇部，译制各种外国影片三〇八部。一九五七年将摄制影片九七部（其中故事片二四部），较一九五二年增长一倍以上；一九五七年将译制外国影片七二部，较一九五二年增长一倍以上。[③]

这一时期的电影改编呈现出以下四个趋势：第一，改编题材多样，涉及话剧、小说、曲艺、民间传说等多个门类，其中以小说和话剧改编电影居多；第二，除了少数20世纪30年代的经典文学作品之外，小说中很大一部分为新中国成立之后创作；第

---

① 陈荒煤、罗艺军：《中国新文艺大系1949—1966电影集（下卷）》，中国文联出版公司1989年版。

②《中华人民共和国发展国民经济的第一个五年计划1953—1957》，人民出版社1955年版。

③ 同上书，第142页。

三，电影改编题材逐渐丰富，“革命生活”“工业建设”“农业生产”“妇女解放”等核心话语在电影改编中均有所体现；第四，关于少数民族题材的电影改编明显增多，且更为广泛，涉及民间传说、民间故事、民间叙事诗等。具体参见表 1-1：

表 1-1 1949—1966 年电影改编情况一览表[①]

年份	电影	导演	原著	原著体裁
1949	《三毛流浪记》	赵明，严恭	《三毛流浪记》	漫画
1950	《红旗歌》	吴祖光	《红旗歌》	话剧
1950	《吕梁英雄》	吕班，伊琳	《吕梁英雄传》	小说
1950	《白毛女》	王滨，水华，王彬	《白毛女》	歌剧
1950	《我这一辈子》	石挥	《我这一辈子》	小说
1951	《鬼话》	王家乙	《一串鬼话》	曲艺
1951	《新儿女英雄传》	史东山，石挥	《新儿女英雄传》	小说
1951	《胜利重逢》	汤晓丹	《英雄回家》	小说
1951	《两家春》	瞿白音，许秉铎	《强扭的瓜不甜》	小说
1951	《我们夫妇之间》	郑君里	《我们夫妇之间》	小说
1952	《六号门》	吕班	《六号门》	舞台剧
1952	《龙须沟》	冼群	《龙须沟》	话剧
1952	《方珍珠》	徐昌霖	《方珍珠》	话剧
1953	《草原上的人们》	徐韬	《草原上的人们》	小说
1953	《结婚》	严恭	《结婚》	小说
1954	《春风吹到诺敏河》	凌子风	《春风吹到诺敏河》	话剧
1954	《沙家店粮站》	干学伟	《铜墙铁壁》	小说
1954	《一件提案》	李恩杰	《一件提案》	小说
1954	《鸡毛信》	石挥	《鸡毛信》	小说
1954	《一场风波》	林农，谢晋	《风波》	小说

① 该表只收录了笔者目力所及之资料，难免挂一漏万，敬请谅解。

续表

年份	电影	导演	原著	原著体裁
1955	《神秘的旅伴》	林农，朱文顺	《一个无铃的马帮》	小说
1955	《罗小林的决心》	严恭	《罗小林的故事》	小说
1956	《哥哥和妹妹》	苏里	《吕小钢和他的妹妹》	小说
1956	《妈妈要我出嫁》	黄粲	《春大姐》	小说
1956	《皮包》	王岚	《刘士海爸爸的皮包》	小说
1956	《国庆十点钟》	吴天	《双铃马蹄表》	小说
1956	《祝福》	桑弧	《祝福》	小说
1956	《小白旗的风波》	高衡	《一面小白旗的风波》	小说
1956	《谁是凶手》	方徨	《谁是凶手》	小说
1956	《小伙伴》	葛鑫	《小伙伴》	小说
1956	《铁道游击队》	赵明	《铁道游击队》	小说
1956	《家》	陈西禾，叶明	《家》	小说
1956	《黄花岭》	金山	《黄花岭》	戏剧
1957	《复试》	林杉，芒荪	《第二次考试》	小说
1957	《牧童投军》	游龙	《他高高举起了雪亮的小马枪》	小说
1957	《战斗里成长》	严寄洲，孙民	《战斗里成长》	话剧
1957	《柳堡的故事》	王苹	《柳堡的故事》	小说
1958	《花好月圆》	郭维	《三里湾》	小说
1958	《她爱上了故乡》	黄粲，张其	《春种秋收》	小说
1958	《并肩前行》	严恭	《冰化雪消》	小说
1958	《十三陵水库畅想曲》	金山	《十三陵水库畅想曲》	话剧
1958	《聪明的人》	徐韬，潘文展	《土专家》	话剧
1958	《三个战友》	王少岩	《三个战友》	话剧
1959	《换了人间》	吴天	《双婚记》	话剧
1959	《战火中的青春》	王炎	《战火中的青春》	小说
1959	《林家铺子》	水华	《林家铺子》	小说
1959	《风暴》	金山	《红色风暴》	话剧
1959	《青春之歌》	崔嵬，陈怀皑	《青春之歌》	小说

续表

年份	电影	导演	原著	原著体裁
1959	《粮食》	魏荣	《粮食》	小说
1959	《地下少先队》	高衡	《地下少先队》	话剧
1959	《万水千山》	成荫，华纯	《万水千山》	话剧
1959	《友谊》	李俊	《友谊》	话剧
1960	《太阳刚刚出山》	王逸	《太阳刚刚出山》	小说
1960	《五彩路》	魏荣	《五彩路》	小说
1960	《红旗谱》	凌子风	《红旗谱》	小说
1960	《革命家庭》	水华	《我的一家》	回忆录
1960	《马兰花》	潘文展，孟远	《马兰花》	童话剧
1960	《12 次列车》	郝光	《12 次列车》	话剧
1960	《三八线上》	史文帜	《三八线上》	话剧
1960	《柯山红日》	董兆琪	《柯山红日》	歌剧
1960	《林海雪原》	刘沛然	《林海雪原》	小说
1960	《勐垅沙》	王苹，袁先	《遥远的勐垅沙》	话剧
1961	《暴风骤雨》	谢铁骊	《暴风骤雨》	小说
1961	《北大荒人》	崔嵬，陈怀皑	《北大荒人》	话剧
1961	《枯木逢春》	郑君里	《枯木逢春》	话剧
1961	《英雄小八路》	高衡	《英雄小八路》	话剧
1962	《昆仑山上一棵草》	董克娜	《惠嫂》	小说
1962	《李双双》	鲁韧	《李双双小传》	小说
1962	《女理发师》	丁然	《女理发师》	滑稽戏
1962	《东进序曲》	华纯	《东进序曲》	话剧
1962	《哥俩好》	严寄洲	《我是一个兵》	话剧
1962	《槐树庄》	王苹	《槐树庄》	话剧
1963	《满意不满意》	严恭	《满意不满意》	滑稽戏
1963	《两家人》	袁乃晨	《桥》	小说
1963	《汾水长流》	沙蒙，傅杰	《汾水长流》	小说
1963	《早春二月》	谢铁骊	《二月》	小说
1963	《飞刀华》	徐苏灵	《飞刀华》	小说

续表

年份	电影	导演	原著	原著体裁
1963	《如此爹娘》	张天赐	《如此爹娘》	滑稽戏
1963	《水手长的故事》	汤晓丹	《水手长的故事》	小说
1963	《红日》	汤晓丹	《红日》	小说
1963	《宝葫芦的秘密》	杨小仲	《宝葫芦的秘密》	童话小说
1963	《球迷》	徐昌霖	《足球场外》	话剧
1963	《野火春风斗古城》	严寄洲	《野火春风斗古城》	小说
1963	《抓壮丁》	陈戈，沈剡	《抓壮丁》	话剧
1963	《夺印》	王少岩	《夺印》	扬剧
1963	《七十二家房客》	王为一	《七十二家房客》	滑稽戏
1963	《桃花扇》	孙敬	《桃花传奇》《桃花扇》	话剧
1964	《兵临城下》	林农	《兵临城下》	话剧
1964	《英雄儿女》	武兆堤	《团圆》	小说
1964	《小二黑结婚》	于学伟，石一夫	《小二黑结婚》	小说
1964	《千万不要忘记》	谢铁骊	《千万不要忘记》	话剧
1964	《草原雄鹰》	凌子风，董克娜	《远方青年》	话剧
1964	《丰收之后》	徐韬	《丰收之后》	话剧
1964	《家庭问题》	傅超武	《家庭问题》	小说
1964	《霓虹灯下的哨兵》	王苹，葛鑫	《霓虹灯下的哨兵》	话剧
1964	《血碑》	高衡	《血碑》	越剧
1964	《带兵的人》	严寄洲	《带兵的人》	话剧
1964	《刘明珠》	谭友六	《刘明珠》	民间传说
1965	《青松岭》	刘国权	《青松岭》	话剧
1965	《烈火中永生》	水华	《红岩》	小说
1965	《浪涛滚滚》	成荫	《浪涛滚滚》	小说
1965	《小足球队》	颜碧丽	《小足球队》	话剧
1965	《年青的一代》	赵明	《年青的一代》	话剧
1965	《柜台》	殷子	《柜台》	话剧
1965	《打击侵略者》	华纯	《保卫和平》	话剧
1966	《红石钟声》	傅杰	《红石钟声》	话剧

第二节 延安文艺传统的融合与碰撞

随着"九一八"事变，尤其是1937年以后，中国文艺及其创作所面临的环境发生了变化，"大规模的由都市向边缘地区的文化流动"，带来了文化中心的转移、读者群及社会环境的变迁。[①]与城市印刷文化背景紧密结合在一起的"现代文学"格局发生了急剧的分裂与转变[②]，它们所面对的不再是大都市的以文字为传播媒介的群体，而是不识字、与西方文化基本隔绝的大后方民众，文艺发展的关键成为如何处理"大众"与"农村"的问题。有论者指出，在这一语境下，以"延安文艺"为代表的"解放区文学"突破了"书写文字"和"印刷媒体"的限制，拓展到"朗诵诗""新故事""活报剧""街头剧""秧歌剧""新编历史剧"和木刻、版画、黑板报、新年画等"视听文化"的领域，成为新型的"人民文艺"。[③]

① 汪晖:《地方形式、方言土语与抗日时期"民族形式"的论争》,《现代中国思想的兴起》(下)，生活·读书·新知三联书店2008年版，第1500页。

② 所谓"沦陷区文学"依然延续了"都市文学"的余绪；所谓"国统区文学"转而以重庆、桂林、昆明等西南边陲城市为重心，勉强维系着"现代文学"的传统；不得不迎来"变局"和"断裂"的是"解放区文学"，中国共产党领导的"敌后根据地"远离城市，扎根农村，"文学"必须面对的是绝大多数近乎文盲的农民和与此状况相关的农村口传文化背景。参见罗岗:《"人民文艺"的历史构成与现实境遇》,《文学评论》2018年第4期。

③ 以延安新年画为例，最适宜的题材是"最能引起百姓愉快和幸福的感情以及他们所向往的美好的生活的题材"，如年画《胖娃洗澡》中"胖娃娃"就引起了民众的称赞:"那里有这样的胖娃娃呵！有这样的胖娃娃就好了！"参见鲁美:《年画的内容与形式(延安年画工作的介绍)》,《北方杂志》1946年第6期。

一、蛇郎故事的话语融合

1942年，熊塞声从“自己小时候听到的一些‘暇话’”中挑出了“马莲花”①，将“‘五岁时’妈妈说的故事、‘七八岁时’老干妈说的故事和延安时期‘家庭妇女胖妈妈讲的这类故事’”②融入《马莲花》③故事的讲述中。之所以用“马莲花”代替原故事名称“蛇郎”，是因为作者喜爱“马莲花”自身坚韧、顽强的优良品质，这一改编亦为蛇郎故事④赋予了崭新的时代意涵。

① 熊塞声:《我是怎样写童话诗〈马莲花〉的》,《马莲花》，少年儿童出版社1955年版，第44页。

② 马莲花用途多样，“窄窄的长长的，能当绳子用，根可制刷子”，而且它的生命力特别顽强，“任凭人踩车压”，一到春天就会开放一簇簇蓝莹莹的花朵，绿葱葱的长叶，特别清新。熊塞声以这种花的名字命名的原因，是希望把马莲花的“本质”反映在男女主人公的性格上。参见熊塞声:《我是怎样写童话诗〈马莲花〉的》,《马莲花》，少年儿童出版社1955年版，第47页。

③ 此部作品初稿1942年8月完成于延安桥儿沟，1954年6月定稿于北京，1955年由上海少年儿童出版社正式出版。

④ 1913年，周作人在《童话研究》中即谈到“儿时所闻”越地童话《蛇郎》。1923年，胡寄尘在《中国民间文学之一斑》中记述了几个“小时候在乡下听见老太婆所说的故事”，其中就包括“蛇龙哥”一则，虽故事名称不同，但故事情节与“蛇郎”类似。此外，《语丝》《小说月报》《民俗》等刊物陆续刊载了《菜瓜蛇的故事》《蛇郎精》《蛇郎》《七姐嫁蛇郎（童话）》《蛇郎　东莞童话》《蛇郎故事　广东惠来的传说》等。

她自述在创作中受到外国童话《大拇指》[①] 及普希金[②] 童话诗《金鱼与渔夫的故事》《死公主与七勇士》的影响，将男主人公的出场安排为由花心中蹦出，迎风生长：

小人儿，一寸长，
三蹦两跳往上长，
变成个小伙儿真漂亮；
粗眉毛，红脸膛，
大手大脚宽肩膀，
两只眼睛放亮光。[③]

自此，男主人公由充满了“神异”色彩的“蛇郎”“蛇龙哥”“蛇龙精”等“异物”变为住在“马莲山”的“万花之王”——“马郎”。熊塞声认为原故事中男主人公面对杀害妻子的“仇人”，

① 冰岩：《不可思议：大拇指别传（附图）》，《妇女杂志（上海）》1920 年第 5 期；振铎：《故事节述：大拇指（附图）》，《儿童世界（上海 1922）》1922 年第 2 期；《格廉童话：（六）大拇指》，《儿童世界（上海 1922）》1925 年第 3 期等均刊载此童话，其影响可见一斑。

② 1927 年，孙衣我翻译的《致诗人》一诗在《文学周报》第 4 卷第 18 期发表。此后，普希金的许多诗作陆续得到翻译，我国学人对那些反抗专制和压迫、讴歌和呼唤自由的诗篇给予热烈的赞颂。普希金的声誉日隆，以至在三四十年代，他不只是一位诗人，还成为国人信奉的文艺偶像。参见宋德发：《新中国 60 年普希金诗歌研究之考察与分析》，《湘潭大学学报》（哲学社会科学版）2014 年第 2 期。

③ 熊塞声：《马莲花》，少年儿童出版社 1955 年版，第 7 页。本节引文皆出自此书，其后不再另注。

毫无办法，只能默默忍受，甚至需要外力的帮助才能够与妻子团圆，实在是“太可怜了”，因而为其增加了“反抗”的性格特质：“马郎”从生活的蛛丝马迹中一下子就觉察出“假妻子”的异样，但是由于宝物“马莲花”的丢失，他只能不动声色，静观其变，当得知“马莲花”藏在“假妻子”的头发下时，当机立断，扯开其头发，找到“马莲花”，将妻子变了回来。

在《马莲花》中，“三姐妹”的形貌相同，故事中也不再将外貌之美丑与品德之高低相联系。“马郎”与“少女”的结合也由老爹爹“摘花”触发“禁忌”或者受到“胁迫”逼嫁变为老爹爹报答马郎救命之恩而嫁女。作为反面人物的“大姐”，她的恶劣言行在其伪善的外表下更加“典型”，其嫉妒的情绪被掩藏在她冠冕堂皇的丑恶嘴脸之下，比如，她弄死小鸟，“吃了肉，喝了汤，骨头和毛扔在院当央”，却被她说成“鸟儿叫，猫儿来，三抓两抓笼儿开，鸟儿飞去了，一去没回来”。这种情节设置使她最终无家可归，被推下井台，这样的结局合情合理，彰显了善恶终有报的道德观念。

此外，作者关于劳动场面的描写显得分外“轻松快捷”“当然他们不会想到将来会有一天开来割谷机、脱粒机、播种机等等，可他们希望碌子自动来碾，风儿自己来吹，簸箕自己来筛，然后一斗一斗倒入仓中”。熊塞声出于对农民“太过劳累”的同情及对中国农业机械化发展的信心，对《马莲花》中“劳动场面”的描写颇为奇幻，不但体现了中国传统的浪漫主义与乐观主义精神，而且带有她对中国未来农业发展与农民美好生活的希冀与期许。①

这些对蛇郎故事的“改编”与“创制”置于延安文艺传统之中很容易理解，同时也可以说是延安时期“革命”话语的衍生。对延安时期蛇郎故事的发展演变稍作梳理，便可发现其中的“革命”话语内涵在“婚姻”“劳动”“反抗”等词汇演变中逐渐明晰。这当然同《马莲花》的作者熊塞声在延安文艺实践中的真实经验密切相关，蛇郎故事也在这一话语架构下呈现出新样态：蛇郎故事本身所具有的地域性、口头性逐渐向“人民性”靠拢。此外 20 世纪 50 年代的民族识别与各民族历史调查及各民族文学史的编纂②也为各民族流传的蛇郎故事的“发见”提供了契机和重要前提。

蛇郎故事广泛流传于我国壮族、苗族、瑶族、毛南族、仫

① 这里对三姐、马郎婚后劳动场景的描写与延安时期劳动宣传的观念及其实践密切相关。延安时期改造并发展了五四时期的“劳工神圣”观，创造性地提出“劳动光荣”的新理念，逐渐在陕甘宁边区形成了尊崇劳动、热爱劳动的公序良俗。参见燕云捷、苏程：《人民性：延安时期劳动英雄宣传的观念与实践考察》，《学海》2021 年第 4 期。

② 1958 年 7 月 17 日，中共中央宣传部在北京召开“少数民族文学史编写座谈会”，提出“编写我国少数民族文学史或文学概况”的问题。截至 1961 年“第二次少数民族文学史编写工作座谈会”召开前夕，共有白族、纳西族、苗族、壮族、蒙古族、藏族、彝族、傣族、土家族、布依族、侗族、哈尼族、土族、赫哲族、畲族等 15 个少数民族完成文学史或文学概况的编纂。具体论述参见毛巧晖：《少数民族民间文艺研究与多民族文学格局的建构（1949—1966）》，《百色学院学报》2021 年第 3 期。

佬族等少数民族区域，其流布是相当广泛与普遍的。[①] 各民族蛇郎故事类型的情节大致可归纳为“开头、婚配、谋害、争斗、结局”五个组成部分。故事多以两姊妹或七姊妹为主要人物，情节高潮集中于代表邪恶的姊姊最终受到惩罚。其中“推妹落井”“真相”“变鸟羞辱谋害者”“姊姊受到惩罚”等母题稳定性较强。这一时期的故事讲述中对勤劳奋斗行为的肯定（如表 1–2 中记载“婚配缘起”为“帮老汉开荒撒种”“帮老汉灌田水抗旱”“帮老汉开山种棉”等）和幸福生活的不懈追求体现了新中国成立初期各民族人民的文化认同与共有观念，还彰显了西南地区多民族“互嵌和融的良好生态”[②]。

表 1–2　广西及近邻有关故事[③]

编号	故事名称	民族	婚配缘起	住处	遇害处	死后变形	姊姊的结局
1	《七妹与蛇郎》	壮	帮老汉开荒撒种	金银的石洞	水井	喜鹊—人	被蒸死
2	《七姐妹》	壮	送迷路老汉返回家园	山林中的大厦	水井	鸟—人	被蒸死
3	《蛇郎》	壮	帮老汉灌田水抗旱	好房屋	水塘	鸟—芋头—竹—猫—人	被开水烫死
4	《包厄与七妹》	壮	帮老汉堵洞保水	河底龙宫	水池	鸟—竹—人	被开水烫死

① 丁乃通所编《中国民间故事类型索引》一书著录有近百种，在《中国民间故事集成》编纂过程中，此类型当有数百种异文发表。参见刘魁立:《中国蛇郎故事类型研究》,《民间文学论坛》1998 年第 1 期。

② 何茂莉:《多民族融合与文化一体化——以西南古驿道区域民间故事为中心》,《中国边疆史地研究》2019 年第 4 期。

③ 农学冠:《从〈蛇郎〉到〈金花银花〉》,《广西民族学院学报》(哲学社会科学版) 1986 年第 1 期。

续表

编号	故事名称	民族	婚配缘起	住处	遇害处	死后变形	姊姊的结局
5	《大蛇后生》	苗	帮老汉砍柴拉木	缥缈处的金世界	河	燕子—人	变成“依呦鸟”
6	《七女嫁蛇》	瑶	帮老汉开荒	河里	河	鸟—人	被开水烫死
7	《七妹与蛇郎》	仫佬	帮老汉砍树	海底	水井	鸟—竹—人	投水缸自尽
8	《桑妹与大蟒》	毛难	帮老汉开山种棉	富裕之家	河	白劳鸟—芭蕉树—人	投河变成瓜瓢虫
9	《蛇王传》	汉	对老汉拦路威逼	平地瓦屋	水井	鸟—人	木梳反弹击死

二、蛇郎故事的跨媒介诠释

随着收录蛇郎故事的故事集、连环画、资料汇编等陆续出版[①]，蛇郎这一民间故事突破纸质媒介的传统传播渠道，借助不同的剧种和媒介得以传播[②]。在这一传播过程中，作为核心话语的“劳动”“爱情”在这种真实与想象的互动中传递出特殊的文化蕴意与政治喻示。

从1942年熊塞声的童话诗《马莲花》到1955年任德耀的《马兰花》，再到1960年的电影《马兰花》，故事中对“小兰”“马

① 如张志：《七妹与蛇郎（花灯剧）》（贵州人民出版社，1956年）；陈玮君：《龙王公主 民间故事》（上海文化出版社，1956年）；贵州人民出版社：《蛇郎与阿宜》（贵州人民出版社，1958年）；张继舜：《复船山》（东海文艺出版社，1958年）；贾芝、孙剑冰编：《中国民间故事集》（作家出版社，1959年）；中国作家协会湖南分会：《湖南民间故事选集》（湖南人民出版社，1959年）；贵州大学中文系，苗族文学史编写组，贵州人民出版社：《民间故事集》（贵州人民出版社，1960年）等。

② 如花灯剧《七妹与蛇郎》、童话剧《马兰花》、壮剧《金花与银花》、童话坠子戏《马兰花》、电影《马兰花》等。

郎”“大兰”“王老爹”等形象的塑造取材于口传及搜集整理的蛇郎故事，因而具有极为深厚的观众基础。其中，以任德耀根据熊塞声的童话诗《马莲花》改编的童话剧《马兰花》影响最为深远。虽然主题仍旧是人们熟知的“嫌贫爱富”“坏人捣乱”“正义战胜邪恶”[①]等，但是任德耀在剧作的改编与编排上，除了强调“高台教化”之外，还消弭了原有的“人兽婚”“变形”“季女胜利”等母题，着意凸显了“劳动”“爱情”等话语表达并赋予其“幸福生活”“劳动伦理”“改造二流子”等现代性意涵，这就使得蛇郎故事在一次次演出中穿越不同媒介场景与文本，这种文化实践本身即是对蛇郎故事的重新发现与重新建构。

童话剧《马兰花》的诞生源自一场“临危受命”。1955 年，中央戏剧学院表演干部训练班在北京正式成立，莫斯科瓦赫坦戈夫剧院附属戏剧学校校长、表演课教师、导演鲍里斯·格里果里耶维奇·库里涅夫担任任课教师。[②]当时为了准备毕业公演的剧目，库里涅夫“抓住”了前来参与工作的任德耀[③]，希望他能写一个儿童剧。于是，任德耀选中了熊塞声的童话诗《马莲花》，将其改编

① 中国儿童艺术剧院、黄祖培、郭小梅:《〈马兰花〉的舞台艺术》，中国戏剧出版社 1994 年版，序言第 3 页。

② 方掬芬:《〈马兰花〉诞生记》，引自中国儿童艺术剧院、黄祖培、郭小梅:《〈马兰花〉的舞台艺术》，中国戏剧出版社 1994 年版，第 119—120 页。

③ 任德耀（1918—1998），江苏扬州人，中共党员。1940 年毕业于国立戏剧专科学校。1947 年受宋庆龄委托在上海创办中国福利基金会儿童剧团，历任该团负责人、编剧、导演，中国福利会儿童艺术剧院名誉院长、艺术指导，一级导演。1951 年开始发表作品。著有儿童剧本《友情》《马兰花》《小足球队》《宋庆龄和孩子们》等 23 部。

为童话剧《马兰花》[①]。

通过对比图 1–1 数据[②]，可以发现任德耀编剧的《马兰花》较之熊塞声的《马莲花》有几处较为明显的改动：第一，剧本进一步凸显"劳动"，着重强调通过劳动获得幸福生活的理念，特别是通过"大兰"与"小兰"形象的鲜明对比，宣扬了妇女参与生产劳动的重要意义，增加了小兰破晓就起来"浇花""烙饼"这样生活气息浓厚的描写。第二，剧本对"爱情"的处理颇为巧妙，故事围绕"赠花定情""失花凶变""寻花梦遇""花归人间"等情节展开，"构成了起伏跌宕、悲欢离合、忧患得失的曲折变幻"。[③]第三，剧本采用了"鸟言兽语"的童话形式，剧中的"树公公""兔子姐姐""梅花鹿妈妈""小猴""喇叭花""狗尾巴草"均表现出"人格化"特征。这固然与 20 世纪 50 年代对苏联童话及相关研究的大量译介有关[④]，然亦可将其视作对"鸟言兽

① 童话剧《马兰花》最初发表在《文艺月报》1955 年 11 月号，1958 年《三幕十一场话剧　马兰花》出版（上海：少年儿童出版社 1958 年），此剧本在第一届话剧会演时获剧本二等奖。

② 图表数据是利用 python 对文本进行分词后，将表达相似主题的词语归为一类，统计词频。例如，《马莲花》文本中"幸福"类词汇包括"幸福""和和美美""恩恩爱爱"等；《马兰花》文本中"幸福"类词汇包括"幸福""享福"等。

③ 范景宇：《一株小草的悲欢离合——关于〈马兰花〉的追忆与希望》，引自中国儿童艺术剧院、黄祖培、郭小梅：《〈马兰花〉的舞台艺术》，中国戏剧出版社 1994 年版，第 128 页。

④ 如梦海译《苏联民族童话》（时代出版社 1949 年版）；[苏]柯尔巴柯娃：《苏联童话集：三只黑天鹅》（新文艺出版社 1952 年版），林耘译；[苏]柯恩：《苏联国内战争时期的儿童文学》（中国青年出版社 1955 年版），林学洪译；[苏]布拉托夫等：《现代苏联童话的讨论》（中国青年出版社 1956 年版），谭自强等译。

语”① 童话形式的沿袭。这些“富有山林野趣和人情味的小动物、树木、花草”，创造出一个生气勃勃、丰富多彩的生活背景，使整出戏“既保持了民间传说的淳朴意境，更增添了浓郁的童话趣味”。

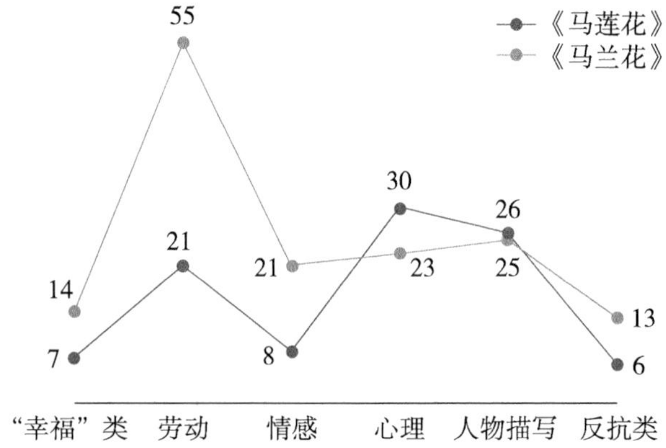

图 1-1 《马莲花》《马兰花》词汇类型折线统计图

制图人：北京大学光华管理学院金融经济专业　史毛馨

制图时间：2022 年 4 月 8 日

在童话剧《马兰花》中，小兰与马郎的爱情正是基于对其劳动能力的充分肯定：

① 20 世纪 30 年代，关于“鸟言兽语”的问题就引起了学人的广泛讨论。如尚仲衣：《关于“鸟言兽语”的讨论：选择儿童读物的标准》，《儿童教育》1931 年第 8 期；尚仲衣：《儿童读物与鸟言兽语的讨论：再论儿童读物》，《儿童教育》1931 年第 8 期；吴研因：《致儿童教育社社员讨论儿童读物的一封信——应否用鸟言兽语的故事》，《儿童教育》1931 年第 8 期；陈鹤琴：《“鸟言兽语的读物”应当打破吗？》，《儿童教育》1931 年第 8 期；叶圣陶：《鸟言兽语》，《新少年》1936 年第 1 期；陈鹤琴：《谈谈“鸟言兽语”的读物》，《和顺乡》1936 年第 2 期；等。

高高山上有我家，
山青水绿难描画，
好伙伴相处像兄弟，
同甘共苦有马郎。[①]

这种劳动伦理也体现在对“大兰”“黑猫”形象的塑造上。尤其是好吃懒做的“大兰”，并没有被塑造成一个完全的反面形象，她被“黑猫”这一梅菲斯特（Mephisto）[②]式的恶魔角色所蛊惑，逐渐由懒贪走向歧路。当她运用诡计，假扮“小兰”来到马兰山的时候，“劳动德性的丧失”使她难以融入“马兰山”的“集体”：

兔子姐姐：小兰嫂嫂，你带点什么吃的给我们啦？
大兰：吃的？要有，我老早吃光了。
（大家都显得很尴尬，话也说不下去了。）
…………
马郎：你病了，还是怎么的？怎么回去一趟，什么都变了？
大兰：马郎，我实在太累了！我除了想睡觉，什么也不想。
…………
马郎：我看，你是着了魔了！你简直变了！你一点儿也不像小兰。

① 任德耀：《三幕十一场话剧　马兰花》，少年儿童出版社 1958 年版，第 33 页。

② 详见德国诗人歌德的代表作《浮士德》，内容描写主人公浮士德一生探求真理的痛苦经历，为了寻求生命的意义，在魔鬼梅菲斯特的引诱下，以自己的灵魂换得它的帮助，经历了爱欲、欢乐、痛苦、神游等各个阶段和变化，于生命的最后时刻，在与自然的斗争中，领悟了人生的目的是生活和自由战斗。

大兰：哈哈哈哈……我看你才着了魔呢，连自己的妻子都不认识了……[1]

马郎对“大兰”的怀疑，是由于其懒惰的举止与无礼的言谈，他对“妻子”的指认建构在小兰勤劳的品质及对劳动的热爱之上，劳动、勤劳、集体主义等公共话语被“缝合”进童话叙事之中。随着作为定情之物的“马兰花”的“失而复得”，小兰得以“死而复生”。

根据童话剧《马兰花》拍摄而成的电影《马兰花》，最重要的改编便是将“老猫”改为了“老狼”[2]，故事中的“大兰”“好吃懒做”“不务正业”，最终在“老狼”的引诱下“杀妹”，但“她”的“恶行”在20世纪50年代被认为有着“教育改造的可能”，“改造”的关键点就在于教育和引导，如延安时期兴起的改造“农村

---

① 任德耀：《三幕十一场话剧　马兰花》，少年儿童出版社1958年版，第47—49页。

② 有趣的是，2006年的央视版《马兰花》部分保留了“传统”情节设定，如大兰的懒惰及嫉妒之心，老狼的虚伪和挑唆，生活在马兰山上的树公公和动物们等，但在具体故事表述中融合了《桃花源记》中“初极狭，才通人。复行数十步，豁然开朗。土地平旷，屋舍俨然”等，意在将“马兰山”塑造成一个“世外桃源”般的世界。“异类婚”与“季女胜利”的母题及相关情节至此完全消失。大兰、老猫和老狼也在“劳作”中幡然醒悟，主动成为集体中的“一员”，体会到了收获的幸福与快乐。这一结局的设置不仅改变了童话剧《马兰花》中“老狼”从始至终的邪恶面貌，而且将动画片中的蛇郎故事变更为“启蒙”与“救赎”的双重基调，叙事篇幅也从“小兰”“马郎”开始向“大兰”“老狼”倾斜，增加了“大兰”“老狼”对“小兰”的意外坠河感到后悔、忧虑，因而想要通过劳作种出“马兰花”复活“小兰”的情节。

二流子”的民间叙事、秧歌剧《刘二起家》《钟万才起家》《刘生海起家》[1]、版画《改造二流子》[2]及“严防坏蛋秦腔戏本”《二流子翻是非》[3]等凸显了“二流子”改造过程中产生的“新劳动形式和劳动观念的变化”。[4]大兰原本“羞愧悔恨而跳崖”的结局在周恩来的建议下改为羞愧地“回归家庭”[5]，这时候就需要“老狼”承担所有罪责，受到应有的惩罚。这一改动不仅仅意味着人民的胜利，更暗含着20世纪50年代对“好吃懒做的二流子”的教育改造理念。

在蛇郎故事“改编”与“重述”中，其思想性及教育性被最大限度地激活。蛇郎故事所营造的幻想世界随着中国的政治文化生态的发展而流变，从《蛇郎精》《蛇郎》《七姐嫁蛇郎（童话）》《蛇郎 东莞童话》《蛇郎故事 广东惠来的传说》等民间传说中的“地方”表述到童话诗《马莲花》中渗透着延安文艺传统的“人民”话语，再到童话剧《马兰花》中的“改造”尝试，它们对蛇

① 王巨才：《延安文艺档案 延安音乐 延安音乐作品 秧歌剧1》，太白文艺出版社2015年版。

② 王式廓的版画《改造二流子》是延安版画的代表作，也是王式廓艺术创作史上重要的早期代表作品之一。参见殷双喜：《改造与重塑：王式廓〈改造二流子〉再研究》，《美术研究》2011年第4期。

③ 王槐蔚：《二流子翻是非》，长安书店1951年版。

④ 孙晓忠：《当代文学中的“二流子”改造》，《文学评论》2010年第4期。

⑤ 体现了“周总理对青年一代的热切关怀和期望，对犯了过失的年轻人的仁慈和宽容”。参见范景宇：《一株小草的悲欢离合——关于〈马兰花〉的追忆与希望》，引自中国儿童艺术剧院、黄祖培、郭小梅：《〈马兰花〉的舞台艺术》，中国戏剧出版社1994年版，第127页。

郎故事情节结构的不同阐释与演绎，蕴藏着一条“革命”与“情感”交织的叙事脉络。在那一声声“马兰花，马兰花，风吹雨打都不怕……”的呼唤中，在故事情节的不断组合、叠加及演变中，在“革命”语汇随着时代语境的转变发生的更新与迭代中，蛇郎故事跨越文本及文类的多样态展演生成与呈现出新的意义和价值，亦能展现中华多民族文化的共同特质。

第三节　女性形象塑造与影像话语建构

1935 年，中共中央到达陕北之后，逐渐认识到边区文艺“如野草闲花似的到处孕生着，成长着，遍地都是翠绿的小草和美丽的花朵，虽不伟大，然而普遍，深入大众”[①]。梆子、秧歌、落子、上党宫调、小花戏、皮黄、霸王鞭等传统民间文艺形式与话剧、歌剧、快报剧等现代文艺形式结合起来，形成了纷繁杂芜、生机勃勃的文艺景观。由此，歌剧《白毛女》[②]应运而生。

一、家庭内外——影像中的女性形象流变

歌剧《白毛女》源于 20 世纪 40 年代流传于晋察冀边区的民

① 周而复：《延安的文艺》，《文艺阵地》1939 年第 9 期。

② 李满天 1942 年在盂平县捕捉到这个题材，他广泛调查研究，反复写作修改，完成一篇一万多字的小说《白毛女人》。1944 年任应县委宣传部部长时，他将该作托交通员带到延安，亲手交给周扬。周扬认为该作品反映了新旧社会两重天，既有教育意义又有宣传作用，于是送与《解放日报》发表，并交鲁艺音乐系主任张庚，改编歌剧，为党的“七大”献礼。具体参见李满天百年诞辰纪念会专辑，http://www.chinawriter.com.cn，中国作家网，查询日期：2022 年 5 月 10 日。

间传说——“白毛仙姑”[①]，“它藉一个佃农的女儿的悲惨身世，一方面集中地表现了封建黑暗的旧中国和它统治下的农民的痛苦生活，另一方面又表现了在共产党领导下的新民主主义的新中国（解放区）的光明，在这里的农民得到翻身”。[②]歌剧《白毛女》自1945年公演后便大获成功，其中的歌曲在民众口中传唱，演员走到街上的时候，也常常被人们指着说：“这是白毛女！”“这是杨白劳！”“狗腿子穆仁智来了！”“黄世仁，大坏蛋！”而一谈到《白毛女》的故事，民众们深有感触：

一满是实情呵，咱们是从旧社会上经过来的。看了那女子的凄惶光景，谁不是眼泪珠子不拉拉价！[③]

1946年，歌剧《白毛女》在张家口演出，对剧本做出了一些修改[④]，并相继改编为同名电影（1950）、京剧（1958）、芭蕾舞剧（1965）、样板戏电影（1972），以及各种数量不等的民间文艺

① 这一民间传说与历史上的毛人、毛仙、秦宫女、仙姑、烈女等不同历史时期的毛女形象有着内在的一致性，为中国两千多年毛女神话谱系的现代演绎。参见贺滟波、刘光洁：《“白毛女”故事源流考》，《民族文学研究》2019年第2期。

② 贺敬之：《〈白毛女〉的创作与演出（1946年）》，参见贺敬之、丁毅执笔，马可等作曲：《白毛女》，中国青年出版社2000年版，第217页。

③ 同上书，第219页。

④ 喜儿的性格在三幕以后加强一些；增强了农民在旧社会里的反抗性，添了王大春，大锁反抗狗腿子逼租，被迫出走，后来王参加八路军回来的一节；加了一段赵大叔说红军故事，描述在旧社会里埋藏在农民心中的希望；根据观众意见，第六幕（最后一幕）第一场话剧味道太重，重写，第二场也改写。贺敬之：《〈白毛女〉的创作与演出（1946年）》，参见贺敬之、丁毅执笔，马可等作曲：《白毛女》，中国青年出版社2000年版，第220页。

形式①。

马可在《〈白毛女〉的创作回顾和体会》②一文中谈到《白毛女》的创作并非一帆风顺：“第一次起稿时写得像个旧戏曲，音乐上也是如此处理。黄世仁出场时按照秦腔三花脸的程式大大耍了一段花腔，效果很不好。”后来经过多次修改，从剧本讨论到演出实践，“院内的艺术干部、勤杂人员，院外的群众，首先是桥儿沟（鲁艺所在地）的老乡、新市场的市民、机关干部，直到党的七大代表，都提供了许多批评的意见和有益的建议，有的群众甚至马上以物资来支援我们的演出”。

电影《白毛女》基本上是根据歌剧改编的，但也做了不少重要的增删。如歌剧中喜儿在怀有身孕后，竟对黄世仁抱有不切实际的幻想，如黄家上上下下忙着为黄世仁办喜事时，喜儿错认为是为自己筹办的婚礼，自语道：“这回总算是……”并唱道：

穆仁智说我该高兴，
少东家叫我把日子等；
张二婶子将衣来比，不由我红喜喜在心里。③

① 如《白毛女鼓词》（知识书店，1949年）、《白毛女　沪剧》（北京宝文堂书店，1955年）、《白毛女　连环画》（上海人民美术出版社，1965年）等。此外，还有评弹脚本，据《书坛专刊》1949年7月2日刊文《评弹脚本尚感僧多粥少》，其中谈到“拿《白毛女》《阿Q传》《大渡河》《小二黑结婚》《茅家岭暴动》这五部改进脚本，在书坛上贡献”。

② 马可：《〈白毛女〉的创作回顾和体会》，《人民日报》1962年5月19日第5版。

③ 孔昭琪：《〈白毛女〉的另一种版本》，《新文学史料》2012年第2期。

其后，电影通过喜儿逃走的情节凸显喜儿并不是一个“因被黄世仁糟蹋而抬不起头来的弱女”，而是一个奋斗到底的坚毅女性。而关于大春和喜儿的爱情生活，电影中也有比较生动的描绘，杨润身在《从参加改编“白毛女”电影剧本说起》[①]中谈到电影表现喜儿即将成为新媳妇的喜悦心情的“匠心”：

水华同志一再讲着喜儿这种心情，不断地催我出主意。他说：“这儿把喜儿的形象处理得越美，对观众的教育意义也就越大。”我想着：让喜儿拿着喜花唱唱吧！没什么味道，后来我想起了我姑姑的事，我姑姑做媳妇的头天晚上，我看见她一人坐在屋里，面对着镜子把辫子结成了发髻，带上喜花，再加上唱。水华同志说：“行，有味道。”王滨同志也说在电影镜头上很不错。[②]

喜儿对于爱情的忠贞让人动容，即使到了黄家之后，喜儿依旧念念不忘“生为王门人，死为王门鬼”。特别是在电影结尾的安排中，喜儿的一头白发变为了黑发，原来如鬼魅般的面容也变为了青春少女的面庞；她同大春一起在地里劳作，并对着镜头露出充满期许和希冀的目光。电影在这里戛然而止，喜儿实际上代表着千千万被侮辱、被损害的女孩子，她们中有的还羞耻于自己被欺辱的历史，无法正视生活，有的被村人指认为“不洁”的女人，

① 杨润身：《从参加改编“白毛女”电影剧本说起》，引自蔡楚生等：《论电影剧本创作的特征》，中国电影出版社1956年版，第96—99页。

② 同上书，第96页。

无法被接纳。[1] 喜儿的那个不被期待的孩子在影片中被处理为死亡，这既可以免去喜儿在情感上的牵扯，亦体现了人民与地主阶级对抗的决心。[2] 围绕这一点及大春与喜儿最后的结合，也有许多不同意见，“有些人说要，理由是：母亲爱孩子是天性，同时留下孩子使观众更恨黄家。另外关于最后大春和喜儿是否还要结婚呢？个别的同志说：‘大春当上了区干部，怎么还能再爱一个白发的喜儿呢？’后来我这样想，让孩子留在喜儿身边，味道实在不对头，最后王大春如果不同喜儿结婚，要是自己的话，良心上实在过不去，实际上这是阶级感情的问题。经过一些讨论还是把孩子处理掉了，最后大春、喜儿也团圆了”。[3]

图 1-3 电影《白毛女》海报[4]

此外，歌剧《白毛女》的音乐也极

① 如丁玲《我在霞村的时候》中提出了一个关涉革命女性日常生存的尖锐议题：失贞的女性将如何选择其人生道路，她还能否有属于其个体性的人生幸福？参见黄丹銮：《从“贞贞的故事”看贞操观念与中国女性革命》，《中国现代文学研究丛刊》2017 年第 9 期。

② 周巍峙：《评〈白毛女〉影片》，《人民日报》1951 年 4 月 2 日第 3 版。

③ 杨润身：《从参加改编“白毛女”电影剧本说起》，引自蔡楚生等：《论电影剧本创作的特征》，中国电影出版社 1956 年版，第 98—99 页。

④ 黄志伟：《流光波影 1905—1966 电影海报集粹》，上海科学技术文献出版社 2011 年版，第 101 页。

富表现力，故而电影也大量使用了原歌剧独具民族风格的音乐。[①]如在《我不死，我要活》这首歌中，曲作以激昂高亢的旋律和疾风骤雨般的节奏，倾诉了喜儿的一腔复仇烈火：“舀不干的水，扑不灭的火！我不死，我要活，我要报仇！”有论者认为：“新歌剧《白毛女》，它在音乐上并不因形式上的不够完整而失去其表现戏剧的能力，相反地，它适当地表达了人物的性格及情绪，仍不失其为戏剧性的音乐。”[②]

电影《白毛女》的主题思想相较于歌剧有着更深刻、更完整的表现。电影一开始伴随着“清清的流水，蓝蓝的天，山下一片米粮川，高粱谷子望不到边，黄家的土地数不完”的歌声将镜头引到一片金黄的谷子地里。“杨白劳”“喜儿”“王大婶”“大春”等人物悉数出场。与歌剧文本所展示的恐怖的“疯女人”形象不同，这里实际上提供了一个“白毛仙姑”传说的“前文本”，让大家看到了一个“非常美丽的少女的身影”“在炎热的阳光下，辛勤的劳动里，更显出她的结实、年轻、能干、美丽和一种非常吸引人的生命的力量”[③]。

图 1-4 喜儿劳作场景（电影《白毛女》）

① 如一幕中采用了根据《小白菜》所写的《北风吹》及另一河北民歌《青阳传》；二幕采用了原来的《小白菜》；三幕是根据河北梆子及山西梆子等创作或改编的。贺敬之:《〈白毛女〉的创作与演出（1946 年）》，参见贺敬之、丁毅执笔，马可等作曲:《白毛女》，中国青年出版社 2000 年版，第 228 页。

② 李焕之:《音乐的戏剧，戏剧的音乐》，《人民音乐》1950 年第 5 期。

③ 水华、王滨、杨润身:《白毛女（电影文学剧本）》，《电影文学》1959 年第 1 期。

据电影中喜儿的扮演者田华回忆：

当时，我虽已22岁，已经结婚，但未生孩子，身体纤细，满脸就是一对大眼睛，因而别人总认为我才十七八岁。我出生在河北农村，正好与《白毛女》的传说《白毛仙姑》是同一个地区；又经历了八年抗战，三年解放战争，一直工作、生活在华北地区，成长在根据地；在舞台上，一直扮演农民形象，身上有一股乡土气息，大概这些都是导演反复考虑的方方面面。[1]

贺桂梅在《人民文艺的“历史多质性”与女性形象叙事：重读〈白毛女〉》[2]一文中提出：

白毛女故事包含了三个层次的女性叙事，即在现实层面存在的关于喜儿的乡村普通女性叙事，在村民的精神幻象层面存在的“白毛仙姑”叙事，以及新人民政治话语中的“白毛女”叙事。

在从歌剧文本到电影文本的转换中，以上这三个层次的女性叙事中的“喜儿”，逐渐被整合为以演员田华个人风格为标识的“演员的脸”。[3]这种影像话语建构不仅是契合政治形势变化的一种理想化投射，也是一种新中国的文化想象和审美诉求。“喜儿”是

① 田华：《我演〈白毛女〉》，《人民日报》2001年8月31日第12版周末文艺。

② 贺桂梅：《人民文艺的“历史多质性”与女性形象叙事：重读〈白毛女〉》，《文艺理论与批评》2020年第1期。

③ 贺滟波：《电影〈白毛女〉视觉形象的“再编码”与意义生产》，《艺术评论》2021年第9期。

一个深刻烙印着旧社会女性生命状态的青年女性形象，她的身上汇聚着千千万万女性的悲鸣与反抗。如周而复记录的“父子相争的故事”：

当时黄世仁的父亲黄大德还活着，父子对喜儿都有心思，双方争风吃醋，生了仇恨。父子两个都争着使唤喜儿，使喜儿接近自己。一次为了争着使唤喜儿，父亲用烟杆打儿子，儿子正在用菜刀切梨，顺手甩刀一挡，不偏不倚，一刀砍在父亲的颈子上，断了气。母子私下商量，要嫁祸于喜儿，说喜儿谋害黄大德。①

任萍于 1942 年在冀中军区后勤文工队工作时从冀西山区听到了另外一个版本的“白毛女”故事：

说的是一个地主，前两房妻妾都不生养儿子，他又娶了第三房。一年后，这第三房生的还是女孩。地主大怒，就将母女赶出了家门。从此，这女子带着女儿，住山洞、吃野果，长时间不食人间烟火，满头长发都变白了。开始躲在深山不敢出来，后来为了活命和养活女儿，逢年过节就到庙里偷贡品。有一次被上香的人撞见，奉为“白毛仙姑”，香火盛极一时，八路军来后，才把她从山洞里解救出来。②

① 周而复：《周而复六十年文艺漫笔：1935—1996》，中国工人出版社 1997 年版，第 346 页。

② 此为任萍 1995 年 6 月提供给何火任的书面材料《“白毛女”的传说》，参见何火任：《〈白毛女〉与贺敬之》，引自《贺敬之文集》第 5 卷，作家出版社 2005 年版，第 267 页。

关于这个故事还有王滨记录的“变形”异文：

河北一个地主借口老婆不能生儿育女，奸污了年青的丫头，并说若生了男孩，就纳丫头为妾。临盆之日，地主摆下了催生酒，到处张贴“弄璋之喜”……但是降生的却恰恰是个女孩，于是地主便迫令丫头脱光衣服带上孩子，把她赶出门去。由于地主的威吓，亲友们都不敢收留她，她只好钻进山里，饥寒交迫使她曾想寻死，幸因河北山上枣多，她吃着枣又活下去了，把孩子也养大了。因为不吃盐，长了一身白毛。有一年八路军从那里过，把她救出。以后她头发变黑了，并且结了婚，当了某地的福利部长。①

《人民日报》1958 年 5 月 6 日第 4 版还刊载过四川宜宾县凤仪乡的“白毛女”罗昌秀的故事：

十九年前罗昌秀十三岁的时候，因为当地恶霸的逼迫，跑到荒山野林里过起原始人一般的生活。1951 年她被当地农民从山林中找了回来。这时，她的头发变为白色，遍身长满了半寸多长的汗毛，变成了真正活着的“白毛女”。几年来，罗昌秀亲眼看见了新社会的种种变化，她原来的疑惧已逐渐消除，生活安定下来，她参加了当地农业社积极生产，去年和本乡农民文树荣结了婚。②

---

① 王滨：《简介〈白毛女〉的创作过程》，《电影文学》1959 年第 1 期。

②《人民日报》1958 年 5 月 6 日第 4 版刊载《旧社会逼成“鬼”新社会重作人，四川有个活着的“白毛女”，陈毅副总理接见了她并赞扬她的斗争精神》一文，记录了宜宾县凤仪乡一个贫农的女儿罗昌秀的故事。

在以上这些“白毛女”故事中，“喜儿们”的“被侮辱与被损害”经历是同地主家庭内部的“父子乱伦”“重男轻女”“草菅人命”等情节连缀起来的，而到了歌剧及电影《白毛女》的叙事文本中，喜儿的“被奸污”是黄世仁单纯的色欲使然，并非出自传宗接代的观念，喜儿的“被贩卖”更是将其从女性位置上剥离开来，成为一个可以随意买卖的“商品”。她的“有孕”并未对她的处境有任何帮助，反而加深了她的悲惨，这个“佃户女儿”与“地主少东家”的“罪恶结合”产生的小生命势必是一出生就死去的“旧社会的象征”。这一情节设置也是对当时一些还对地主阶级抱有幻想的民众的“当头棒喝”。就像在以上这些故事中，其叙事重点均放置在喜儿因为何事“被赶出”地主家门（被冤枉杀人、生女儿等），但到了歌剧及电影中，其重点则被置于喜儿以何种方式“进入”地主家门，并由此衍生出杨白劳欠债、穆仁智设计、黄世仁强抢喜儿这一重要情节。

同样关于农村女性进入地主家庭内部的叙事还可见于电影《祝福》（1956）[1]。在这里，地主家的“帮佣”成了观众关注的焦点，她不再如电影《白毛女》中的“喜儿”是一个美丽健康的女孩子。小说中，祥林嫂带着愁苦与悲伤进入了地主家庭，并在

---

① 作为1949年后中国的第一部彩色故事片，电影《祝福》是一个内涵复杂的复合型文本，它将20世纪50年代中期电影人的国家认同、民族意识和阶级情感精巧地编织在一起。李哲：《电影〈祝福〉与1956年的中国形象建构》，《文艺研究》2019年第10期。

“夫权、族权与神权的三重压迫”[①]下一步步走入无边的黑暗之中。而在其电影改编中，导演桑弧放大了“祥林嫂”这个人物的悲剧性，他在《〈祝福〉导演阐述》中谈到“祥林嫂”是一个被封建势力活活扼杀的善良无辜的灵魂，但她“不是一个仅知逆来顺受、苟安偷生的人物，而是在她的忠厚纯朴的性格之中蕴蓄着反抗的火种”。

一方面她是极度地忍受苦难，一方面是不甘心向命运屈服，这二者在祥林嫂身上得到了奇妙的统一，这也正是中国妇女的传统的优秀品质。因此，祥林嫂给予读者的印象不是一个“弱者”，而是一个“牺牲者”。由于历史条件的限制，祥林嫂不可能明白认识谁应该对她的悲惨命运负主要责任，但是从她后来打听一个人死了之后有没有魂灵这一点来看，她从迷信命运到怀疑命运，正是她认识上的一个重要的变动，这也反映了被压在最底层的旧中国劳动妇女的萌芽状态的觉醒。[②]

电影《祝福》实际上是将小说中的“启蒙”叙事转换为一种“革命”叙事，“祥林嫂”的遭遇和经历，改变了她身体的性质，从“洁”到“不洁”，她始终无法为自己“正名”。电影昭示了一种“旧中国”的女性生存状态，一旦进入地主家庭内部，农

① 裴亚莉：《另一个世界：三个银幕女性的塑造和社会主义中国的信仰表达》，《陕西师范大学学报》（哲学社会科学版）2012年第1期。

② 桑弧著，李亦中整理：《桑弧电影文集》，上海人民出版社2016年版，第44—45页。

村女性的身体性质必然被改变。压迫祥林嫂的既有如婆婆、贺老大等家族内部父权象征，也有如鲁四老爷、杨六老爷等地主阶层代表。电影末尾，祥林嫂猛然醒悟了“菩萨也不能救我”的事实，于是举起厨刀不断地劈砍她捐的门槛。这一改编颇为学者所诟病，认为其对阶级话语的表达过于穿凿，改变了鲁迅小说《祝福》的原有题旨。对于是否改变鲁迅“原有题旨”的问题，不能简单评判，应当回到小说《祝福》诞生的历史语境之中去考量。

图 1-5 电影《祝福》宣传画[①]

1919 年，陆学仁、何肇葆在《北京女子高等师范文艺会刊》上发表《娜拉走后怎样？鲁迅先生讲演》[②]，讲演中提到，娜拉是一名 Ein Puppenheim，中国译作傀儡。鲁迅在讲演中特别指出，所谓 puppe，“不单是牵线的傀儡，孩子抱着玩的人形也是；引申开去，别人怎么指挥，他便怎么做的人也是”。鲁迅其后所做之篇章，大半竟是在书写所谓傀儡与不甘做傀儡之人事。据此，我们再来看“祥林嫂”所经历之事，无论是被卖作他人之妇抑或被指认为“不洁”后攒钱捐门槛，她都像是一个鲁迅所谓之“傀儡”，

① 四川省电影发行放映公司，四川人民出版社编：《电影宣传画选》，四川人民出版社 1983 年版，第 8 页。

② 陆学仁、何肇葆：《娜拉走后怎样？鲁迅先生讲演》，《北京女子高等师范文艺会刊》1919 年第 6 期。

浑浑噩噩地接受着命运的摆布，直到死还在询问魂灵之事，担心自己死后所要面临的一切，可悲可叹。而电影中所安排的祥林嫂砍门槛的行为，使得祥林嫂作为旧社会傀儡的“坚硬外壳”有了一丝松动，她的这种异于常人的举动当然可以理解为报复抑或泄愤，但她那举起刀的手，砍向的不仅仅是“千人骑万人踏”的门槛，更是绑住自己的那并不牢固的“操纵之线”。

类似的叙事也体现在贺老六临死之前的举枪反抗等行为中，因而小说中祥林嫂在临死之前，口里喃喃的那句“人死了以后，到底有没有魂灵……告诉我……告诉我”也顺理成章地被影像“引申”为一种劳动者对有产者的无效“质询”。

二、区隔与对立——叙事中的女性地位变迁

相较于《白毛女》《祝福》等“前文本”的暧昧不明，进入20世纪60年代的影像叙事显然将农村女性与地主家庭做了明显“区隔”。如《刘三姐》（1961）中的“对歌”主要发生在“歌墟”[①]中。“在广西农村中间，歌墟是为祈祷丰收而举行的，他们所唱的歌多是言情及历史故事；但在农民们看来，这不过是他们的生活之一部分……”[②]举行歌会时，地点多是各乡镇的墟场（市集），地方上的地痞、商人、赌棍，常在庙前大草坡上盖搭一个草棚，棚上有

① 壮族歌墟是一种群体性的聚会唱歌活动。传统的歌墟是在特定的时间地点举行，有它的历史缘由和特定意义。歌墟作为一种历史文化传承事象，是一定的社会形态的反映。详见潘其旭：《壮族“歌墟”——民族部落祭祀活动的产物》，《民族艺术》1988年第4期。

② 贯农：《广西的歌墟》，《东方杂志》1935年第14期。

阁，可以容留二十多人。

他们聘请一位最会唱歌的歌娘来，坐在草棚的阁上唱歌。县里会唱歌的男人，不管远近，都来挑逗那位歌娘和他对唱。歌娘本领高强的，便把一个个和她对唱的男人打退，迫得他们无语可答；于是观众拍掌，男的羞得脸红耳赤，不声不语地离开会场。也有些男人唱歌本领非常高强，能和歌娘对唱数天数夜；这样的男人，会获得歌娘的烟槟款待，和歌棚主人的酒饭款待；甚至可以获得歌娘的爱和肉。[①]

在民间“对歌”中，人们短暂地脱离了日常生活秩序，以歌声获得尊重与爱情。而电影中的刘三姐则以民歌为武器，利用歌声“向反动统治阶级正面挑战”[②]。影像中的“刘三姐们”的命运得到了真正意义上的改变，她们不再躲入闺阁之中，而是走出家门，挣脱传统家庭赋予她们的道德枷锁。“刘三姐们”在与封建势力的抗争中逐渐成长为时代所需要的社会主义“新女性”。“刘三姐们”正是凭着现代民族—国家建构的权威资源对“莫怀仁们”进行惩戒。《刘三姐》的创作风格体现了那个时代所鼓励的浪漫主义精神，“出现在舞台上的刘三姐，她的反叛行为，锋利的言辞，飘忽悠扬的战斗的歌声，这一切都给我们留下了深刻难忘的印象”。[③]电影有意强调“刘三姐”对地主的厌恶完全出自天然的阶级觉悟，

① 贯农:《广西的歌墟》,《东方杂志》1935 年第 14 期。

② 贾芝:《民间传说刘三姐的新形象》,《文学评论》1960 年第 5 期。

③ 同上。

如强调刘三姐的受苦出身、对地主的仇恨等，但是我们还是可以从叙事缝隙中发现另一种情形。

1958 年，在社会主义建设高潮的新形势下，“大跃进运动”激发了群众自身的创作热情，“走出工厂”“走出街头”的大字报、顺口溜、诗歌、舞蹈、话剧等除了有强烈的政治性外，一部分还具有浓郁的文艺性，因而被称为“大字报文学”与“四句头民歌”[①]。这种完全崭新的文学萌芽一经出现，立刻受到了党中央的高度重视。1958 年 4 月 14 日，党中央发出了“大规模地收集全国民歌”的号召，指出要“通过群众路线、深入群众、依靠群众”在全国范围内大规模地把“大跃进”时代的“促进生产力，鼓舞人民、团结人民”“丰富人民文化生活”的“现实主义和浪漫主义相结合的好诗”收集起来。[②]1958 年 8 月 2 日，《人民日报》刊载社论《加强民间文艺工作》，社论提到毛泽东对民歌搜集的重视，在党中央的倡导及各地党委的推动下，“一个全国性的搜集民歌运动就声势浩大地展开了”[③]。在这一大众化运动中，新型的“农民诗人”成为社会主义文艺战线之先锋，民间文学也在这次进入主流的“越界”[④]中发生了价值与功能上的变化，规范着“人们对历史现实的想象方式”，再造了民众的“社会生活秩序和伦理道德观

① 丰村:《从群众文艺会演看一年来群众文艺节目的成就和特色》,《上海文学》1960 年第 1 期。

②《大规模地收集全国民歌》,《人民日报》1958 年 4 月 14 日第 1 版。

③《加强民间文艺工作》,《人民日报》1958 年 8 月 2 日第 7 版。

④ 毛巧晖:《越界：1958 年新民歌运动的大众化之路》,《民族艺术》2017 年第 3 期。

念”[1]。“刘三姐们”身上包含了一直以来被我们各式各样文学阐释语境有意无意忽略的丰富的文化象征内涵，电影中的刘三姐故事着眼于“阶级斗争”，采取晚近产生的一些关于刘三姐的传说的片段，把她塑造为一个“劳动人民的喉舌”。[2]但影像依旧表征了“自在混沌、难以被现代性整合的传统乡村的文化身份”。如秀才对舟妹唱道“见你打鱼受奔波，常年四季打赤脚，不如嫁到莫家去，穿金戴银住楼阁”。听闻此语，舟妹又羞又气。刘三姐安慰了舟妹，并以一种直截了当的态度驳斥了这种戏谑之言：“你爱莫家钱财多，穿金戴银住楼阁，何不劝你亲妹子，嫁到莫家做小婆。”[3]这种改编实际上是用新的文化秩序整理和改造民间文学资源，引导矫正大众的审美趣味。而电影中的“禁歌”在20世纪30年代确有其事，“民政厅”以“有伤风化”四字，下令禁止广西“歌墟”。在农民看来，这种禁止是有害于生产的。“一位五十余岁的老农”诉说：“禁止！那学堂里有唱歌？学堂唱歌？我们就唱不得吗？现今男女平权，唱唱歌又怎样！禁止？学堂里就准唱歌……”[4]影像中的“禁歌”这一情节实际上鲜明地表征了乡村现代性叙事之中错综复杂的权力纠葛。

---

① 张炼红：《从民间性到“人民性”：戏曲改编的政治意识形态化》，《当代作家评论》2002年第1期。

② 刘三姐以自己的诗歌无情地揭露、嘲笑封建统治阶级和几个酸秀才，粉碎了恶霸地主迫害她的种种阴谋，击退了他们的凶恶进攻。

③ 参见电影《刘三姐》。

④ 贾农：《广西的歌墟》，《东方杂志》1935年第14期。

图 1-6 《刘三姐》故事片海报[①]

从《刘三姐》故事片海报的画面结构来看，可以直观而明晰地发现，刘三姐占据了画面空间的主体部分，且居于画面靠前的显性位置，民众与地主则以“漓江”为界限，居于画面左右，半隐半现。刘三姐在海报上凸显的形象，较之“喜儿”“祥林嫂”等更近似于一种民众的“代言人”，完全摆脱了与地主家庭的关系，即使被掳到地主家里软禁起来，她也以砸碎古董、撕碎绫罗、掀翻饭菜的行为表示抵抗，其后更是在同样出身贫苦的丫鬟的帮助下逃出莫家。

丫鬟：这个老狗，可毒着呢，姐姐，你得想个办法，逃出去……

丫鬟：姐姐，我有了办法了，这个老狗把你抓来的时候，吩咐我们不许走漏风声，你给他大闹一场，他很爱面子，怕闹出去不好看，说不定会放了你。[②]

---

① 汪海明：《中国电影老海报 20 世纪 60 年代》，河北美术出版社 2007 年版，第 36—37 页。

② 引自电影《刘三姐》。

图 1-7 丫鬟怒砸莫家古董（电影《刘三姐》）

电影《刘三姐》除了塑造刘三姐形象之外，还在莫家的两个丫鬟身上着墨颇多，较之于《白毛女》中作为地主家骄奢淫逸象征的丫鬟和《祝福》中对祥林嫂投来“同情的一瞥”的女仆阿春，这两个丫鬟显然更具反抗精神，她们不仅同情刘三姐，言谈间骂莫怀仁“老狗”，还主动将莫怀仁的诡计告知刘三姐，并动手砸碎莫家的古董激怒莫怀仁。

三、消失的“地主”——新中国女性位置的“游移”

图 1-8 电影《小二黑结婚》剧照

到了电影《小二黑结婚》[①]中，地主家庭似乎完全在叙事中消失，农村女性在恋爱与婚姻中所遭受的困难更多的是来自“家庭内部”及“封建残余势力”。

影像塑造的“小芹”这样一个热情大胆的青年女性形象显然

① 分别有顾而已执导 1950 年香港大光明影片公司版本与干学伟执导 1964 年北京电影制片厂版本。

更符合“新中国女性”的形象期待。

小说《小二黑结婚》取材于1943年上半年赵树理到辽县（今左权县）搞农村调查了解到的一桩农村干部迫害争取婚姻自由的青年农民岳冬至致死的案件：

这一年四月，敌人大“扫荡”，文化机关分散到山里，赵树理到辽县（今左权县）政府驻地的村子里，有一天访问房东的亲戚，他说他来告状，说有人把他侄儿打死了。

他侄儿姓岳名冬至，是村里的民兵小队长，有一天下午，村干部叫岳冬至去开会，整夜没有回来，第二日早晨，他发现拴牛的屋子门外面关着（是用铁搭子扣着并且捅了根小棍子），他一看不是自己关的，就开开到里面去看，他侄儿就吊在梁上，已经死了，因为这屋子太低，吊的人并没有离地，半条腿还在牛粪里跪着，看样子是死了以后才吊上去的，问村干部，都说他开完会就回去了，不知道是怎么吊死的。

这时赵树理问他村里的情形，谁跟他有仇，这个老汉介绍了一段情况，说：我村里的干部都是青年，大家都好到一个俊闺女那里去耍。她叫智英祥，原是河南武安县[①]人，因为她的家离敌人据点很近，就搬到山里来住，她的母亲自入了“三教圣道会”以后，男女不同居，她的父亲便在外面流浪着。有一天智英祥的母亲回武安县去，碰到走关东的一个四十多岁的商人，她因为羡慕他的富裕，就把智英祥许给他了。这人送给她很多贵重的聘礼，智英祥就反对，不愿意，跟她母亲吵着说：“谁拿了人家的东西，

① 今为河北省武安市。

谁就跟人家去。”

在这同时，智英祥的两个哥哥，也不愿意他母亲这“道”，每逢在敬神上化钱，也吵吵闹闹，这老婆子就在“众叛亲离”的情形下吊死了（在岳冬至死前一年）。

老婆子吊死以后，她父亲仍在外面流浪，两个哥哥因为在地里生产，同时也不干涉妹妹的私人事情，这样就给智英祥形成了一个方便的进行恋爱的条件。

十九岁的岳冬至，是村里的一个美男子，他父亲给他养着一个九岁的童养媳。岳冬至为了这，也成天跟他父亲生气，智英祥和他在这个条件下就进行了恋爱。

这村的村长是富农的孩子，虽然程度不高，却是村里唯一的高小毕业生，长得也还漂亮，只是他早已结婚了。

他也常到智英祥那里去，智英祥因为跟岳冬至关系深一些，对他总是婉词拒绝，所以他对岳不满，常找岔子。

另外有一个青救会秘书，也常到智英祥家去，她对待他和对待村长一样。这秘书的妻子，是村里的妇救会秘书，因为不愿意叫自己的男人到智英祥那里去，就常好找智英祥一些岔子，还有两个干部（记不得什么干部），虽和智英祥没有关系，却跟村长是亲戚，村长便联合他们来反对岳冬至和智英祥。

这是故事的轮廓情形，后来经过县政府的几次侦查审讯，发现岳冬至“吊死”的真相是：“几个村干部暗地开了一个斗争会，用腐化的罪名斗争岳冬至。叫他和智英祥永不来往，可是岳冬至不承认自己有错，他说，他跟智英祥的恋爱是正当的，这样斗争到半夜，他们看到不能占上风，就动手打，不大一会就把他打死了。他们本来不计划打死，这样只好想了一个法子，把他吊在他自己的家里去了。去吊的人有点傻，既没有把人吊离了地，又把门从外面关上，因此弄得不像吊死的样子。”①

在处理这个案件的时候，赵树理到村里去过两次，对当事人的各个家庭进行了调查。赵树理认为打死人，犯了罪，都是封建习惯促成的。但是直至案件处理完，村里的人对岳冬至和智英祥的恋爱依旧未抱有一丝同情。事后村里人虽然也说不该打死他，却赞成教育他。

赵树理敏锐地觉察到这个故事背后蕴含的深刻意义——农村基层治理中存在的问题，“因为抗战初期，老实的农民对新政权还摸不着底子，不敢出头露面，这些流氓分子便趁机表现积极，常被我们没有工作经验的同志认为是积极分子，提拔为村干部”。于是赵树理便在小说中塑造了金旺、兴旺这两个腐化堕落的人物形象；在处理岳冬至的父亲和智英祥的母亲这两个重要人物时，赵树理将自己的父亲形象叠加在岳冬至的父亲身上，创造了“二诸葛”这样一个“泥古不化”，动辄“天定”“命相”的封建家长形象。此外，赵树理又改变了智英祥的母亲“吊死”的结局，而将别村的一个装神弄鬼，勾引男子“企图一些不正当的享乐”，阻碍女儿自由恋爱的母亲“移植”给智英祥。对于原故事的结局，赵

① 董均伦：《赵树理怎样处理〈小二黑结婚〉的材料》，引自中华全国文学艺术工作者代表大会宣传处编辑：《中华全国文学艺术工作者代表大会纪念文集》，新华书店1950年版，第530—534页。

树理也认为太悲惨了，只能体现出“正面人物是被封建习惯吃了的，写出来不能指导青年人和封建习惯作斗争的方向”。于是只能由区长、村长支持着弄了个大团圆。[①]

彭德怀在看到小说《小二黑结婚》后大加赞赏，为其题词“像这种从群众调查研究中写出来的通俗故事还不多见”，以示支持。这句题词后来印在《小二黑结婚》一书的扉页上。《小二黑结婚》在10月份出版[②]后，受到太行区广大群众热烈欢迎，仅在太行区就销行达三四万册。“太行区各村庄流行秧歌剧，许多村子群众自动地把《小二黑结婚》改编成秧歌剧，自演自唱。”[③]其后又相继改编为话剧、秧歌剧、新平剧、越剧等。

1964年由北京电影制片厂拍摄的电影《小二黑结婚》情节略有删改，主要讲述了山西省刚刚解放的一个山村——刘家峧中一对青年男女追求婚姻自由的故事。[④]相较于“喜儿”和“祥林嫂”，“小芹”在20世纪中期的历史语境之下表现出更多超越性别的普遍代表性。关于她与小二黑的婚姻故事是裹挟在家庭矛盾、宗教

① 赵树理后来去调查时发现，村长的父亲是那个地方原来的统治者，叫他孩子当村长不过是名义，实权还在他手里，跟其他的地主政权差不多。赵树理表示，如果这一点发现得早的话，（小说）全盘的布置就要另做一番打算，可以完全与现在这个作品不同。

② 赵树理著，新华书店编辑部编辑:《小二黑结婚》，新华书店1943年版。

③ 关山:《〈小二黑结婚〉如何问世的》，《人民日报》1982年7月6日第8版。

④ 二人从小就很要好，长大以后彼此相爱，但受到封建势力的阻挠和钻进革命政权里来的坏分子的陷害。为了争取婚姻自主，他们向封建势力和阶级敌人进行坚决的斗争，在政府和群众的支持帮助下，终于取得了胜利。

信仰、革命斗争等主题中讲述的，通过以“小芹”为代表的“新女性”形象塑造，展现了“反封建”“妇女解放”“爱情自由”等时代话语。她不仅通过揭露和斥责母亲“三仙姑”来接续“五四”时期女性勇敢挣脱旧式家庭束缚之精神[①]，还借助“拿斧头喝退金旺”“主动向小二黑表达爱意”等具有鲜明个体意识的行为将自己从家庭内部永恒的“女儿”地位中彻底解放出来。《小二黑结婚》通过女儿与母亲、儿子与父亲的矛盾冲突凸显了20世纪五六十年代被改变的“家庭”“婚姻”观念——原本的传统血缘家庭的权威性被置换为革命话语，充满个人主义色彩的“家庭”丧失了固有的地位。[②]处于传统家庭性别秩序之中的女性在经历了“妇女解放”“新婚姻法”等之后势必会有所改变，特别是在1950年5月新中国第一部法律《中华人民共和国婚姻法》颁布之后，叙事中的“小芹”的命运得到了真正意义上的改变，她们不再躲入闺阁之中，而是走出家门，挣脱传统家庭赋予她们的道德枷锁。在面对金旺的威胁时，她们没有丝毫犹豫，从前期面对心上人的羞涩告白，到后来面对爱情的坦然无畏，“小芹”在与家庭、阶级的抗争中逐渐成长为时代所需要的社会主义“新女性”。

---

① 从《娜拉走后怎样》到《伤逝》再到《奔月》，“五四”时期，鲁迅对女性和女性问题、婚姻问题等两性关系进行了深入思考与探索。

② 1950年5月，新中国第一部法律《中华人民共和国婚姻法》(以下简称《婚姻法》)颁布，正式开启了新中国成立后的法治社会进程。“该法虽名为婚姻法，但亦是家庭律令，它明确提出建设新民主主义的家庭制度。”参见张华：《“民主和睦”：1950年〈婚姻法〉的宣传实施与新家庭建设》，《开放时代》2018年第4期。

从《白毛女》《祝福》《刘三姐》《小二黑结婚》等电影中，我们能够看到“女性地位”的变动，女性形象及叙事内涵始终处于不断变化的动态过程之中，并逐渐与女性解放、民族一国家建构及革命中国等核心主题相融合，共同塑造了“新中国风景”。

第二章
“农村”想象与乡土经验表达

中国现代文学史上的“农民叙事”有两次热潮：一次是“五四”文学中的平民题材以及“乡土文学”；另一次是自“左翼文学”到“延安文学”中的“工农兵叙事”。[①] 有论者指出，关于“乡土文学”，“我以为单有了特殊的风土人情的描写，只不过像看一幅异域的图画，虽能引起我们的惊异，然而给我们的，只是好奇心的餍足，因此在特殊的风土人情而外，应当还有普遍性的与我们共同的对于运命的挣扎”。[②] 这种“普遍性的与我们共同的对于运命的挣扎”在“十七年”时期电影改编中被挖掘及呈现，共同参与建立了新中国历史的神话叙事。

第一节　乡土文学流变与乡村现代变迁

乡土文学自诞生之日起，就一直贯穿于中国文学发展历程之

---

① 毕绪龙:《当代小说“农民叙事”的“现代性”表达》,《当代文坛》2007年第1期。

② 蒲:《关于乡土文学》,《文学（上海1933）》1936年第2期。

中，在作家们的笔下，“昔日那个笼罩着温情诗意的田园便从烟雾迷蒙中浮现出来”，乡土实际上作为一个“凝固的静态的农业文明的缩影”成为人们关注的焦点。[①] 通过乡土文学，我们“可以清晰地看出20世纪中国社会变迁和中国由传统农业文明向现代工业文明转变的艰难步履”。[②]

一、乡土文学的呼号与忧惧

20世纪40年代，华北文坛掀起了“乡土文学的呼号”，谭凯在《报告文学和乡土文学》[③] 一文中表示“乡土文学这名字似乎还没有一个确定的解释。按照现在的提倡是为了小说内容的贫乏而发的。因为在这几年来我们的创作几乎是千篇一律的儿女故事，我们读到外国的作品常使我们生出一种自然的惭愧。所以为了扩大小说的内容，有提倡具有地方色彩的乡土文学的必要。在这一目的下，因为作者自己最熟悉自己的乡土，所以写出的故事一定较为生动有色”。但此时的“乡土文学”的主要原因还是对于“颓废和贫穷的创作反抗”，而它的出发点全在于“真实”。对谭凯的“忧惧”，上官筝在《乡土文学的问题》[④] 一文中总结道：

第一，他恐怕“乡土文学”流入于“不是用本地土话描述，

① 丁帆：《中国乡土小说史》，北京大学出版社2007年版，第1页。

② 宋洁、张志彪：《乡土文学的现代性观照》，中国戏剧出版社2008年版，第1页。

③ 谭凯：《报告文学和乡土文学》，《中国文艺》1943年第1期。

④ 上官筝：《乡土文学的问题》，《中国文艺》1943年第4期。

如《海上花列传》之类，就是记僻陋的见闻的东西”，而范围狭小，限于地域性，或“只能流行于一部分的领域里，而不能像别的作品那样得到广大的读者”。

第二，是“乡土文学”的用语和取材问题，也就是上项的引申，他说：“大概乡土文学的最下者是方言土语的写作，作者和读者只希望新奇换一个口味，所以作品的内容尽可谈天话地，只靠表面那些叽哩咕噜的字句已可动人声色。这正如不懂外国语者爱听‘洋人’说‘洋话’的道理一样，一点也谈不到文学价值。其次是描写特殊风土人情也只是表面的呆板事物，作者的手法既不能‘活现’，读者也只走马看花般地看过去”云云，而失掉了艺术的效果。

上官筝认为，我们提出“乡土文学”的要求，其动机和企图是认为“乡土文学”是克服今日文坛堕落倾向的唯一武器。“乡土文学”是要正确地认识现实，把握现实，而且在形式和内容上，要彻头彻尾的现实主义和具备民族的与国民的性格，这样的乡土文学，才是历史所期待的。而“儿女故事”也并非今日文坛的堕落与贫乏的原因，任何时代的文学作品都离不开“儿女故事”，因为“儿女”实是这社会中的主角。我们所反对的，不是作家所取材的“儿女故事”，而是作家把“儿女故事”和现实分离，使之成为空幻而空虚的梦忆，“好像爱人们只亲嘴，喝点露水，唱句情歌，就可以成仙飞升，不动烟火，用不着吃人间的粮食了”。因此内容也就浅薄可笑，毫无价值了。我们提出“乡土文学”的口号，一是要求作者将视野放宽，深入作者的“我乡我土”；二是促进作家对现实主义的把握，这两点本来就是互有关联的。对于“乡土文学”中的“方言”问题，上官筝认为已经是屡见不鲜之事，如沈从文的湖南话、欧阳山的广东话、老舍的北京话等。

引用方言以刻划人物的性格，有时更为浮出和动人——尤其在对话上——我想这将成为“乡土文学”的特色，也将成为“乡土文学”之可贵的一点。

当时围绕“乡土文学”，还有一种理解是将“乡土文学”与“地方主义”做比较的说明。赵玄武在《乡土文学和地方主义》[①]一文中提到 1931 年 F.V. 卡尔凡顿（F.V.Calverton）在他所著的《十字街头的美国文学》(*American Literature at the Crossroad*)里说，20 世纪 20—30 年代近代主义的美国文学是“以艺术反抗现实的时代，甚至可以说是青年的怀疑主义的时代”。从而他把 20 世纪 30 年代新文学的进路规定为“传统的复归”而列出了新本主义（New Humanism）、新地方主义（New Region Alism）和新普鲁主义（New Proletarianism）。

卡尔凡顿提出的“地方主义文学”，要求作家把自己所住的地方（Region）作为作品的主题进行描写。“以美国的情况来说，这种地方主义文学是和都会文学对立的地方文学、农村文学，甚至是保持着脱离人与人间的纠葛而趋向自然的自然文学。”为了易于理解，赵玄武举了鲁迅的《阿 Q 正传》和台静农的短篇小说集《建塔者》《地之子》作为范例，讨论文中各种人物身上所具有的

① 赵玄武:《乡土文学和地方主义》,《文运》1944 年第 1 期。

强烈的地方色彩。

针对此种观点，谭凯认为“乡土文学”与“地方主义”有着本质上的区别，“地方主义”的意义应该是又广又深的，“乡土文学”不是“地方主义”，“地方主义”不妨做今日“乡土文学”的出发点。[①] 其后，谭凯又在《再谈“乡土文学”》[②] 一文中谈到“描写那些边区土民生活的文学作品”，如马子华的《他的子民们》所写的就是一个边疆的故事。[③] 书跋中谈道：“南中国，封建制度更深得表现于那特有的土地生产关系上。”此书所描述的“土地问题”，是中国千百年许多社会问题之症结！“如此人生体味的表述，是以其亲身目睹的生活转化为书面文字，如叙家常般娓娓道来，整个就是一个农民与命运抗争的故事。”“沈从文笔下的湖南风光除了一部分描写未开化的土著生活者外，别的所采取的仅是一个背景，说不上什么意义。”艾芜的《南行记》和《南国之夜》描写亚洲热带的生活，还有比较充实的内容；萧红和萧军的短篇写山间江畔的生活，也很有地方色彩。[④]

---

① 谭凯：《跳出圈子——乡土文学并不是一个圈套》，《新民声》1944 年第 5 期。

② 谭凯：《再谈“乡土文学”》，《中国文艺》1943 年第 2 期。

③ 马子华的《他的子民们》描绘了发生在二三十年代南中国的金沙江畔，少数民族地区“子民”们在封建土司残酷的政治压迫和经济剥削下的痛苦生活以及他的斗争反抗，为我们勾画了一幅旧中国边地社会的真实图画。

④ 马子华：《他的子民们》，云南人民出版社 2015 年版，“出版说明”，第 2—3 页。

二、乡村发展与文艺创作

1942年《讲话》中将“大众化”阐释为“就是我们文艺工作者的思想感情和工农大众的思想感情打成一片”，这一思想在文艺领域中体现为“广泛的群众性”。首先，它深刻而充分地反映了广大群众所从事的壮丽事业，描写了工农兵各条战线的先进人物，赞颂了群众的抗战、政治活动、生产、除奸、扫盲、反迷信等各方面所创造的业绩。[①] 其次，延安文艺广泛的群众性还表现在广大文艺工作者与群众的结合方面，各文艺团体都把发展群众文艺列为重要的活动内容。“许多文艺工作者扎根群众中，与群众同睡一孔窑，同吃一锅饭，劳动在一起，或者在基层任职。”有了这种情感的交流和转变，才产生了艾青歌颂劳动英雄的长诗《吴满有》、李季的《王贵与李香香》、刘白羽的报告文学、古元的木刻等。[②] 再如董均伦在《学习生活：我学文学的经过及其他》一文中表示他非常欣赏在延安成长起来的作家孔厥，认为他是“运用陕北民间语言最成功的一个”“他过去也没有住过文学院。相反地，在延安他老在乡下参加实际工作，可是他能够写出很好的东西”“文艺（我所说的是革命的文艺）是人民的生活，经过作家的加工而制成的”。[③]

---

① 那时，每有演出，观者云集，站满了广场、山坡；每有朗诵，听者涌来，不时报以热烈掌声；各种画展，也吸引来无数观众，巡回连展数日，盛况不衰。

② 孙国林：《延安文艺大事编年》，陕西师范大学出版社2016年版，第3页。

③ 董均伦：《学习生活：我学文学的经过及其他》，《胶东大众》1946年第40期。

新中国成立之初，被解放了的广大农村“经历了而且正经历着巨大的变化”。农民与地主之间进行了微妙而剧烈的斗争。农民为实行减租减息，为满足民生民主的正当要求而斗争，这个斗争在抗战期间大大地改善了农民的生活地位，因而组织了中国人民抗敌的雄厚力量。抗战胜利以后，减租减息与反奸、复仇、清算的斗争结合起来，斗争正在继续深入发展。这个斗争将摧毁农村封建残余势力，引导农民走上彻底翻身的道路。经过抗日战争，农民已经空前地觉悟和团结起来了。他们认识了他们贫穷的真正原因，他们决心为根本消灭这个原因斗争。他们把斗争会、清算会很正确地叫作“挖穷根”，这就是说要把贫穷的根子挖出来，将它斩断。“农民的革命精力正在被充分的发挥，这个力量是没有什么东西能够拒抗的，是无穷无尽的。它正在改变农村的面貌，改变中国的面貌，同时也改变农民自己的面貌。这是现阶段中国社会最大的最深刻的变化，一种由旧中国到新中国的变化。”①

这个“农村中的伟大的变革过程”也体现在新中国的文学创作中，这一时期的文学出现了从重视学识才情、文人传统到重视政治意识、社会政治生活经验的倾斜，从较多注意市民、知识分子到重视农民生活的变化。描写土地改革后农民观念变化的有马烽的《一架弹花机》、赵树理的《小二黑结婚》《三里湾》《登记》、谷峪的《新事新办》；写农业合作化运动的有李准的《不能走那条路》、秦兆阳的《农村散记》、康濯的《春种秋收》、柳青的《创业

① 周扬:《论赵树理的创作》,《新华文摘》1946 年第 1 期。

史》、赵树理的《三里湾》、周立波的《山乡巨变》等；描写“大跃进”时期农村现状的有李准的《李双双小传》、马烽的《我的第一个上级》、茹志鹃的《静静的产院》、赵树理的《实干家潘永福》等。

第二节 新中国“儿女故事”的影像阐释

20 世纪 30 年代，“中国尚在农业经济时代，农民占全国人口百分之八十以上，农民生产占全国生产百分之九十以上，我们国家的一切政治、经济底设施，都是以农业为立国的基础”。电影对于改良农村生活应负很重大的责任。“譬如以电影作为施行农村教育改良农村风俗的工具，它所收的功效特别伟大。”①

1934 年，国际教育电影协会发起了一个国际农村影片比赛，定期于 1935 年夏在北京万国博览会举行，中国协会着手准备一部影片参加竞赛。完全利用天然景象，在春耕时期，农人脚踏水车，折背插秧，牧童于夕阳西下时归途中横牛背上吹笛及

图 2-1 “春水绿波，陶醉了一双农家的情侣”（电影《农人之春》）②

① 黄天始：《发展农村电影刍议》，《影戏杂志》1931 年第 2 期。

②《农人之春》，《良友》1936 年第 113 期。

农人家庭生活等。影片制成后命名《农人之春》[①]。参赛影片中不乏在技巧和布置上“有富丽堂皇的表现”的作品，但均不若中国的影片来得“自然和逼真”，“在习于高度机械化的生活，这算是别具风格，颇合于审查人的口味”，最终得到第三名奖。[②]

到了20世纪40年代，农村电影的呼声越来越高，“因为抗战期中，我国抗战的主力在于农村，故宣传农村，实属必要；但一般人以为农村影片是不需要通过艺术多大的表现的，只要主题正确，内容浅易，那便是农村电影罢了（甚至有人主张农村电影应该无声或废除）；否则，那便有太‘文艺’了之评，农村的老百姓，是看不懂的”。这种认识无疑是有失偏颇的。据此，作者提出，“农村的老百姓，他们生活中需要文艺是很普遍的……不论在他们的口语上、歌词上、戏曲上或墙壁间、毛厕里，他们都表现出需要文艺”。[③]

---

①《农人之春》为中央电影场出品，由中国教育电影协会、中宣会电影科及金陵大学理农两学院等会同摄制，为描写我国农村生活进展之影片，前往比利时参加万国博览会获得特等奖第三名。参见《农人之春》，《良友》1936年第113期。

② 郭有守：《记忆中的中国教育电影运动》，《电影与播音》1945年第5期。

③ 吴良高：《农村电影与文艺电影》，《中国电影》1941年第2期。

一、“到民间去”与“乡下大姑娘”

从1919年兴起的“到民间去”[①]运动开始，中国的政治精英、知识分子就很重视“农村”对于社会革命与社会发展的意义。1928年，梁漱溟《请开办乡治讲习所建议书》一文开篇即谈到“乡治为适应潮流切合需要之时代产物，举凡伦常重心之民族问题，教养精神之政治问题，均平原则之民生问题，均非建设乡治，皆无从得其完满之解决”[②]。而电影“可以改良社会，促进民智，它的力量，不仅是供人娱乐，如果能够把电影到民智闭塞的乡村里去开映，那么当使他们在娱乐的时候受到一些教训，开导他们闭塞的民智”，但是放映的电影“无不全是介绍些伦理的科学智识”。[③]如1934年《农业周报》第23期刊载《中央林区等机关举行乡村电影讲演会》，“讲演工具”为“电影机、活动影片、幻灯片，及关于农林卫生教育等图表与宣传刊物等”；“讲题”为“荒山造林之必要，森林直接间接利益，农业改良之重要，螟虫及黑穗病之防除，选种之方法与重要，用改良种子之利益，农业仓库之重要与信用，救济农村与成立合作社之关系，农业合作社贷款

---

① 周作人在《读武者小路君所作〈一个青年的梦〉》中首次将“V Narod”译为“到民间去”，参见周作人:《读武者小路君所作〈一个青年的梦〉》,《新青年》1918年第5期。1919年2月20日—23日，李大钊在《晨报》上发表《青年与农村》，提出中国新青年的使命需要通过弥合知识分子与劳工群众之间的断裂，即“到民间去”“到农村去”。

② 梁漱溟:《请开办乡治讲习所建议书》,《内政公报》1928年第6期。

③ 编者:《提倡电影到民间去》,《影戏生活》1932年11月2日第1版。

办法，普及农民教育之要点，乡村卫生之重要，等等”。[①]“在没有智识根底的多数乡村民众，是否能领略影片中的意旨，这倒是个绝大的问题。”在放映电影时，经常有这样的论调：

——教育电影究属是城里的先生看的，我们乡下人是不会看懂的。

——教育电影有什么看？看也看不懂，看到的老是一座座的山，一棵棵的树，一条条的河，一个个的圈儿。

——今天我来，原是久慕其名，而来见识见识的，现在既经见识过了，下次谁高兴再来。

——教育电影真没有意思。

这种结果“足以供给一般从事中国教育电影者改进的参考，真诚的教训”，时人亦提出拍摄教育影片的“标准”：

（一）须有教育意义者。

（二）须有活动性者。

（三）须富有兴趣者。

（四）须适合观众程度者。[②]

这一时期，社会各派政治力量在“到民间去”的运动中都关注到电影的重要作用。如田汉在“南国电影剧社”时期拍摄的一

①《中央林区等机关举行乡村电影讲演会》，《农业周报》1934年第23期。

② 子系：《“教育电影”与乡村》，《汗血周刊》1935年第4期。

部《到民间去》的默片[①]，虽然辛苦经营，备尝艰困，卒获意外的成功，大受世人称赞。在赴日考察之后，田汉痛心于国内电影发展现状，大声疾呼：“酒、音乐与电影为人类三大杰作，电影魔力尤最大，以能白画做梦故也。梦者心之自由活动，现实世界所压榨之苦闷，至梦境而宣泄无余。吾国电影事业，发达未久，以受种种压制相率不敢作欲作之梦。梦犹如是，人何以堪，同人等有慨于此，乃有电影社之组织，将合群策群力，以真纯之态度藉Film宣泄吾民族深切之苦闷。”[②]

在“到民间去”运动的影响下，除了介绍“伦理的科学智识”之外，“陶养性灵，发抒情感的诗意”也逐渐在电影中凸显。虽然电影中的皇帝被“革命干掉了”，但还希望银幕前的观众去做一个忠君良民的典型，似乎还是挂着“君要臣死，臣不得不死”的招

① 片成之后，田汉在《银色的梦》一片中，曾陈述他制作这片的动机，“读过俄国史的，尤其是研究过俄国近代文艺的人，当然知道千八百七十年代的俄国青年有一种所谓‘到民间去’的运动”“到了七十年代贵族出身的一班有思想的青年如托尔斯泰，痛悔其传统的罪恶，放弃其阶级的特权，群趋民间从理论与实际两方面研究农民的生活，遂划出一国民思想的全盛期，这个时代的俄国青年对于‘民众’这个抽象的概念像一种对初恋的情人似的慕悦”。在他们的脑中，农民具有“伟大纯朴的雄姿”“他们以为民众好像是无边的大海，上面有狂涛骇浪，漩涡怒潮”。这就是当时俄国青年的思想，是幻想，“他们因为热烈的追求这种幻想，差不多像寻情人似的都‘到民间去’！这种运动浪漫的性质颇多，追求者当然要遭到许多‘幻灭’，到千八百八十年代，这运动便消灭了，但它对于俄国社会思潮之转变贡献甚大，且使后世异国青年之闻风起者大有人在……”参见巴山：《田汉导演的一部影片 到民间去 南国电影剧社时代的出品》，《社会日报》1937年5月14日第3版。

② 晓兮：《否极泰来田汉大走时》，《上海报》1933年2月15日第2版。

牌，因为国产电影的意识依旧是“注重低级趣味的”，“怎么一条白光的神秘成了剑侠，怎么蛮民和官兵的争殴成了武术，怎么诱奸和买卖的婚姻成了爱情？”难道能把“过去的神怪、武侠、肉感的电影，以低级的趣味推进到民间去吗？”这正是一个矛盾的焦点，这就要求寻找“到民间去”的出路，“快把中国的电影革命起来”。[①] 在这种探索之中，农村题材开始逐渐出现，因其满足了电影的教育意义，可在镜头中穿插进一些指导耕作、生产的知识，又不会以生硬的说教招致民众的反感。这类电影表现出一定的批判性，突出了下层苦难与阶级矛盾，带有革命意识萌芽。1937 年，导演高梨痕拍摄了电影《杨柳村》，这一电影取材于 1927 年北伐战争时的一段“乡村往事”，全剧以革命为经、恋爱为纬，讲述了一个受尽挫折历尝痛苦的女子与丈夫破镜重圆的故事。演员范雪朋在影片中饰演女主角，丈夫陶金被军阀拉夫去以后，她不但要“刻苦的自食其力”，还要被她的父亲出卖，“受到好色的劣绅萧正中的蹂躏，然而她不屈不挠，始终过着她刻苦耐劳的生活，终于有一天见着她的丈夫归来，这样表情生动而有意识的演出，是值得大家注意的”。[②]

20 世纪 40 年代，人们逐渐认识到“我们中国的影片，其制作方法可以说是模仿欧美影片而来，而且自从有了中国影片产生以来，其制作的对象，都是都会的市民；换句话说过去的中国电

---

① 小鸥:《提倡电影到民间去　快把国产电影革命起来》,《影戏生活》1933 年 1 月 19 日第 2 版。

②《〈杨柳村〉漫谈》,《天津商报每日画刊》1937 年第 45 期。

影，是为了满足都会的市民的欲望而产生的，所以过去的中国电影作品可以说是‘都会电影’，而今天抗战电影的最大多数的观众，是农村的小城市市民与农民士兵，我们必须制作农村观众为对象的‘农村影片’”。“农村影片”喜见乐闻的制作，“在取材上，必须是农民所见所闻，以至于喜见乐闻的事物，最好是农民自己的故事。在编制上，必须使文化水准低下的农民，能够领会，能够欣赏，从而发生宣传教育的效能。而导演的手法，必须浅易，通俗”。[①] 这一时期，农民群众最缺乏的是“国家观念和民族意识”，因此，以农村为主要对象的影片，应该从“怎样使广大的群众认识我们的国家”着手，在影片的内容上，“应详细的说明我们国家今日所处的地位，说明我们的国家目前正在政治上，经济上，军事上，文化上受着日本帝国主义者强暴的侵略；进一步的更指示他们应该团结一致集中力量起来参加各项救国的工作，再不能像过去那样因循，苟且，自私自利，像一盘散沙一样的毫无组织”。同时，在影片的内容上更需说明“国家和人民的关系”——“有强壮的国民，才能建立健全的国家，只有奠定国家强盛的基础，大家才能永远的过着太平快乐的日子，大家的生命财产才有保障，大家的幸福才不会被断送”。其次，以农村为对象的影片内容，应“看重于改良农村生产方法”。此外，如破除迷信，是农民相信自己的力量，不要妄信鬼神，反对豪劣，“使农民服从于政府的法令”。这就需要剧作者和摄制者深刻了解农村情形，而演员们的动

① 杨邨人:《农村影片的制作问题》,《中国电影》1941 年第 1 期。

作也应完全吻合农村的风味。[①]

这一时期，“乡下姑娘”的形象也随着时代语境的变化，完成了由愚昧、土气向纯洁、忠贞的转变。如有刊物刊载童谣《乡下大姑娘》，还有商铺伙计戏耍乡下姑娘的《乡下姑娘》：“乡下姑娘，跑进商场，眼花缭乱，看了心痒，东指西划，脚乱手忙，闻闻味道，摸摸光亮，问问价钱，肚里思量，商场伙计，存心打棚，开口招呼，价钱真强，买一送一，决不上当，姑娘当真，伙计乐煞，姑娘受骗，大骂混账。”[②]另有将“乡下姑娘”与“摩登女子”“城里小姐”“城里先生”并举，如1929年《红玫瑰》[③]第34期发表《乡下姑娘与城里小姐》[④]一文，围绕“看相”这一问题，比较了乡下姑娘与城里姑娘的不同。“城里小姐是自以为标标志志讨人——男人欢喜的，所以不论是娼妓女学生，大家都以

① 蒋先启：《关于农村电影内容的商榷》，《中国电影》1941年第3期。

②《乡下姑娘》，《上海风光》1947年第12期。

③《红玫瑰》由《红杂志》更名而成，创刊于1924年8月2日，周刊，自第4卷起改为旬刊，属于文学刊物。由严独鹤任名誉编辑，赵苕狂任负责编辑，发行、印刷与分发皆为世界书局，该书局位于上海闸北虬江路和上海四马路红屋。馆藏1924年至1932年发行的部分刊物及1946年复刊的第1卷第1期和第3期，共计148期，具体停刊原因和时间不详。《红玫瑰》的封面印有妇女画，第2到4页为广告，主要有化妆品、医药与香烟类，尾页为投稿简章和刊物发行信息，文章中间有大量新女性的照片与画报。该刊文章内容种类主要为长篇小说和短篇小说两种，文章主旨意向，有短峭、滑稽与通俗三种，设有妇女栏、小小报、滑稽文章、新鲜笑话、中外趣闻、电影消息、剧场之谈片、滑稽书与问答等专栏。参见全国报刊索引，https://1-48-s-a956.unissl.proxy1.online/literature/literature/51522380da9c1600878d2e57403d6514，查询日期：2022年5月20日。

④ 侯霞丽：《乡下姑娘与城里小姐》，《红玫瑰》1929年第34期。

装璜看相为第一要义；天冷了，丝袜仍得穿，好露示小腿的曲线，好讨男人的欢喜，也就是挑拨男人的不洁观念。乡下姑娘呢？天冷了，不但不穿丝袜，有的还赤着双足。她在挑拨男人？不！不！她在为自己，为自己的劳作。”此文中还谈到一位做城里小学教师的朋友曾提起：“他学校里的女生徒，就是十二三岁的孩子，嘴里也常挂着 HH 的调笑同学。至于大一些会写几句的小姐们，更把写情书当饭吃，恋爱是好事，但恋爱不是游戏，而城里小姐们却把恋爱当游戏！乡下姑娘不大谈恋爱，但当她‘跟人逃走’时，少有把跟的人半途丢弃的。”这里强调了乡下姑娘的勤劳与忠贞。《摩登女子和乡下姑娘》[①] 中表达了相似的看法，认为摩登女子“好装饰、善跳舞、擅长交际、欢喜用钱、长于口才”；乡下姑娘“好操作、善缝纫、擅长烹调、喜欢节俭、长于劳苦”。作者更是直接表示：“摩登女子是虚伪的，乡下姑娘是忠诚的；摩登女子是注重虚荣，乡下姑娘是注重实际……”他意在提醒摩登小姐们做人要向“内容真实方面做去”，不要给人笑是“金玉其外，败絮其中”。

① 阎重楼：《摩登女子和乡下姑娘》，《新闻报本埠附刊》1932 年 5 月 16 日第 1 版。

1931 年的《玲珑》[1] 杂志上刊载《可怜的乡下姑娘》[2] 开篇即提到“生而为姑娘已属不幸，生而为乡下的姑娘更属不幸的不幸了，女性被男性压迫，已有三四千年的长久的历史，被它们征服得也够干脆快爽了！现在，不是叫做革命的时代吗？一切旧礼教，都要有改革的可能，哼！他的对象真叫我疑问了？”其中谈到的“读书”与“婚姻”等问题一直存在于女性生活之中。女子读书被认为是“一种多事的行为”，“她说话若是摩登一些，或同异性略略谈话，通信，社交略略公开些，那就是，冒着天下的大不韪了，她的父母尤其是母亲，一定埋怨她的老头说‘读书读书读她的骨头么，这一点规矩廉耻都不懂——！总是赔钱货，终久是嫁给人家的，人家的人，要你这样关心做什么’。这恐怕是乡下的姑娘们普遍的现象罢！”婚姻问题中的“父母包办”与“盲婚哑嫁”更难造成纯洁的爱情，“这正是造成怨偶和反目的病源呀！”

① 1931 年 3 月在上海创刊，1937 年停刊，共出版 298 期。该刊物编辑主要有周世勋、彭兆良、陈珍玲，华商三和公司出版部发行。原名《玲珑图画杂志》，后改名为《玲珑妇女杂志》，简称《玲珑》。周刊，属于妇女刊物。《玲珑》以“增进妇女优美生活，提倡社会高尚娱乐”为宗旨，指导妇女婚姻、社交方式、经营家庭生活、体形保健等各方面的素养，介绍中外影星的着装、化妆技巧。本刊图文并茂，载有大量照片和剧照。其中最具特色的是它将国内许多影星，如胡蝶、阮玲玉、周璇等人的照片刊登在杂志上，塑造了上海中产女性的摩登形象。该刊登载过《不嫁主义》《妇女解放与儿童公育》《中国人的婚姻观》《关于美容》《指甲的修饰》《男性侮辱女性的几种心理剖解》等文章。《玲珑》的创刊使新女性们逐渐学会了追求自身的解放，成功地塑造了一种新女性的形象，倡导了一种较积极的人生观、价值观。参见全国报刊索引，https://1-48-s-a956.unissl.proxy1.online/literature/literature/fa361d05148d193551c82585d23d9803，查询日期：2022 年 5 月 20 日。

② 瑛瑛女士：《可怜的乡下姑娘》，《玲珑》1931 年第 25 期。

1940年，国联片《乡下大姑娘》上映，本事为一农村少女受到城市少年的诱惑，被迫卖淫，堕入火坑：

李百顺（姜明）年逾知命，膝下只翠姑一女（袁美云），天真无邪，美色焕发。邻有大兴（关宏达），颇爱翠姑。会有西装少年赵云樵（孙敏）李昆（洪警铃）者自都市浪迹于此，愿出巨租觅屋，为小韩（韩兰根）引接以去。二人富于行装，出留声机与巧克力糖，皆为李家村前所未见之物，立时倾动全村。翠姑与大兴返自镇上，亦趋小韩之家，赵云樵于翠姑献殷勤，翌晨翠姑垂钓溪边，赵云樵出照相机摄其倩影，翠姑未知此玄妙之物，晚后潜赴赵处，为赵掳于室中，翠姑怯而奔回家中，忽闻窗外嘘嘘之声，胸怀如受水浸，迷惘推窗而越，赵云樵挽之行于狂野，此翠姑发乎情实之第一课，从兹翠姑非复往时羞涩之态矣。村镇庙会之日，赵云樵与李昆挟翠姑于人丛中，大与小韩俱目观之，归与张大妈（舒丽娟）商；张大妈白于李百顺之前，李大咆哮，遍寻其女不获。无何翠姑跳跃而入，遂为百顺执而鞭打，并幽禁其女……[①]

其后，翠姑被赵云樵、李昆掳至都市，易名为玉蘋，“尽除乡村朴实之质而在赵云樵熏陶之下，玉蘋小姐为交际花矣”。小韩与大兴到都市中寻找翠姑，在寻找的过程中，大兴不慎被汽车碾轧。翠姑（玉蘋）应邀前往旅馆打牌，却落入贼网，成为赵、李敲诈巨绅之诱饵，一时事发，翠姑（玉蘋）得以无罪开释，她“踯躅街上，不觉茫然。缅念前事，则有何能勿要痛哉！”

---

①《〈乡下大姑娘〉本事》，《中国影讯》1940年第28期。

本片的核心人物为乡下姑娘翠姑，前半部分写她的天真纯洁，后半部分却刻画她的“堕落”，翠姑的经历显现出“她的苦痛与反抗”。王引自从兼任导演之后，《乡下大姑娘》便是他的新作，“他处理这一题材通俗而切合现实的悲剧，是兼带采取闹剧的方式，使它成为一支生动的悲喜剧”。[①] 但影片并未指出：“‘袁美云’重新奔回故乡是不是正确的出路？她回到她的故乡是否依然故我？还是将在静流中扬起微波？袁美云受尽了这样的世海沧桑，对于以后的人生抱着怎样的态度？积极呢？还是消极？”[②]

影像中的农村少女翠姑被当作一个与农村同构的形象，代表着一种纯洁的消逝。影片结尾部分，翠姑徘徊于街头的寂寞身影，使得叙述本身成为一种意义的可能。我们感受到在以男性话语为主导的社会之中，女性的失败作为一种隐喻象征着某种特定的权力话语。女性形象的理想化导致了少女们被永远固定在理想的镜像之中，被想象成存续在男性凝视之中的等待被救赎的“他者”。但是，在《乡下大姑娘》中，我们看到当少女成为一个妇人时，男性的目光则将女性作为一个欲望客体，原本的少女之美已经消失殆尽，取而代之的是使女性无所遁形的男性目光。“翠姑”甚至在文本中被赋予一个看似优雅美丽的适宜于都市空间的姓名“玉蘋”。但在影片结尾处翠姑的形象中，我们发现了令人恐惧的空虚，她的生存状态呈现出一种对未来的迷茫与漠然。

抗日战争开始之后，时人号召“智识妇女们”担负起唤醒和

---

① 《乡下大姑娘》，《电影》1940 年第 103 期。

② 李玉华：《乡下大姑娘》，《妇女界》1940 年第 12 期。

领导姊妹们努力的责任。“不负担家庭责任的妇女，应替代男子从事社会服务，要做一个生产的人。”如从事与革命有直接关系的职业：“看护士”“劝募队”“救济队”“慰劳队等”。[①] 围绕“农村电影”的叙事主题、人物形象、故事情节的建构亦呈现了“革命化”趋势。

二、观念的冲突与融合：赵树理小说的电影改编

新中国成立之后，新中国的“儿女故事”也屡次被搬上银幕。从对封建婚姻制度的批判到对“革命 + 恋爱”二元结构的探索及对爱情与婚姻政治化的审视，新中国“儿女故事”的影像阐释呈现出鲜明的代际风格与时代特征。

如何籁在《“革命”与“恋爱”的公式》[②] 中总结“革命 + 恋爱”的三类小说中，“革命”的材料和“恋爱”的材料是怎样被分配被运用的：

第一，描写“恋爱与革命的冲突”那些小说，照理未始不可以把“恋爱”和“革命”并写。然而大多数的此类作品却把“恋爱”和“革命”写来很有轻重；我们读了，总觉得作者（虽然他主观上并不，但客观上）将“恋爱”写成了主体，而“革命”成了陪衬——“恋爱”穿了件革命的外套。……

第二，写“革命决定了恋爱”的小说总算是修改了上述第一

---

① 张观海：《抗战与妇女运动》，《胜利》1939 年第 21 期。

② 何籁：《“革命”与“恋爱”的公式》，《文学》1935 年第 1 期。

类作品的缺点，它把“恋爱”和“革命”并写，而且把“革命”扶上了主位；然而也不免给读者一个不好的暗示：“恋爱”和“革命”同等重要。……

第三，再进一步“革命产生了恋爱”的小说就完全从另一新的角度来观察“恋爱”和“革命”的关系。在这里，“革命”是主要题材，“恋爱”不过是穿插；“革命”是唯一的“人生意义”，而“恋爱”不过像吃饭睡觉似的是人生的例行事务的一项罢了。

上述内容可谓清晰地总结了三种“革命 + 恋爱”的作品类型，从“左翼文学”到“十七年”文学，革命与恋爱可以说是并行不悖的。在电影改编中，“恋爱”甚至成为革命成功的“催发”因素，此时的“恋爱”依旧受到政治理念和阶级意识的牵引。但在电影改编的过程中，我们会发现一种存在于革命与恋爱之间的“裂隙”，如何处理“革命”与“恋爱”的关系也成为这一时期判断作品改编是否成功的标准之一。

20 世纪 50 年代，赵树理先后有三部作品被改编为电影，包括《小二黑结婚》（1950）、《罗汉钱》（1957）、《花好月圆》（1958），这三部电影的改编引起了广泛的关注和研究。茅盾在《论赵树理的小说》[①] 一文中，认为赵树理并非无所容心地来描写山村变迁的。他的爱憎极为强烈而分明。他不讳饰农民的落后性，但也不因农民之落后性而否定了农民之坚强的民族意识及其恩仇分明的斗争精神。“在斗争中，农民是不但能够克服了落后性，而

① 茅盾：《论赵树理的小说》，《文萃》1946 年第 10 期。

且发挥出创造的才能”。如《小二黑结婚》写的是一个农村恋爱的故事，周扬认为赵树理在这部小说中并非纯然是为了“讴歌自由恋爱的胜利”，而是在“讴歌新社会的胜利（只有在这种社会里，农民才能享受自由恋爱的正当权利），讴歌农民的胜利（他们开始掌握自己的命运，懂得为更好的命运斗争），讴歌农民中开明、进步的因素对愚昧、落后、迷信等因素的胜利，最后也至关重要，讴歌农民对封建恶霸势力的胜利”。[①]《花好月圆》（1958）改编自赵树理的小说《三里湾》，小说的主要内容为：“三里湾是一个比较偏僻而又缺水的山村，为改造这里的生产环境，该村农业生产合作社计划发动全村开一个水渠，因水渠地基问题引起了一场思想斗争，故事中间穿插了三对青年的恋爱和婚姻关系，矛盾和困难是非常错综复杂的，但在党的正确领导下，他们终于克服困难，做好了开渠的准备工作，并且通过开渠事件在群众中间生动地进行了社会主义的前途教育，因而又吸收了大批新社员，使农业社进一步巩固和扩大。作品中歌颂了先进人物的积极性和创造精神，批判了某些落后人物的资本主义思想，真实地反映了农村的新面貌。”[②]其后，小说《三里湾》又陆续被改编为地方戏[③]、评剧[④]、花鼓戏[⑤]等。改编后的电影剧本《花好月圆》中关于“爱情”的一部分

① 周扬：《论赵树理的创作》，《新华文摘》1946 年第 1 期。

② 赵树理：《三里湾》，通俗读物出版社 1955 年版，“内容提要”。

③ 宋词：《三里湾　地方戏》，江苏人民出版社 1956 年版。

④ 江风、高琛、薛恩厚：《三里湾》，中国戏剧出版社 1957 年版。

⑤ 湖南省花鼓剧院：《三里湾　花鼓戏》，湖南人民出版社 1958 年版。

戏比较完整[1]，通过三对青年男女的恋爱、婚姻展现现实农村的面貌。[2]而沪剧电影《罗汉钱》(1957)改编自小说《登记》[3]，故事主要讲述了“在某地，有个年轻的姑娘张艾艾，和青年农民李小晚相爱，小晚送给她一个罗汉钱。艾艾的母亲小飞蛾知道了这件事，回想起她自己的伤心事：她在未结婚以前，也曾爱过一个青年叫保安，可是他们被封建的婚姻制度给拆散了，她被迫和艾艾的父亲结了婚，结婚后保安也曾送给她一个罗汉钱。因此，许多人都说她不正经，她还受婆婆、丈夫的打骂，痛苦了许多年，艾艾和小晚与村里的另一对青年——马燕燕与王小进的亲事，都遭到顽固的村长等人的反对，但是小飞蛾却支持了他们，不愿青年们再走她的伤心路，终于他们在婚姻法的保护下结了婚”。[4]这则故事反映了旧社会妇女婚姻不能自主的痛苦，也表现出在新社会应当如何同残存的封建势力做斗争，取得婚姻自主的胜利和幸福。

赵树理在小说开篇即明确这是一则“新故事”：

---

① 郭维：《花好月圆——根据赵树理小说〈三里湾〉改编的电影文学剧本》，《电影艺术》1957年第6期。

② 三里湾要修水库，需要富裕中农糊涂涂让出祖传的刀把子地，村长范登高不但不配合政府做工作，反而进城去做买卖。村长的女儿灵芝和他进行了尖锐的斗争。糊涂涂的儿子有翼，虽是共青团员，却生性懦弱，对父亲的做法不敢斗争。灵芝热情地帮助他、鼓励他，使有翼鼓起勇气掀起了“家庭革命”。三里湾开渠扩社的任务已经完成，糊涂涂全家高高兴兴地入了社，水到渠成，有情人也终成眷属。

③ 赵树理：《登记》，工人出版社1950年版。

④ 中国戏曲研究院、东北评剧剧目整理委员会、北京市戏曲编导委员会、天津市剧本创作室编：《评剧丛刊 第9集 罗汉钱》，通俗读物出版社1954年版，“前记”。

诸位朋友们：今天让我来说个新故事。这个故事题目叫“登记”，要从一个罗汉钱说起。[①]

新故事作为“社会主义时期群众文艺创作与民间文学传统的融合”[②]，是一种具备独立文体样式和独特审美价值的新型文学样式。它不仅继承了延安时期讲述“革命英雄人物事迹”与“地主、佣工与佃户的故事”的叙事传统，“还融入了以政治主流意识形态主导的社会意识形态的建构体系”。[③] 赵树理在创作中以“新故事”这一新型文学样式回应“革命理念（共产主义设想）”[④]，使文学成为接驳国家话语的重要场域。[⑤]

研究赵树理及其文学作品改编成的电影，首先就要理解赵树理的创作“经验”，赵树理在《也算经验》[⑥] 一文中谈到他的材料大部分是“拿来的”，“而且往往是和材料走得碰了头，想不拾也躲不掉”。

因为我的家庭是在高利贷压迫之下由中农变成贫农的，我自己又上过几天学，抗日战争开始又作的是地方工作，所以每天尽

① 赵树理：《登记》，工人出版社 1950 年版，第 1 页。

② 刘守华：《故事学的春天》，《民间文学论坛》1986 年第 5 期。

③ 侯姝慧：《1960 年代新故事创作机制与文体的民间性研究》，《文艺争鸣》2013 年第 3 期。

④ 蔡翔：《革命·叙述：中国社会主义文学——文化想象（1949—1966）》，北京大学出版社 2010 年版，第 11 页。

⑤ 毛巧晖：《现代民族国家话语与民间文学的理论自觉（1949—1966）》，《江汉论坛》2014 年第 9 期。

⑥ 赵树理：《也算经验》，《文艺生活》1949 年第 16 期。

和我那几个小册子中的人物打交道，所参与的也尽在那些事情的一方面。

在主题方面，赵树理表示“我在作群众工作的过程中，遇到了非解决不可而又不是轻易能解决了的问题，往往就变成所要写的主题”，如《李有才板话》《地板》等作品。赵树理认为，“在工作中找到的主题，容易产生指导现实的意义”。而在语言和其他层面上，赵树理谈到自己在同乡间父老兄弟“谈起话”来，一不留心，也会带一点“学生腔”，这样的腔调立时就要遭到他们的议论，所以之后即使向他们介绍知识分子的话，赵树理也会设法把知识分子的话“翻译”成他们的话。说话如此，写文章“便也在这方面留神”——“然而”听不惯，就写成“可是”；“所以”生一点，就写成“因此”。“不给他们换成顺当的字眼儿，他们就不愿意看”。至于“故事的结构，我也是尽量照顾群众的习惯；群众听故事，咱就增加故事性；爱听连贯的，咱就不要因为讲求剪裁而常把故事割断了”。

在电影改编方面，赵树理认为《花好月圆》是一个好剧本，如果让他自己去改编这个小说[①]，他有可能会加入第四部分：

满喜和小俊结婚的事儿是放在第四部分里的。原来的第四部分准备从开渠开始，在开渠中，一阵风王满喜不但自己积极参加了劳动，而且还动员了妇女去开渠，他动员的办法很多，也很有

① 赵树理对童天鉴（田间）叙事长诗《赶车传》，袁静、孔厥小说《新儿女英雄传》的改编曾引起极大反响。

趣。在开渠中他不幸受了伤，大家就派小俊去照顾他，于是两个人渐渐产生了爱情。其他两对婚姻，虽然早已伏下因素，但也准备到第四部分完成——即写过开渠之后——再写到玉生和灵芝去城里受训，玉生参加技术训练班，灵芝参加会计训练班，他们在学习期间互相帮助，渐渐产生了感情。他们走了以后，村里剩下了有翼和玉梅，有翼思前想后，觉得再追灵芝，恐怕没指望了，就去追玉梅，玉梅原来也一直爱着有翼，而且觉得有翼也有转变了，所以仍然爱他。何科长在小说开始时，到三里湾来过，后来到过阳历年的时候，到村里来看已经完工的水渠，并且参加了几对青年的结婚典礼。

此外，赵树理也从“农民欣赏文艺作品”的角度对剧本提出几点意见：首先是剧本中的序幕，农民观众就不一定能够看懂，“当他们看完了序幕以后，银幕上突然出现了片名，演职员表，以为是换了一个戏了”。此外，还有小俊穿起从范登高那里买来的红绒衣给玉生看，这个“镜头”在画面上很突出，吸引了观众的注意力。赵树理认为农民是喜欢看电影的，但喜欢看那种有故事、有情节、有人物的作品，电影中的特写倒不怕，“就怕接不上，二条线三条线的跳，跳来跳去把农民跳糊涂了”。[1]

这时，人们实际上对这个剧本是有争议的。1958 年，吴天就在《中国电影杂志》第 9 期发表《评〈花好月圆〉》一文，认为这一剧本的改编有失偏颇。他认为原著中的主题是很鲜明的，描

---

① 何坪：《赵树理同志谈〈花好月圆〉》，《电影艺术》1957 年第 6 期。

写的是农村两条路线斗争的故事，“虽然其中也写了三对青年的恋爱，但和这条主线是结合着的。到了电影文学剧本，三对青年男女的恋爱却成了主体，两条路线的斗争却成为次要的陪衬了”。吴天认为《花好月圆》把“社会主义的远景抹煞了，他用自己的解释把农村的社会主义远景描写成另外一种东西……这是他们的理想，也正是郭维所想象的社会主义”。

这里提到的郭维正是电影《花好月圆》的编剧及导演。他 1938 年进入陕北公学流动剧团；1950 年初被调至北京电影制片厂，辅助史东山导演拍摄《新儿女英雄传》；1952 年初带新闻记者组去朝鲜战场，三个月后回国拍摄《智取华山》，次年完成并公映；1954 年调任长春电影制片厂导演，同年开始拍摄《董存瑞》，次年完成并公映。《智取华山》的尝试及《董存瑞》的成功使郭维在当时带有思想解放气息的时代大潮和“双百”方针的鼓舞下，试图在题材、风格方面做一些探索，于是选择了赵树理的《三里湾》作为突破口。[①] 选择《三里湾》的原因，一方面是“题材鲜明的时代性”，另一方面是“赵树理在新中国作家队伍中的特殊影响力”。[②]

对于电影改编中与原著情节之间的断裂，研究者对此的评价呈现为两极分化，如 1958 年吴天在《评〈花好月圆〉》中直接批评郭维在改编《三里湾》的一年中没有下过农村，他只是按照自

① 孟犁野:《新中国电影艺术史稿（1949—1959）》，中国电影出版社 2002 年版，第 296—297 页。

② 张华:《一个“文艺兵”的银幕“剪影”：郭维电影生涯回顾》，《当代电影》2015 年第 4 期。

己的意图进行创作。“在这一段时间里，郭维由于脱离政治，脱离实际，脱离斗争，脱离生活，滋长了最严重的资产阶级个人主义，骄傲自满，目无组织……”[①] 英国利兹大学约翰·伯耶于 1978 年 9 月 18 日至 24 日在西柏林自由大学东亚学院举行的“关于中华人民共和国文学作品、文学理论和文学批评的国际研讨会”上宣读的论文《〈三里湾〉与〈花好月圆〉之比较》[②] 中评价郭维的电影剧本《花好月圆》改变了赵树理原作的重大主题——“从女童子军到情意绵绵的姑娘”，“灵芝”形象在电影中被改动了，“根据政治观点和理智选择她的爱人”这段情节，“被一个感情冲动的瞬间代替了”，玉生的“俊俏、刚毅”引起了少女的“兴奋、激动”，“在合作社办公室的最低限度的严肃的接触，变成了在浪漫的农村背景上的风流场面”：

“灵芝同志！”玉生紧张地、困惑地走近灵芝，冲动地说道：“别跟我拐弯抹角！你说……”说着，玉生抱住灵芝，热情地等待回答。

“别……！”灵芝紧张起来，兴奋颤栗地半推半就地（她多少还带着少女初被男人拥抱的那种本能的恐惧）说道：“玉生！别……”

“灵芝！”玉生兴奋若狂地拥抱住灵芝，伸过头去就要接吻。

---

① 吴天：《评〈花好月圆〉》，《中国电影杂志》1958 年第 9 期。

② [英] 约翰·伯耶：《〈三里湾〉与〈花好月圆〉之比较》，苏春生译，宋启安校，参见 [日] 荻野修二、[美] 马若芬等：《赵树理研究文集 外国学者论赵树理》，中国文联出版公司 1998 年版。

“玉生！不！……我不……生气啦！”灵芝挣扎着用力推开玉生。[①]

玉梅的形象也发生了很大的转变，她由一个“强的女劳力”变成了一个“多愁善感的害相思病的姑娘”；小俊也被塑造为一个带给观众“肉感”的女性角色。电影将赵树理笔下的“高僧与圣女”改变为失恋的痴情男女。[②]女性的身体似乎不应该在影像中出现，更遑论凸显。

到了2013年王卓异的《〈三里湾〉：多元冲突中的电影改编》[③]，他恰恰认为电影改编中的“断裂”显示了导演郭维对主流意识形态最新变化的高度配合。这与郭维的“延安派”背景及他师承“上海派”电影名导史东山的电影从业经历密切相关。“因为这些复杂的历史机缘，‘延安派’的政治正统与‘上海派’的艺术实践这一对互相冲突的元素在郭维的电影中有了相当程度的结合。”相较于《智取华山》与《董存瑞》，《花好月圆》中的“噱头”和“趣剧的形式”，“恋爱”乃至性感的“热力”，以及史东山一直重视的画面美，都被郭维用来加强电影的感染力。最后王卓异指出围绕着《三里湾》及其电影改编“由于在不断变动的政治文化语境中被不同的力量为不同的目的所使用”，文本也随着历史语境的

① 郭维：《花好月圆——根据赵树理小说〈三里湾〉改编的电影文学剧本》，《电影艺术》1957年第6期。

②［英］约翰·伯耶：《〈三里湾〉与〈花好月圆〉之比较》，苏春生译，宋启安校，参见［日］荻野修二、［美］马若芬等：《赵树理研究文集 外国学者论赵树理》，中国文联出版公司1998年版。

③ 王卓异：《〈三里湾〉：多元冲突中的电影改编》，《文艺研究》2013年第2期。

变化被赋予了复杂乃至互相矛盾的意义。

三、爱情的书写与妥协:《柳堡的故事》的电影改编

“十七年”时期以农村生活为题材的电影主要涉及两个方面:一是通过农村叙事表现土地改革、农业合作化、人民公社等一些重大的政策方针;二是侧重表现农民日常生活和风俗习惯。1957年上映的电影《柳堡的故事》也书写着新中国“儿女故事”。原小说发表于1950年[①],描写新四军某部副班长李进爱上一个质朴、热情、勤劳而美丽的农村姑娘二妹子,并希望在打完鬼子后,解甲归田,与二妹子建立一个幸福美满的小家庭。后经指导员教育,李进认识到他不仅要救一个受苦受难的二妹子,而且要救成千上万的“二妹子”。当时学人认为小说尚有一些缺点,主要是描写中的“小资产阶级情调”:在李进见到二妹子之后,开始注重装扮,如在身上洒香水,穿得花花绿绿等,特别是描写他有一次假装肚子痛,赖在家里不去练兵,只为了和二妹子接近。另外,在指导员的形象塑造上,也带有了一些庸俗的笔调,如说他见到漂亮的姑娘也得看几眼。[②]

胡石言的小说取材于他对一名年轻的中国共产党新四军副班长徐金成的回忆,是“一个男人对另一个男人无法释怀的忆念,

---

① 石言(胡石言):《柳堡的故事》,《文艺》1950年第3期。

② 杨天喜:《〈柳堡的故事〉从小说到影片》,《中国电影杂志》1958年第3期。

也来自前者对后者为革命牺牲情感和生命的哀悼”。[①]

> 1945年4月的一天，在江南天目山区，我到连里了解工作回来，年轻的副班长徐金成送我。走到山腰的凉亭旁，我们坐下来，面对着红透竹林的晚霞，他谈了一会战士们的思想，忽然换了声调说：“我也有个‘军事秘密’呢！”
>
> 于是，他告诉我，去年在苏北宝应休整时，在帮助群众劳动中，他认识了一个姑娘。用他自己的话，是“我们手也不曾拉过一拉，可是很要好”。部队要南下过江了，他知道可能从此永别，他很难过，甚至想到脱离部队，去地方上工作。
>
> 事过境迁，他说得很平淡。姑娘爱他，他有些得意；有些落后思想，他害羞；倒底站稳了立场，他自豪。
>
> 他的圆脸映着夕阳，眼睛光闪闪地，望着竹林深处，他说：“呵，抗战真的快要胜利啦！”他没有说下去，我也没有问，因为晚点名的哨音响了。
>
> 后来，在日寇投降时的大反攻中，他在江南牺牲了。[②]

胡石言无法忘记徐金成和姑娘之间无疾而终的爱情，于是决定“把这一点写出来”，以让人们认识到革命者的牺牲——“人们往往只知道革命都牺牲生命，却不很知道，许多革命都还曾牺牲

---

① 王玲珍、肖画：《王苹与中国社会主义女性电影——主流女性主义文化、多维主体实践和互嵌性作者身份》，《妇女研究论丛》2015年第4期。

② 石言：《党·集体·作者：〈柳堡的故事〉创作的体会》，《电影艺术》1958年第10期。

过爱情。而后者，有时比前者还更困难”。①

电影《柳堡的故事》虽然描写的是爱情故事，是属于个人的和日常生活的事件。但它和同时期的爱情题材的电影却“截然不同”。电影通过描写个人爱情，展示的是主人公的阶级情感。影片首先肯定了革命部队同人民群众的“血肉关系”，同时表明了革命战士怎样对待爱情问题——“实质就是怎样正确对待个人利益与集体利益、眼前利益与长远利益之间的关系问题”。② 在改编电影的过程中，1954 年初，周扬曾在信上提示：“最关键的一点是部队的纪律，特别是军民关系方面的纪律问题，如果这恋爱是发生在部队和驻地居民之间的话；同时又是在紧张的残酷的战斗环境中，像恋爱这类属于个人情感个人幸福的事，就不能不退到生活的极不重要的地位中去。因此在表现这个题材的时候，不只要表现一种纯洁的、真正的、高尚的爱情，而更重要的是要把它安置在生活中的适当位置上，如果这个位置没有摆好，那就要成为不正确的，不真实的了。……在这种时候，恋爱在生活中所占的地位越小，它的价值也就愈高。”③

在历时五年半的删改中，电影剧本最终定稿。但胡石言依旧提出了一些“没有搞好”的地方，如李进的坚强和多情的矛盾之间的“摇摆不稳”；电影无法完美地表达人物的心理斗争；对二妹

① 石言:《党·集体·作者:〈柳堡的故事〉创作的体会》,《电影艺术》1958 年第 10 期。

② 贾霁:《动人的故事，可喜的成就》,《中国电影杂志》1958 年第 3 期。

③ 石言:《党·集体·作者:〈柳堡的故事〉创作的体会》,《电影艺术》1958 年第 10 期。

子的精神世界没有更好地展开等。

尽管有着种种问题，但电影改编依旧将新中国的“儿女故事”在屏幕上抒情地“演绎”，更使“爱情的书写与妥协”成为电影叙事的主导元素。如二妹子这样一位青年农村女性形象的凸显。[①]“二妹子”在气质上、外形上颇似苏北水网地区的一个普通农村姑娘，如在穿衣打扮及一些生活细节的设计上都很得体。

> 当她从小船走上岸，含笑地望一望别后的家园，掩不住内心的激动而流露出无限欣慰和感激之情——仅就她出场的几个镜头里，二妹子这一形象就给观众留下了一个生动的印象。[②]

二妹子对于李进的倾慕，很大一部分原因是她对于解放军的无限热爱。如她对李进说：“我跟你们走，你们就是到天边，我也去！”在这里，我们可以看到，她的性格上也有着一种顽强的反抗情绪，她的亲姐姐被刘胡子欺辱致死之后，她不想步姐姐的后尘，于是求助于新四军部队，“她爱他们，关心他们，信赖他们”。在二妹子的身上，我们看到了一种逐渐加深的“爱慕”，从一开始的忧虑到获得自由后的情感表露，展现了她的善良、体贴与自我牺

---

① 作为导演，王苹在拍摄电影的过程中，有意识地改变了人物行动细节，特别是对人物心理状态和情感性质进行了调节和重新定位，从而重塑出一位在社会主义影片中具有独特意义和美学价值的年轻农民妇女形象。参见王玲珍、肖画：《王苹与中国社会主义女性电影——主流女性主义文化、多维主体实践和互嵌性作者身份》，《妇女研究论丛》2015年第4期。

② 贾霁：《动人的故事，可喜的成就》，《中国电影杂志》1958年第3期。

牲的美德。[1]她的爱恋，是对整个新四军群体的“爱”，只不过呈现出一种具体的情感投射到李进（新四军）的身上。二妹子对李进的感情是极为克制的，她的娇羞与企盼更像是一首怅然若失的“幽美的抒情诗”，韵致悠长，她独自一人远远看着部队南下的身影与她脚下的这块苏南农村的土地逐渐重叠，赋予“农村”这个独特的地域空间一种温柔和婉的气质。而李进对待感情一直是一种冷静自持的状态，在感情萌发的最初，他就很快地接受指导员的提醒；在后面的班务会上，他又表明了对二妹子的个人感情已经转变为“对受苦受难的阶级姐妹们的真挚的阶级的爱”。在当时的历史语境中，他和二妹子的恋爱是不符合“革命需要”的，“因此，李进思想上产生了矛盾和痛苦，这时党及时的给了他亲切而诚挚的教导和鼓励，使他懂得了当个人利益与革命利益发生矛盾的时候应该服从革命的需要放弃个人暂时的幸福。只有人民彻底的解放才能有个人真正的幸福”。在电影叙事中，任何个人化的情感都被置于革命叙事的宏大语境之中，以“积极争取人民彻底的解放才能获得个人真正的幸福”为“全剧最高任务”。[2]

电影《柳堡的故事》虽多被归入革命题材，但实际上是一个新四军解放农村的典型叙事，在“第二场第一景到第三景”中描绘了“庄子的凄凉、荒芜，到处无人烟，但柳堡是美丽的”。“第四场第一景到第七场第一景”中通过一些生活片段说明四班全体

① 王苹：《〈柳堡的故事〉导演阐述》，引自佐临等著：《电影导演阐述集》，中国电影出版社 1959 年版，第 160 页。

② 同上书，第 151 页。

战士对贫苦农民的阶级情感，如帮助田家收拾院子、修犁、修房子等。“第八场第一景到第十场第二景”在王苹的《〈柳堡的故事〉导演阐述》中的主题词为“爱慕”，这并非私人化的情感表达，而是凸显二妹子对新四军战士的“爱慕”，如伪军抢粮，战士马小宝鞋带断了，二妹子毫不犹豫地扯下自己珍爱的围裙带子代替。其中“送茶探讯”一场，“李进留在家里是想跟二妹子谈谈，二妹子则是想从李进那里了解部队能否让她参军”。这时二妹子还没有考虑到“爱人的问题”，唯一的想法就是如何救出自己。当李进救回二妹子后，两个青年男女的爱情又“抬起了头”，二妹子的心里也饱含着“爱情的喜悦”，但部队的反攻即将开始，李进也不得不面临着与二妹子的分离。最终，在 1949 年部队南下时李进又回到柳堡，“组织上批准李进去柳堡看二妹子”，他俩幸福地会见了。电影依旧为二人的情感发展留下了足够的想象空间，并未交代后续发展。这种安排也算是为早逝的徐金成与那个不知名的农村姑娘的恋情添上了浪漫的一笔。

此外，电影《柳堡的故事》获得成功的一部分原因是那首由当地民间曲调改编而来的主题曲《九九艳阳天》，这首曲子在影片里四度响起，不仅将电影划分成“诗章”[①]，也起到将电影叙事中的恋情层层推进的作用。

---

① 影片开头反复出现的空镜头：白云、垂柳、木桥、小舟、清澈的河流、疏落的村舍和水田里的风车。经过电影镜头如此处理后的风景呈现出一派妩媚阴柔的视觉风格。王玲珍、肖画：《王苹与中国社会主义女性电影——主流女性主义文化、多维主体实践和互嵌性作者身份》，《妇女研究论丛》2015 年第 4 期。

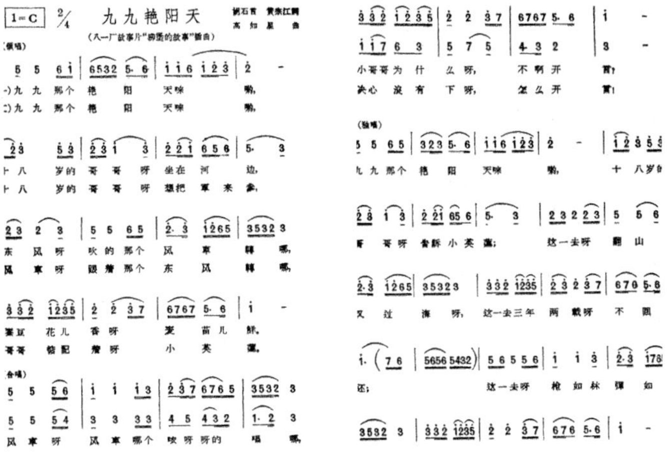

图 2-2 《九九艳阳天》[①]

《九九艳阳天》相较于电影来说，情感更为真挚自然，描写了一个农村姑娘对革命战士的真心爱慕。在歌词的写作上，作者充分运用了民间文学的创作特征，如每段开头均以“九九艳阳天，十八岁的哥哥……”开头，又如“风车跟着东风转，哥哥惦记着小英莲。风车不定车难转，决心没有下怎么开言”等心理描写。曲调中也运用了较多的切分音，而且是有规律地使用在每一乐句开头的一或二小节上。“旋律进行的跳跃不大。表现出一种恬静的田野风光，舒展、和平，优美的情趣也因此格外浓厚。”[②] 但当时对《九九艳阳天》亦有一些批判，如有论者认为此歌曲在演唱的时候“好像又听到了解放前扬州姑娘的卖唱时的那种扭扭捏捏的音乐格调”，认为其中蕴含了一种“软绵绵的不够健康的情绪”。[③] 甚至有

① 中国电影出版社:《电影新歌选》9，中国电影出版社 1958 年版，第 6—7 页。

② 澎潮:《谈电影插曲〈九九艳阳天〉》,《人民音乐》1958 年第 3 期。

③ 李桂芬:《唱〈九九艳阳天〉有感》,《人民音乐》1958 年第 3 期。

的评论者以此歌曲在群众中的影响将之与“黄色音乐”并称，认为过分推崇《九九艳阳天》这首歌曲，“这一点不论从它的思想性和艺术性来讲都是不恰当的”。①

第三节 “新中国妇女运动”与“家庭”中的权力博弈

20世纪30年代，肇始于辛亥革命的妇女运动处于蓬勃发展之状态，提出“男女社会地位平等”“男女教育平等”“男女职业平等”“结婚离婚自由”“反对大家庭制度”等口号。②这一运动对于动员妇女参与革命、推进男女平等与构建和谐的性别关系，都产生了极其重要的作用。

一、中国妇女运动的发展

中国妇女运动确实对都市“智识妇女”的家庭婚姻生活产生了一定影响③，但这一时期农村妇女的生活与精神依旧处于困顿状

① 瞿自新：《不应该过分推崇〈九九艳阳天〉》，《人民音乐》1958年第5期。

② 杨贤江：《中国的妇女运动》，《新女性》1927年第1期。

③ 如田舍郎的《谈：革命女性》（《海花》1946年创刊号）记载一位吴师母，与吴先生结婚15年，大毛头小毛头生下了四个之多，吴师母井臼自操，不怕辛劳，备尝辛苦，吴先生却天天在外坐花醉月，非至深更半夜不回来，而且颇有几页罗曼史，吴师母曾数度提出严重抗议，不再做家庭奴隶，吴先生不免观点错误，以为女人逃不了如来佛手掌，不料吴师母竟然说到做到，把大小毛头领回娘家，把自己打扮一新，每天跑出去交际起来，而且曾几何时，竟然晴天霹雳，请了律师，向吴先生提出离婚要求，原来吴师母以有夫之妇的身份，结识了一位工程师。吴先生再三拖了至亲好友说项求饶，亦无法挽回15年夫妻恩情。

态。如流传于乡间的歌谣中传出的“她们的人生的凄楚，她们的性爱的悲愤和愿望”。如“教妹精，教妹莫嫁种田人；五更吃饭四更起，日头又晒雨又淋”“教妹精，教妹莫嫁种田人；红薯芋头家常饭，一年到头不见荤”“挑水妹，打烂水桶不敢回；一来又怕家婆骂，二来又怕老公捶”。[①] 农村歌谣记载了农村妇女真切的哀号和愿望，这不仅启发着“广大的中国农村社会中的妇女生活”，更暗含着20世纪30年代“农村妇女运动”中的妇女教育理念。

相较之下，中国共产党领导的“边区妇女解放运动”显然更为深入且持久，这场运动以边区妇女为中心，涉及文化教育、放足、改革婚俗、妇女参政议政等方面。[②] 边区妇女解放运动不但提高了边区广大劳动妇女的地位，改良了边区的社会风气，还有力地支持了乡村生产，妇女们的服饰逐渐从清末民初宽袖肥身的衣裤变成窄袖紧身的式样；短发的发式也成为一种思想进步的标志，在农村妇女中流行起来；自由恋爱也成为边区的“新事物”。结婚不收彩礼，不坐花轿不骑马；举行仪式的时候，向革命领袖行礼，向父母行礼；有的还要新人讲述恋爱过程。[③]

在1951年10月中华全国民主妇女联合会欢迎各国参加中国国庆节观礼的特邀来宾女代表招待会上，邓颖超做了《新中国妇女运动概况》的报告，明确提到中央人民政府根据男女平等的原

① 亚葵：《从歌谣中去检讨农村妇女生活》，《绸缪月刊》1936年第5期。

② 何毅、姜东苑：《中国共产党领导陕甘宁边区妇女解放运动的历史审视》，《西南民族大学学报》（人文社会科学版）2021年第10期。

③ 王庆安、王明林、吕伟达：《山东根据地解放区民俗》，济南出版社2007年版，第138页。

则，在制定各种政策法令时都着重地注意了保护妇女及儿童的权益。如《土地法》《婚姻法》《劳动法》等都根据共同纲领的原则，对保护妇女权利作了具体的规定。“这就给中国妇女的解放开辟了广阔的道路，使妇女有机会，有权利和男子平等地参加工作、学习和一切社会活动。”[①]

1958 年，在经济“大跃进”的浪潮中，“妇女什么都能干，什么都干得好”“人人都生产，户户无闲人”等口号激励着城乡各界妇女积极投入到“大跃进”浪潮中。当时河北农村流传着一首《妇女“大跃进”之歌》：

妇女同志们，个个逞英豪，五八年“大跃进”，人人立功劳；开渠又打井，水库修不少，全体老幼，都把农活学。……

男子去建设，农活误不了，春耕播种，按时要做到；争取大丰收，产量少不了，社会主义建设，妇女立功劳。[②]

但这种“积极的行动”并非没有阻力，“一个年轻妻子夜晚开完会回家时，经常遇到这种情形：公公已把家门锁了，婆婆骂骂咧咧，也没有给她留饭菜，丈夫要么闷不作声，要么对她恶言恶语或暴力相向”。[③]这并未阻止妇女运动的开展，人民日报 1959 年 7 月 27 日第 3 版刊载《红光社的“半边天”》，介绍了四川郫县红

① 中华全国民主妇女联合会：《新中国妇女运动概况》，中华全国民主妇女联合会，1951 年，第 2 页。

② 中央音乐学院民族音乐研究所：《中国民歌选 “大跃进”民歌专集》，音乐出版社 1958 年版，第 16—17 页。

③［美］贺萧：《记忆的性别 农村妇女和中国集体化历史》，张赟译，人民出版社 2017 年版，第 141 页。

光公社“妇女半边天”的真实写照。① 为什么公社化后妇女能够在农业生产上发挥这样大的作用？是因为公共食堂、幼儿园、托儿所、缝纫组等“集体生活福利事业”的建设，解放了妇女劳动力，激发了妇女生产的积极性。

图 2-3 《妈妈去开拖拉机》壁画作品 ②

图 2-4 《妇女“大跃进”》壁画作品 ③

---

① “去年整个公社平均每个男劳动力出工三百四十天，比 1956 年的二百五十天增加 36%；女全劳动力出工三百一十天，比 1956 年的一百二十天增加 158%。去年妇女劳力占公社总劳力的 49.3%。红光管理区的比重更大，这个管理区的第九生产队在公社化前共有劳力一百七十二人，其中男劳动力九十七人，占总数的 56.4%；女劳动力七十五人，占劳力总数的 43.6%。公社化后共有劳力二百零三人，其中男劳动力九十九人，比公社化前增加二人；女劳动力一百零四人，比公社化前增加了二十九人。”星环：《红光社的“半边天”》，《人民日报》1959 年 7 月 27 日第 3 版。

② 中央美术学院：《宣传画与壁画》，人民美术出版社 1959 年版，第 22 页。

③ 同上书，第 24 页。

二、性别、资源与地位:《李双双小传》的电影改编

“李双双”作为一种崭新的女性形象，在妇女“大跃进”运动中打破了身体对劳动分工的限制，在“阶级—性别”的身份转换中，她们试图争取与男性平等的劳作地位。李准的《李双双小传》能够出现，不仅得益于农村办公共食堂的契机，还与李准在农村的“那些零碎的但却令人难忘的场景”有关。①

一九五八年初，我到一个叫作龙头村的山区去。……老队长把我安排住在妇女队长家里。这位妇女队长去县里开会去了，家里只有她公公，我住在她那三间陈舍干净的瓦房里。就在这个房屋里，我发现墙上和糊着白纸的窗子上，贴满了很多小纸条。这些纸条上写着我从来没有见过的话：

“我真想学习呀，就是没有时间。”

“水库的库字，就是裤子的裤字，去掉一边的衣字。”

“决心学文化，天大困难也不怕！”

“谁聪明！谁憨？见人多了，工作多了就聪明！锁在家里不见人就憨！”

“如今兴握手，真好。用右手握。”

…………

① 小说《李双双小传》的核心事件“办食堂”，就关乎“大跃进”时期公共食堂的兴起以及相关政策的推动；特别是河南经验一度得到中央肯定，《李双双小传》几乎一一再现了上述经验的诸多要点：改革炊具、讲究卫生、清洗食堂人员中的不纯分子、强化领导力量（领导积极介入）等。详见朱羽:《字里行间的“时势”——研读李准》,《文艺理论与批评》2020 年第 5 期。

写着这些话的纸条还很多，这是这位妇女队长学文化练字写的。我看着这些像火焰一般的语言，这些对新生活充满希望、理想和挑战的语言，我的感情激动得很厉害。因为这是一个普通农村妇女写的；一个过去的文盲、旧社会的童养媳写的。这是她对生活发表的朴素的感想。这些语言在我面前打开了一个崭新的精神世界。

其后，李准又陆续见到了外号叫“母老虎”的妇女、豪爽亲切的食堂炊事员等女性并“访问”了炊事员的丈夫。据丈夫说，他老婆“变”了，“前些年就是个黄毛丫头，说话不知道颠倒横竖，如今变得像个人样子了。也能干了，话也多了”。[①]

1960年，“三八”国际劳动妇女节50周年纪念期间，《人民文学》第3期刊载了《李双双小传》《种子》《一点红在高空中》《孙孙的名字》等歌颂劳动妇女的作品。[②]其中，李准的《李双双小传》在“办公共食堂”这一核心主题之外，还蕴含了更为深刻的关于“家庭中性别、资源与权力”的内容。这也是政策转变之后，李准能够迅速对小说进行改编的基础所在。1961年茅盾评价此版小说是在“三面红旗的辉煌背景前，以个别反映整体的原则，表现了公社运动前后人与人关系的变化——自然也包括人的

① 李准:《我喜爱农村新人——关于写〈李双双〉的几点感受》,《电影艺术》1962年第6期。

② 李准:《李双双小传》,《人民文学》1960年第3期；唐克新:《种子》,《人民文学》1960年第3期；胡万春:《一点红在高空中》,《人民文学》1960年第3期；邵勇胜:《孙孙的名字》,《人民文学》1960年第3期。

变化”。[1] 其中尤为突出的是“李双双”自身及周围人们态度的前后变化。李准在小说开篇即谈到人们对李双双的称呼问题：

> 李双双是我们人民公社孙庄大队孙喜旺的爱人，今年有二十六七岁年纪。在人民公社化和“大跃进”以前，村里很少有人知道她叫“双双”，……村里街坊邻居，老一辈人提起她，都管她叫“喜旺家”，或者“喜旺媳妇”；年轻人只管她叫“喜旺嫂子”。至于喜旺本人，前些年在人前提起她，就只说“俺那个屋里人”，近几年双双有了小孩子，他改叫作“俺小菊她妈”。另外，他还有个不大好听的叫法，那就是“俺做饭的”。[2]

从“喜旺家”“喜旺媳妇”“喜旺嫂子”“俺那个屋里人”“俺小菊她妈”等称呼中，“李双双”获得了一个真正属于她的名字；从旁人的叙述中，我们知道这个名字是李双双“扫盲上民校时候”报上的。随着农业合作化高潮的到来，全国人民响应 7 年内扫除文盲的号召，很快在全国各地掀起了热火朝天的扫盲运动。民校主要对象为“农村失学的男女青年”，基本上以识字为主，所用教材编写时“尽量照顾到文字的练习和应用”。如学完《民校识字课本》第 1 册，即可认识“一千三四百个农村常用的字，能看懂地方报纸的普通新闻，能记账、写简单的书信，并可学得一些科学

---

① 茅盾：《评〈李双双小传〉——一九六〇短篇小说漫评（摘录）》，引自江苏师范学院中文系编：《中国当代文学研究资料 李准专集》，江苏师范学院中文系，1979 年，第 181 页。

② 李准：《李双双小传》，作家出版社 1961 年版，第 1 页。

常识”。课本的主要内容为“生产知识与政治知识”，其次为“卫生常识”，再次为“自然史地常识”。[①] 在民校学习中，李双双不仅获得了“姓名”，还获得了张贴“大字报”的权利，表达自己想要参与生产、筹办公共食堂的意愿。喜旺也由于老支书的阻拦，缩回了想要撕去“大字报”的手。“你这是干啥？人家写的大字报，你怎么就能随便撕。人家这是鸣放啊！”罗书记又拍着喜旺的肩膀说：“哎，以后要改改旧习惯了，怎么老叫：‘俺做饭的’‘俺做饭的’，人家大字报都贴到你的床头了，还不民主点。”[②] 这种“姓名”及“话语权”的获得与鲁迅在《阿Q正传》中关于“阿Q”姓名的讨论和“拿着笔画圈”的叙事相互连通。[③] 但是这种力度在电影中被削弱了，电影以农村的喧闹日常为开端，以上工记分为线索，探讨的是“社会主义文艺始终关注的公私斗争与思想改造议题”[④]，但小说中对于“家庭中性别、资源与权力”的讨论在影像中依旧有所留存。正因如此，电影《李双双》在1962年上映后，又由于

① 皇甫瑾、许洁如、张星五等：《民校识字课本》第1册，人民教育出版社1951年版。

② 李准：《李双双小传》，作家出版社1961年版，第6页。

③ 茅盾认为小说中的第一节第一段，是作者有意识地模仿《阿Q正传》的开篇第一段，然而模仿得相当巧妙，可以称为“脱胎”而不是“学步”。具体参见茅盾：《评〈李双双小传〉——一九六〇短篇小说漫评（摘录）》，江苏师范学院中文系编：《中国当代文学研究资料 李准专集》，江苏师范学院中文系，1979年，第181页。阿Q拿着笔画圈这一叙事恰好与李双双几次运用“贴大字报”的形式表达意愿的行为形成鲜明对比。

④ 朱羽：《字里行间的“时势”——研读李准》，《文艺理论与批评》2020年第5期。

其“通俗化”得到广大民众的认可，陆续被改编为评剧[1]、话剧[2]、评弹[3]、豫剧[4]等各类艺术形式。影像作为一种典型的含有强烈“表演”性质的“言说行为”，与民众的日常生活中的真实经验密切相关。

如电影剧本《李双双》中喜旺满意地向二春炫耀自己的老婆：

喜旺满意地说：“我们从来就是这样，我说一不二，当个男子汉降不住老婆还行啊！你看，咱们公社化以来修水利那么忙，我没有穿过旧鞋！”

…………

二春：“那是喜旺嫂子手巧能干，沾你什么弦。”

喜旺：“这你才不懂，再好的骡子也要看赶车的会练不会。”[5]

后来由于李双双积极劳动，没有按时回家做饭，喜旺龇着牙表示情愿饿肚子，也不给媳妇做饭。后来夫妻斗嘴升级，演变为动手，双双气急，“狠狠地在喜旺背上打了两拳”，喜旺也脱下鞋子打算打双双，“却猛不防被双双一下子推趴在院子里”，当喜旺想要还手的时候，却被双双上前扭住，要去找老支书说理，并以“劳动”之名为自己不“侍候”喜旺的行为赋予了一种正当性，也

① 高琛：《李双双　评剧》，中国戏剧出版社1963年版。

② 邵力：《李双双　话剧》，中国戏剧出版社1964年版。

③ 浙江省曲艺队：《李双双　中篇评弹》，浙江人民出版社1978年版。

④ 李准、赵籍身：《李双双　豫剧》，河南人民出版社1979年版。

⑤ 李准：《李双双（电影文学剧本）》，引自中国电影出版社：《李双双——从小说到电影》，中国电影出版社1979年版，第3页。

使得原来“再好的婆娘围着锅台转，男的再差走州过县”的传统观念发生了颠覆。在喜旺离家远行之后，李双双在短暂的伤心之后，迅速地恢复了过来，面对来宽慰她的老支书，李双双坚决地表示：“有鸡子叫天明，没有鸡子叫天也要明，离开他这个记工员，我这个队干部也要走路的！”在老支书肯定了自己的意见之后，李双双再一次从工作中获得了应对家庭的失意的力量。在李双双同金樵老婆王大凤的谈话中，我们看到了李准想要在这个故事中表达的“更加重大的东西”。①

谁高贵谁不高贵？谁能劳动谁就高贵。自己做来的，自己劳动来的，吃着气儿顺，穿着也光彩。②

参加“劳动”不仅仅使妇女们在人格上独立，更使她们在家庭中获得了与男性平等对话的权利。对此，电影剧本在一开始就安排了数个颇有意味的场景，第一个是二春小看妇女们的劳力，“你们只能收拾收拾孩子，侍候侍候男人，抬石头你们行？打夯你们行？”对这种明晃晃的轻蔑，几个妇女一拥而上，“举起二春当石夯打起来，连举数下”，证明自己的劳作能力。第二个是妇女

① “我进一步研究这个作品的主题，研究双双和喜旺这两种性格冲突的本质，我发现了使我自己吃惊的东西，这个主题上还蕴蓄着更加重大的东西，那就是这一对普通农民夫妻中的关系变化，反映了我们这个社会的变化。”李准：《向新人物精神世界学习探索——〈李双双〉创作上的一些感想》，引自中国电影出版社：《李双双——从小说到电影》，中国电影出版社 1979 年版，第 210 页。

② 李准：《李双双（电影文学剧本）》，引自中国电影出版社：《李双双——从小说到电影》，中国电影出版社 1979 年版，第 47 页。

们来到修堰的工地，和青年们一起“抬石头”。[①] 妇女们用自己的劳动换得了“走出家庭”的机会，而记工分措施的实行真正使妇女在家庭生产中拥有了主导权，虽然李双双的大字报上写的原因是“地里劳力不够用，家里妇女真清闲”[②]，但从老耿伯对李双双的评价“工分给你挣了一大堆，村里人提起她，没有一个说她不好的！”中可以看出，农村家庭中丈夫对妻子角色定位的要求始终并未发生改变。简言之，一是经济方面，二是人情方面。喜旺的抱怨与出走大多是觉得妻子“白出力”或者是“得罪人”“管闲事”，而当他听到村人的评价及妻子从事农业生产挣得的工分之后，便主动回归了家庭，表达了悔意。在他劝金樵的话中，我们可以看到喜旺思想的转变：“你也得看一看，人家娘们，……不！女同志，今年在家把庄稼种得多好！你回来吃着粮食，也得想一想，心里有愧没有……”[③] 甚至喜旺与李双双的夫妻关系也变得亲密了。“人家那个思想是政治挂上帅了”。（喜旺）又自言自语：“这人哪，就是会变，女大十八变，越变越好看，如今也变漂亮了……”[④] 这种“漂亮”并非外表的改变，而是如文本中所表达的思想的变化，这同 20 世纪五六十年代人们对于女性理想形象的建构直接相关。

新中国成立之后，宣传画和年画、连环画一样，发行数量大大增加，“如果我们走到街头或者工厂中，就可以看到色彩鲜明的

---

① 李准：《李双双（电影文学剧本）》，引自中国电影出版社：《李双双——从小说到电影》，中国电影出版社 1979 年版，第 7—9 页。

② 同上书，第 15 页。

③ 同上书，第 65 页。

④ 同上书，第 67 页。

政治宣传画，已成为商店橱窗、车间、工人俱乐部中经常的装饰物了”。[1] 宣传画所构造的政治权力场域中，女性短暂脱离了“男性中心主义”而成为图像叙事的主角，亦建构了一种理想化的女性形象，她应该有着健康红润的面庞，朴素的衣服包裹着她敦实有力的身体，展现出不输于男性的劳作能力；她还应该有着积极进步的思想，如图 2–5 所示宣传标语“稻香千里飘 人人逞英豪”，这里虽标识为“人人”，但在画面构图上，一个短发精干的青年女性占据了画面的大部分，围绕着她的是一片亟待收割的稻田，仅仅在远景处勾勒了扛着红旗，从事生产的人群。这种宣传画作为一种艺术形式，反映了这一时期的生产改革运动，加速了妇女走向社会的进程，这也是妇女从家庭内部空间“解放”的过程。

图 2–5 《稻香千里飘　人人逞英豪》宣传画[2]

当然，文字与影像相较于现实生活来说过于理想化，故事中金樵、喜旺及村中“反对者”的态度转变也显得突兀，但无论如何，20 世纪 50 年代到 60 年代初期的妇女因为积极从事劳动，获得了交际的可能及新生活的可能。即

① 江丰:《美术工作的重大发展》,《美术》1954 年第 10 期。

② 陈履生、陈都主编:《新中国年画宣传画 宣传画卷》，河北美术出版社 2016 年版，第 254 页。

使后来她们的这种“自由”被各种各样的原因打断——患病[①]、政治批评、生育等，但这一时期依旧是“年老的农村妇女用来评价其后所有时期和随后几代人行为的标尺”“她们发现后来的时期和行为都不足以同50年代相比。去爱谁，要不要争吵，什么时候从孝顺、爱国、勤劳和坚定这些品质中寻求安慰——每一个决定都是精心编织的关于‘自我’的热闹剧中的一个叙事元素”。[②]

① 广大妇女缺乏应有的劳动保护：有的在妇女炼铁炉、炼铁厂等“妇女号”中超负荷地日夜奋战；有的从事着井下挖煤、运煤等繁重的体力劳动；有的妇女孕期仍然在有毒的劳动条件下工作甚至接触特别有害于妇女生理机能的有毒物质；还有的妇女经期在冷水中工作，在孕期、产期和哺乳期得不到应有的休息。参见刘维芳：《中国妇女运动“大跃进”始末》，《中华女子学院学报》2008年第5期。

②［美］贺萧：《记忆的性别：农村妇女和中国集体化历史》，张赟译，人民出版社2017年版，第184页。

第三章
“民间”向度与影像越界

自19世纪起，西学东渐打破了“本土文化在庙堂与民间之间封闭型自我循环的轨迹”[①]。自1918年北大歌谣学运动开始，民间文学被纳入新文学范畴，受到广泛关注。1919年兴起的“到民间去”运动，民间文学所蕴含的“革命性”被激发出来。1937年的民族解放战争使“社会文化结构发生了颠倒”，“人民大众在几千年被压抑的人性中爆发出自我牺牲的美的极致”[②]，对于历史地表现了民众的文化内涵和审美要求的民间文化形态进入知识分子所关注的视野。新中国成立后，现代民族国家用新的意识形态改造和整理民间文学，引导大众的审美趣味，规范人们对历史、现实的想象方式，再造民众的社会生活秩序和伦理道德观念[③]，民间文学因此获得了合法性身份。民间文学的影像改编同时也是一个“模式化和定型化的过程，丰富的口传文本由此变得单一而刻

① 陈思和:《鸡鸣风雨》，学林出版社1994年版，第28页。

② 陈思和:《中国当代文学史教程》，复旦大学出版社2018年版，第2页。

③ 毛巧晖:《现代民族国家话语与民间文学的理论自觉（1949—1966）》，《江汉论坛》2014年第9期。

板，削弱了民间叙事的多样性和复杂性”①，其改编内部存在着某种或公开或隐秘的历史关联，背后连接着不同的文化生产模式、价值认同和文学想象。

表 3-1　民间文学改编电影一览表（1950—1964）

年份	片名	类型	编剧	导演
1950	《白毛女》	歌剧	水华、王滨、贺敬之、丁毅、杨润身	王滨、水华、王彬
1956	《金耳环与铁锄头》	动画片	萧甘牛	许秉铎
1958	《木头姑娘》	动画片	王树忱、包蕾	王树忱、钱运达
1958	《画中人》	神话剧	梁彦、塞声	王滨
1959	《一幅壮锦》	动画片	萧甘牛	钱家骏
1959	《雕龙记》	动画片	集体创作	章超群、岳路、万超尘
1960	《牧童与公主》	动画片	岳路	岳路
1960	《马兰花》	故事片	任德耀	潘文展、孟远
1960	《刘三姐》	故事片	乔羽（改编）	苏里
1963	《孔雀公主》	动画片	尹口羊、靳夕	靳夕
1963	《长发妹》	动画片	岳路	严励
1964	《阿诗玛》	故事片	葛炎、刘琼（改编）	刘琼
1961—1964	《大闹天宫》	动画片	李克弱、万籁鸣	万籁鸣、唐澄

① 李森：《〈阿诗玛〉：从民间传说到电影经典》，《民族艺术研究》2012 年第 2 期。

第一节 民间文学的影像重述

新中国成立后，“新中国民间文学话语与国家话语紧密关联，其意识形态特性极其鲜明”[①]。1949 年 7 月中华全国文学艺术工作者代表大会（第一次“文代会”）提出，“新的人民的文艺”[②]被确立为新中国文艺的发展方向，民间文艺研究引起国家和学界的高度关注。党和政府非常重视民间文学的搜集整理工作，并在搜集整理的基础上将一部分民间文学改编为电影，如美术片《金耳环与铁锄头》《一幅壮锦》[③]《牧童与公主》及故事片《刘三姐》《阿诗玛》等，形成了民间文学作品电影改编的第一个高潮，电影的创作风格体现了那个时代所鼓励的革命的浪漫主义与革命的现实主义精神。

一、“刘三姐”的地域传播与话语变迁

刘三姐的故事作为流传于中国西南的地域性传说，“五四”之前的文字记载散见于一些笔记散文中。关于这方面的研究，前人

---

① 毛巧晖：《民间文学：在政治与文艺之间多面向重构》，《社会科学报》2018 年 8 月 16 日。

② 周扬：《新的人民的文艺》，新华书店 1949 年版。

③ 1965 年，周恩来建议把“僮族”的“僮”字改为“壮”。同年 10 月 12 日，国务院作出了《关于更改僮族及僮族自治地区地方名称问题给广西僮族自治区人民委员会、云南省人民委员会、广东省人民委员会的批复》，正式将“僮”字改为“壮”，“广西僮族自治区”改为“广西壮族自治区”。故后文统一使用“壮”字，不再另注。

已有备述。[①]1925年，刘策奇在《歌谣》周刊发表《刘三姐》[②]，记录了作者零散搜集的一些资料，“若问出在什么时代，我却不知道，至于是不是确有此事？刘三姐确是潮梅人否？均属疑问，还望广东朋友，和知道比我较为详细的，加以指示为幸”。1926年，刘策奇又在《北京大学研究所国学门周刊》发表《刘三姐的故事》[③]，其中转录了《说铃》和《池北偶谈》中的“刘三妹的故事”，并总结差别有四：

他们说刘三妹是贵县人，我说是潮梅人。

他们说对歌的汉子是秀才书生，且名张伟望，我说是农夫。

他们说两人俱化石，我说单是刘三姐。

他们说祠在贵县西山，我说在柳州立鱼峰。我想或不只这两处有她的祠，或两粤有名的胜境都有之，因它是一种风雅的事，可作名山点缀。

1927年静闻在《民间文艺（广州）》发表《歌仙刘三妹故事》[④]，列表比较各段记载的差异之处：

---

① 参见钟敬文：《钟敬文民间文学论集》，上海文艺出版社1982年版，第93—120页。除王象之、屈大均、王世祯之外，还有清闵叙的《刘三妹》、清陆次云的《声歌原始》、清谭敬昭的《游通真岩并序》等。

② 刘策奇：《刘三姐》，《歌谣》周刊1925年第82期。

③ 刘策奇：《刘三姐的故事》，《北京大学研究所国学门周刊》1926年第24期。

④ 静闻：《歌仙刘三妹故事》，《民间文艺》1927年第5期。

	三妹籍贯	三妹时代	敌手姓名籍贯	赛歌地点	供祀地点
《广东新语》	广东新兴	唐中宗	白鹤乡少年	登山而歌	阳春锦石崖
《粤述》	广西贵县西山	唐景龙	朗宁白鹤书生张伟望	白石山	白石山
《池北偶谈》	广西贵县水南村	唐神龙	邕州白鹤秀才	西山高台	
《峒谿纤志·志馀》			白鹤秀才	粤西七星崖	苗，瑶等洞中（?）
《刘三姐》	广西潮梅		农夫	广西柳州立鱼峰	立鱼峰（?）

据此，静闻总结“这则故事，在各地各时各人的口里，其分歧的情况，可见出一斑了。一切民间传说，差不多都具着同样状态，好像顾颉刚先生所研究探讨的孟姜女故事，就是一个显例”。其后，又陆续有《刘三妹故事与粤风续九及粤风》[①]《山歌原始的传说及其他——罗隐秀才与刘三妹》[②]《几则关于刘三妹故事材料》[③]《粤风与刘三妹传说》[④]等。

1959年，由于当时文艺政策的鼓励及新中国成立十周年的历史机遇，新中国电影在创作上呈现出繁荣局面，达到了自新中国成立以来电影创作的第一个高潮。为迎接新中国成立十周年，广西柳州彩调团根据刘三姐的传说，取其精华，去其糟粕，以流行

① 左天锡：《刘三妹故事与粤风续九及粤风》，《北京大学研究所国学门月刊》1927年第5期。

② 愚民：《山歌原始的传说及其他——罗隐秀才与刘三妹》，《民俗》1928年第13、14期。

③ 敬文：《几则关于刘三妹故事材料》，《民俗》1928年第19、20期。

④ 黄芝冈：《粤风与刘三妹传说》，《中山文化教育馆季刊》1937年第2期。

在广西民间的彩调为基础，吸收了深为群众喜闻乐见的民歌的歌词和唱腔的文艺形式，创编了“刘三姐”这个戏。《刘三姐》首先以地方彩调剧的形式在广西演出[①]。1960 年在彩调剧基础上改编的广西歌舞剧《刘三姐》，其后又被作家乔羽写成电影剧本[②]，于 1961 年由苏里拍成电影。阶级斗争的意识形态无可避免地支配了作品的改编，可是促使其成功的因素，却是显形的现代通俗文艺形式与潜藏其下的民间隐形结构。从 1959 年 4 月柳州和平彩调剧团创编的新彩调剧《刘三姐》到 1960 年在彩调剧基础上改编的广西歌舞剧《刘三姐》再到 1960 年在彩调剧基础上改编的、由苏里导演的电影《刘三姐》，剧本意义在于其不断“重构”的修改过程。

为了创编《刘三姐》彩调剧，“柳州彩调团直接访问过的老歌手就有一百多人，召开的座谈会达三十多次，收集了十九万二千多首民歌”[③]。在搜集民歌的过程中，群众直接参加了创作，如来

---

① 相关记载参见《反映了劳动人民的智慧 显示了民歌的战斗作用 广西歌舞剧刘三姐在京公演》，《人民日报》1960 年 8 月 3 日第 4 版。

② 这里牵涉到关于《刘三姐》的版权问题：1995 年夏天开始，广西彩调剧《刘三姐》的原班作者曾昭文、龚邦榕、牛秀等人，在律师的协助下搜集材料，备案起诉官方作家乔羽在 60 年代对《刘三姐》剧本的剽窃。刘禾在其著作《语际书写——现代思想史写作批判纲要》中将其界定为“一次充满象征意味的较量，即地方作家与官方作家，民间文学与官方（通俗）文学，少数民族文学与汉族文学之间展开的一次公开的、合法的较量”。相关论述参见刘禾：《语际书写——现代思想史写作批判纲要》，上海三联书店 1999 年版，第 138 页。

③ 伍晋南：《群众运动的胜利，毛泽东文艺思想的胜利——创作和演出民间歌舞剧〈刘三姐〉的体会》，《人民日报》1960 年 7 月 26 日第 7 版。

京演出的整理本《刘三姐》中“拒婚”那一场里许多精彩、幽默的民歌就是横县的一位歌手所写。“柳州彩调本前后修改达五十次以上，南宁的歌舞剧剧本草稿达三十多万字。”[①]在改编为电影的过程中，《刘三姐》一方面作为“新民歌运动”的产物，另一方面还代表着将“民间”与“民俗”引入现代媒介的尝试，成功昭示了“民族的”“民间的”在进入官方意识形态之后，释放出的一些“不在期待之中”的意义。

在民间传说中，刘三姐具有游离于正常社会空间之外的神异身份（歌仙或者女巫），明末清初诗人屈大均曾有笔记：“新兴女子有刘三妹者，相传为始造歌人。生唐中宗年间。年十二，淹通经史，善为歌。”[②]清初张尔翮的《刘三妹歌仙传》中亦记载刘三妹“年十二，能通经传而善讴歌，父老奇之，偶指一物索歌，倾来立就，不失音律”。[③]有的民间故事还将她和哥哥的关系置于敌对地位，如《宜山县志》卷三所记：“相传唐时下涧村壮女，性爱唱歌，其兄恶之……”[④]1949—1966年“阶级斗争叙事框架”下，刘三姐被改写成“劳动人民的闯将”。她出身贫苦，具有极其出众的天赋，善恶分明，不畏强权。彩调剧编剧邓凡平曾这样评价刘三

① 伍晋南：《群众运动的胜利，毛泽东文艺思想的胜利——创作和演出民间歌舞剧〈刘三姐〉的体会》，《人民日报》1960年7月26日第7版。

② 参见（清）屈大均：《广东新语》，卷八《女语·刘三妹》，中华书局出版社1997年版，第261页。

③ 参见《刘三妹歌仙传》，引自《古今图书集成：方舆汇编职方典》第一千四百四十卷浔州府部艺文之二五，中华书局影印。

④ 宜州市地方志办公室：《宜山县志》，内部资料，2000年，第451页。

姐，她不仅是“古时壮族热爱生活富有反抗精神的天才的民间歌手和诗人”，也是“广大劳动人民反抗封建统治和阶级剥削的理想的化身”。经过一系列改编，由电影呈现出来的刘三姐的形象，已然淡化了传说中的“神异”，转而由“神”变“人”，被赋予了更多的人性，成为“需要被男性营救”的女性“英雄”。编剧乔羽将“阶级斗争理论进行文学符码式的转喻”，将其塑造为一个近似于“土改过后的农村的女青年团员”[①]的刘三姐形象，传说中“其兄将藤砍断”，致其落水的情节隐匿不见，代之为一种较为紧密的家庭结构。

对上述诸种改编，评论界褒贬不一。贾芝认为，在利用民间传说再创作时，要做到“充分地以民间原来的传说为基础”，但是“新的创作不能超出原来传说的历史环境所许可的范围”。[②]戴厚英在《诗情画意与“辣味”和“野味”——电影〈刘三姐〉观后》[③]中认为影片对彩调剧的删减塑造了一个满腔怒火，但却“一筹莫展”的刘三姐。

民间传说中刘三姐从未受到任何男性英雄的指引，她作为一个非常鲜明而生动的颠覆腐朽的父权社会和封建统治阶级的女性领袖存续于民间叙事之中。而在改编后的叙事中，刘三姐与小牛

---

① 关于是否把《刘三姐》现代化的问题也引发了相关的讨论，观点不一，参见徐敬国:《并没有把〈刘三姐〉现代化》,《大众电影》1962 年第 1 期；贾霁:《关于影片〈刘三姐〉讨论的杂感》,《大众电影》1962 年第 8 期。

② 贾芝:《搬上银幕的刘三姐》,《上海电影》1962 年第 3 期。

③ 戴厚英:《诗情画意与“辣味”和“野味”——电影〈刘三姐〉观后》,《文汇报》1962 年 2 月 9 日第 4 版。

的婚恋关系以及与哥哥之间完整的家庭形态被突出，“意识形态的叙述”被置于情感关系之中，故事中安排小牛把处于困境中的刘三姐从地主家救出，不可避免地使“意识形态的表述对象欲望化”。原先的口头文学与书面文学之争也变为无产阶级对地主阶级和知识分子的嘲讽，如“塘边洗手鱼也死，路过青山树也枯”原本是讽刺忘恩负义之人，在数次改编中变为“莫夸财主家豪富，财主心肠比蛇毒，塘边洗手鱼也死，路过青山树也枯”。乔羽更是将《讲话》中对知识分子的批评，诸如“四体不勤”“五谷不分”等词编入电影唱词中。

李秀才：“真粗鲁，皆因不读圣贤书，不读四书不知礼，劝你先学人之初。”

刘三姐：“莫要再提圣贤书，怕你越读越糊涂，五谷杂粮都不懂，饿死你这人之初。”

陶秀才：“你莫嚣，你是朽木不可雕，常言万般皆下品，自古唯有读书高。”

刘三姐：“笑死人，白面书生假斯文，问你几月是谷雨，问你几月是春分？”

合唱：“富人只会吃白米，手脚几曾沾过泥，问你几时撒谷种，问你几时秧出齐，四时节气你不懂，春种秋收你不知，一块大田交给你，怎样耙来怎样犁？”

1949—1966 年民间文学的电影改编对民间叙事进行现代改造，既保留了民间文学的艺术性，又成就了它现代性的政治内涵。既是民间的，以其释放出的“完全不在期待中的意义”获得读者的喜爱，同时也是意识形态的。换言之，它是主流意识形态下的革命叙事与民间叙事高度调和后产生的。同时也应该看到，电影过于突出对“革命”及“斗争”等重大题材的描述，却忽视了原来的民间叙事中对于幽深、隐秘的个人内心世界的描绘，使集体情感过于突出以至于完全替代个人情感。

二、“阿诗玛”的历史叙事与形象建构

《阿诗玛》原本是流传于撒尼人民口头的长篇叙事诗[①]。1950年，昆明的刊物《诗歌与散文》刊登杨放记录、翻译的《阿诗玛》片段。“虽然它并非这部口头文学作品最精彩的部分，那质朴而又奇异的美已经闪射出富有魅力的光芒了”。1953年，《西南文艺》发表了朱德普整理的《阿诗玛》的简略文稿。同年，西南军区的京剧团，还将《阿诗玛》的故事搬上了京剧舞台。1953年5月，

① 主人公阿诗玛是一位聪明美丽、勇敢坚贞的撒尼姑娘。当地有财有势的头人热布巴拉的儿子阿支，软硬兼施地追求阿诗玛，阿诗玛坚决不从。阿支贼心不死，央媒人带着厚礼前去逼婚，又被断然拒绝。于是，阿支趁阿诗玛的哥哥阿黑去远方牧羊之机，派人将阿诗玛劫走。阿黑获讯赶回救援。途中被大山所阻，他用神箭射穿大山，开出通道，纵马驰骋，快速前进。阿支用尽种种威胁和利诱手段，都不能使阿诗玛屈服，于是恼羞成怒，正要举鞭毒打阿诗玛，阿黑及时赶到。阿支提出要与阿黑赛歌，一决胜负。阿支赛输，但仍不甘心，又企图用暗箭杀害阿黑。阿黑愤怒地用神箭射穿寨门和大厅的柱子，箭射在神主牌位上，阿支命令众家丁用力拔箭，箭却纹丝不动。阿支慑服，只得将阿诗玛释放。阿诗玛和阿黑喜悦地同乘一骑回家。他俩来到溪边，下马小憩。阿支派人偷走了阿黑的神箭，放洪水将阿诗玛淹死。阿诗玛被水冲走了，变成了回声。撒尼人怀念她，呼唤她的名字，山谷里就传来她的回声。多少个世纪过去了，“阿诗玛”化成了一尊与世长存的石像，挺立在石林深处。

云南省委宣传部文艺处处长黄铁责成省文工团组成圭山工作组，深入撒尼人聚居的圭山区，进行《阿诗玛》传说的搜集和记录的工作。在搜集整理时，当时的“十人小组”[①]采用了一种“总和”的方法：“将二十份异文全部打散、拆开，按故事情节分门别类归纳，剔除其不健康的部分，集中其精华部分，再根据突出主题思想，丰富人物形象，增强故事结构等的需要进行加工、润饰、删却和补足。”[②]为了把散文体的韵味淡薄的口译笔录“变为诗”，公刘也参与到《阿诗玛》的搜集整理工作之中。在整理时，对阿诗玛和阿黑之间的关系有过争议，但是在第一次整理的定本中，两人最终仍被处理成兄妹关系[③]。

1954 年秋天，主持文化部电影局工作的陈荒煤，请冯牧转给公刘一封信，建议公刘将《阿诗玛》改编成一部音乐片，“最好全部对话都是诗”。公刘接受了这个任务，再到圭山，用一个半月的时间实地考察，体验撒尼人的生活。“这不但是为了准备电影《阿诗玛》的再创作积累感性的东西，而且是为了实地考察一下为什

① 1953 年 5 月，云南省人民文艺工作团组织了一个分别由文学、音乐、舞蹈等专门人才组成的十人“创作小组”，前往路南县圭山区采风，搜集素材。

② 杨知勇执笔《〈阿诗玛〉第二次整理本序言》，引自广西师范学院中文系编：《中国当代文学研究资料　撒尼族叙事长诗〈阿诗玛〉专集》，1979 年，内部资料，第 19 页。

③ 撒尼阿着底地方一户农家生了一个女儿叫阿诗玛，她聪明、美丽又能干，当地有钱有势的热布巴拉家欲娶阿诗玛，说媒不成，于是派人抢亲。阿诗玛的哥哥阿黑闻讯赶回，追到热布巴拉家，和热布巴拉家父子斗智、比武，都胜利了，才把妹妹救出来。热布巴拉家向恶神崖神祷告，崖神发洪水挡住兄妹两人的归路，阿诗玛化为回声。

么撒尼人要用‘落日的影子’去比喻阿诗玛的头发，以便在长诗再版时改正自己的谬误。结果，我发现撒尼女人的头发真的几乎无一例外的略带暗红，并且显得干燥而蓬松”。1955 年初，公刘到北京西单舍饭寺电影剧本创作所开始写《阿诗玛》剧本。[①]但是由于种种原因，公刘版本的《阿诗玛》剧本并未被采用，1964 年拍摄的电影《阿诗玛》是根据葛炎、刘琼的电影剧本改编的。这两个电影剧本最大的不同，是阿黑和阿诗玛的关系问题，在公刘的电影剧本中，阿黑与阿诗玛是兄妹关系；而葛炎、刘琼的剧本则把阿黑与阿诗玛处理为情侣关系，当然这也是影片文学顾问李广田的看法。他的根据是：有一份“异文”中把阿黑比作帽子，盖在妹妹阿诗玛的头上，这似乎是性行为的隐喻。公刘不认可这种看法，认为“帽子与头的关系只是说明保护，而并非另有暗示”。[②]

此外公刘创作的电影剧本《阿诗玛》中还提到了撒尼人的“公房”：

公房，火塘熊熊得燃烧着。地上铺着草席。阿诗玛在绣花，周围坐满了未出嫁的姑娘们和未成亲的小伙子们。

远处传来如怨如慕如泣如诉的芦笙声。

阿诗玛望着窗外的月亮出神，轻轻地唱了起来：

十五十六月儿要团圆哎，

① 吴思敬：《诗人公刘与〈阿诗玛〉》，《文艺争鸣》2021 年第 7 期。

② 公刘：《被遗忘了的平反——〈阿诗玛〉琐忆》，《战地》1980 年第 2 期。

小伙子们立即接上去：

十七十八人儿要成双哎……[1]

1948 年，马学良在《国际文化》第 3 期发表《撒尼区的“公房”》一文，介绍撒尼人的“公房”习俗，“在一个月白风清的春夜，一个撒尼青年男子，领导我们三人出了村庄，走进一所孤立的草房中，在满铺着青松毛的土地上，围坐着青年的男女，有的在偎依着调笑，有的在弹琴歌唱……”在“公房”中，“男子弹着三弦琴，或吹着竹制的口琴，女子随着琴声歌唱，男子对答，歌调中表现出互相求爱的情意”。“公房”是全村人捐钱建筑的，“他们认为这是人伦之始，不可或缺的公共建设”。[2]

但是这种“公房对歌”的场景在葛炎、刘琼的《阿诗玛》中被替换为“火把节”的庆祝场景：

幽美的歌声从一棵很大的榕树后面透过来。围着树绕了大半圈才见阿诗玛一边唱着一边在一幅长绸上面绣花。她显得非常娴静。

…………

阿诗玛唱到最后一句时，胖姑娘从榕树后面钻了出来接着唱。当胖姑娘唱时，胖姑娘一个个都陆续从树后钻出来对阿诗玛唱。

胖姑娘唱：你绣的茶花送给谁？

胖姑娘甲：送给谁？

胖姑娘乙：送给谁？

---

① 公刘：《阿诗玛》，《人民文学》1957 年第 4 期。

② 马学良：《撒尼区的“公房”》，《国际文化》1948 年第 3 期。

胖姑娘丙：送给谁？

姑娘们合唱：你这朵鲜红的茶花送给谁？[①]

这种舞台化的呈现形式实际上再现了具有指向性意义的民族文化符号，影像中对于日常生活的审美化表述、个人情感的文学呈现、族群历史的现代重述在尝试着提出一种描述和命名。“火把节”承载着民众的历史记忆，为他们的信仰表达提供了场域，亦带来了洁净和祥和。“传说和景观共同构成了民众的记忆影像，他们共同确定，强化文化身份的同时，也逐步形成文化共同体的记忆。”[②]当“视觉表象化篡位为社会本体基础”[③]时，“火把节”——作为一种地域和文化景观成为社会秩序与文化认同的基础。

由于种种原因，这部电影拍摄完成之后即遭封存，就连建议拍摄电影《阿诗玛》的陈荒煤都没看过这部片子。1978年9月3日《人民日报》第6版发表了他感叹电影《阿诗玛》多舛命运的文章《阿诗玛，你在哪里？》，其中谈到在石林的一块石顶“象耸立着阿诗玛的半身雕像”。

我们看到阿诗玛戴着撒尼族姑娘的头巾，半侧着脸，仰望着远处。这时正好有一簇白云在天边慢慢浮动。于是，我仿佛还看

① 中国电影出版社：《中国电影剧本选集》9，中国电影出版社1981年版，第201—202页。

② 毛巧晖：《民间传说与文化景观的叙事互构——以媽祖传说为中心》，《贵州民族大学学报》（哲学社会科学版）2018年第3期。

③［法］居伊·德波：《景观社会》，张新木译，南京大学出版社2017年版，第12页。

到了阿诗玛大眼窝里蕴藏着怀念和沉思。她背上还背着背篓。她是在去劳动的途中，还是在归家途中思念着阿黑呢?

陈荒煤由此想到在昆明听到的《阿诗玛》的命运。民间传说把阿诗玛表现为一个反抗奴隶主强迫婚姻致死而变成在石林中永生不灭的回声。她英勇地宣告:

日灭我不灭，
云散我不歇，
我的灵魂永不散，
我的声音永不灭。

而电影《阿诗玛》在斗争中被强加了两条莫须有的罪名：一条是宣传“恋爱至上”，一条是“选美人”——“资产阶级思想”。这实在是无稽之谈，对于电影中阿诗玛和阿黑关系的处理，陈荒煤认为从风俗上看，撒尼族人民举行婚礼的时候，老人们常常举着酒杯，歌唱阿诗玛，为新婚夫妇祝福。还说，我们的姑娘都是阿诗玛，小伙子都是阿黑。所以，这一改动丝毫无损阿诗玛与阿黑的形象。

“我们曾经把文化看作一种同质化和统一的力量，过去的起源性记忆赋予它真实，民族的传统使它常葆青春”，但是，“表达行为的介入使意义和指涉结构成为一个矛盾过程”。[1] 民间传说《阿诗玛》的跨媒介生产实质上是一种对自我族群文化身份的理解：他们将身份视作一种“生产”，一种集体的真正自我，为共有的历

① Homi Bhabha, *The Location of Culture*, London: Routledge, 1994, pp.37-38.

史记忆和文化符号，这种记忆和符号为处于变幻莫测的沉浮之中的人们提供了“一个稳定的，不变的和连续的指涉和意义框架”①。这些对于历史的重述使那些被“淹没和改写”的记忆得以复归，成为“建设中华民族共同体的精神保障”②。

三、“西游记”的现代演绎与叙事嬗变

以“西游记”③为题材的戏剧、小说、影像嬗变，在道德、人伦、情爱、价值观等方面反映了社会伦理对故事本体的深层渗透及改造。④1927年，上海影戏公司摄制了取材自《西游记》的无声电影《盘丝洞》。1930年，上海影戏公司又拍摄了《续盘丝洞》一片，与前片可合可分，“一切服装背景，完全合于时代性”。本片为一段三角恋爱故事，由黄花观道士口述，侧重虚写。“不为稗史所囿限，而情节离奇曲折。”

布景最伟大者，为银山璃洞一幕，为晶镜疾转，精芒四射。其他屏柱帘幕，莫不为发光体，闪璨不可逼视。殷明珠女士饰蜘蛛精，御一银鳞之舞衣，价值五百金，翩翩作舞，数十艳美女随

① 罗钢、刘象愚：《文化研究读本》，中国社会科学出版社2000年版，第209页。

② 郝亚明：《论中华民族多元一体格局与中华民族共同体建设》，《湖北民族学院学报》（哲学社会科学版）2019年第1期。

③ 这里探讨的是民间文学视阈下的“西游记”，从唐代到明代中期，围绕着“西游记”故事的发展衍变，大体上形成了文人笔记、小说、戏曲、说书、宝卷、平话、故事等多种文体并行的局面。

④ 刘士义：《“西游记”故事嬗变的世俗伦理阐释》，《明清小说研究》2021年第3期。

之，昭光震耀，媚艳无伦，使人见之，有欲仙欲死之慨。叶娟娟饰九尾玉面狐精，裸具半体，富有肉感，种种表情，又细腻熨帖。人选问题，非其他公司之胡乱搭配者所可同日语也。

其中“最旖旎者”，为胡春风与陈文霞之荡舟一幕。陈文霞，为殷明珠饰，“水烟凝碧”“柔柳千丝”，“而远望灯台叠影，映水成彩，两人指点谈情，演来丝丝入扣”，虽求之西方名片中，“不多观也”。[①] 有观者初看其电影照片时觉得莫名其妙，怀疑“为甚西游记却穿近时衣服，而有摩托车呢？”看后才知晓，此一故事为“黄花观道士说给蜘蛛精之一段对于将来的故事”。“西游记本是虚传事所编成之故事，对于这续盘丝洞黄花观道士劝告蜘蛛精而把唐三藏，猪悟能沙悟净送出魔洞是西游记内所没有的，因此就可体会出上海影戏公司是把虚事加上虚了。”[②]

时隔十年，1940 年，艺华公司拍摄《新盘丝洞》一片。1941 年，万氏兄弟拍摄中国第一部长卡通片《铁扇公主》[③]，为“万氏

① 逸梅：《续盘丝洞谈片》，《新银星》1930 年第 18 期。

② 清河：《对于续盘丝洞之一点意见》，《新银星与体育》1930 年第 22 期。

③ 其本事为“唐僧率徒众三人，西行取经，有火焰山一座，周围广阔，熊熊有光，人畜尽绝。惟悟空自告奋勇，前去探险，几被火灼烧，抱头鼠窜，遇一老者，知山外有山，名芭蕉洞，内有铁扇公主者，手执芭蕉扇，借得此扇，能扑灭火焰。唐僧命三徒往寻，沙僧前去，因不得善于辞令致被女童误认为调戏，赏以耳光，受辱而返，悟空亲往，铁扇公主召见，知悟空乃杀儿仇人，大怒，扇子掀起，悟空顿觉无所适从，腾升云霄，八戒沙僧久候不至，忽狂风卷来，两人紧抱石笋，幸免于难”，扇停之后，“悟空已被扇落千里迢迢之外，蹲一野庙中，野僧出现，问明原委，赠悟空定风珠一粒，悟空得之，狂欢，复飞返芭蕉洞，胸怀定风珠，公子见状逃入，严闭洞门，悟空无法入内，身变小虫，钻进公主之茶杯中……”参见怡：《铁扇公主之本事》，《社会日报》1941 年 10 月 29 日第 1 版。

昆仲两年来呕心沥血之作”。《铁扇公主》的绘制颇为不易，“其工作之繁琐，也许会使读者见了头痛。单就每天埋头工作的技师有二三百位，到现在已近三年的光阴，用去的绘画纸张，已有四五百令之多。铅笔是用了几百罗，还有颜色等等，假如统计起来，真是一个很可观的数目呢”。①

《铁扇公主》一开始，就在银幕上打出“西游记，本为一部绝妙之童话。特以世多误解，致被目为神怪小说。本片取材于是，实为培育儿童心理而作。故内容删芜存菁，不涉神怪。仅以唐僧等私人路阻火焰山，以示人生途径中之磨难，则必须坚持信念，大众一心，始能获得此扑灭凶焰之芭蕉扇”的字样。时人认为《铁扇公主》最为人所看重的在于它“取材的纯正严肃”。铁扇公主的故事，固然是采取于《西游记》中的一个片段，但在这里却不能单纯被看作荒逸怪诞的神话，正像该片字幕上所说明的，《西游记》本身便应当被看作一部童话；而《铁扇公主》的编剧，则显然更着眼于和当前客观实在的密切联系上，它的故事的主题，便在于强调了在进行一个为真理而斗争的事业中（编剧以“唐僧”师徒去取经来象征它），若半途遭受到极大的困难和阻碍（“唐僧”一行人被困于火焰山而不能通过），必须坚定不移（“孙行者”借来了定风珠），不断努力（他们几次三番地去借“铁扇公主”的芭蕉扇），尤其重要的是必须加强内部的团结（“孙行者”“猪八戒”“沙和尚”最初不团结的失败，和最后团结的成功），并且，还应该切切实实看重和发动群众力量，（最后“牛魔王”的被擒，

① 《我们绘制〈铁扇公主〉的经过》，《国联影讯》1941 年第 9 期。

并非由于“孙行者”等少数人的力量，而是由于为“唐僧”所发动的广大群众的参加，他们合力锯开一棵大树，而将牛魔王夹在里面）。因此，“这部剧作里面所包含的教训就不仅是一个孩子的童话，它也是我们成人的童话，我们整个民族在今天都是应该学习并且尊重这样的教训的”。从这一点来看，《铁扇公主》较之时下的一般影片有着较积极的意义和较大的价值，“应该作为制片家应有的榜样和模范”。[①]《极有意识的铁扇公主》[②]一文亦谈到卡通片在中国，一向只是在幼稚时期长成，而也不大为人所注意。“直到华脱德斯耐的《白雪公主》来华后，卡通片才为制片家所注意。”《铁扇公主》虽取材于《西游记》中的故事，但绝对避免神怪的成分，剧情要旨是说唐僧师徒四人，往西方取经，“沿途历尽困难，孙行者与猪八戒、沙僧的意见相左，成为促使中途顿挫的一大原因”。其中“铁扇公主”压迫唐僧师徒，以致颠沛流离，结果终于在唐僧的告诫下，一致团结，最后达到取经的目的，“那真是一部针对现实的卡通片”。新中国成立之后，又有《猪八戒吃西瓜》《大闹天宫》《金猴降妖》《人参果》等动画作品。以上改编作品多展现善良正义战胜邪恶和以情感调和矛盾的美好愿景，体现了影像文本对“西游记”故事情节的取舍和美学取向的偏好。

---

① 戎马:《〈铁扇公主〉观后：介绍中国第一部长篇卡通》,《知识与生活》1941 年第 3 期。

②《极有意识的铁扇公主》,《青青电影》1940 年第 37 期。

第二节　民间文学动画改编的“民间”向度

19 世纪、20 世纪之交，受到“民族主义”思潮的影响，中国学人开始将眼光投向“民间”，神话等民间文学资源在传统承续与现代转换中，在“时代性”与“民间性”的交叠中，逐渐转化为社会主义多民族国家文化形态的重要组成部分，其中的神话母题、神话意象、神话思维等在承续“五四”文学传统的基础上，蕴含着对人民文艺精神内核的承继和审美理想的不懈追求。

一、民间文学的“动画化”热潮

民间文学通过生动的叙事、具体的形象塑造和灵活的语言真实地反映了普通民众的思想感情和社会生活图景，其题材的艺术规律与电影（尤其是美术片）相似，带有很大的“寓意、假定与象征的因素”，这就为民间文学改编成电影提供了广阔的发展空间。受到“现代国家建构、教育体制、认识论等因素的影响”①，民间文学的“教化价值被提升到国家层面”②，就像鲁迅在《中国小说史略》中所写的那样：“俗文之兴，当兴两端，一为娱心，一为劝善”③，民间文学中的叙事与意境在改编中都发生了相应的置换。从

① 毛巧晖：《20 世纪 60 年代刘三姐（妹）传说的重构考察》，《民俗研究》2015 年第 5 期。

② 毛巧晖：《越界：1958 年新民歌运动的大众化之路》，《民族艺术》2017 年第 3 期。

③ 鲁迅：《中国小说史略》，引自《鲁迅全集 · 第 9 卷》，人民文学出版社 1981 年版，第 110 页。

民间叙事立场转向共同社会理想的追求，对于民间文学所蕴含的共同经验也存在着一个选择的过程，将表现中国传统文化内涵的审美要求的民间传说与社会共同理想相结合，从而形成一种有效的经验共同体。

在民间文学的电影改编中，“动画化”是一种极为重要的改编方式。一方面，“动画化”可以做到尽可能对原著中的主题精神、叙事结构、重要情节、主要人物少改动；另一方面，动画形式也是最有把握取悦观众的形式。

从《大闹天宫》(1923)、《大闹画室》(1924)、《球人》(1927)、《血溅济南》(1928)、《龟兔赛跑》(1932)到《精诚团结》(1932)、《同胞速醒》(1932)、《民族痛史》(1933)、《抵抗》(1935)、《新生活运动》(1936)、《农家乐》(1940)、《铁扇公主》(1941)、《皇帝梦》(1947)……中国动画电影应运而生，由最初单一的诙谐打趣的商业模式，扩大到为民族国家呐喊的意识形态领域。[①]其主题多为“呼吁人民参加抗日”“宣传卫生”“教育儿童”等。1937年全面抗日战争爆发以后，中国动画电影呈现出“革命性”的面貌，革命叙事在“电影下乡，电影入伍”的通俗文艺实践[②]中成为主流。如《抗战标语卡通》与《抗战歌辑》除了宣传抗日内容的标语之外，还有以动画形式介绍爱国歌曲的《满江红》《沈阳

① 傅红星主编:《中国影片大典·动画片卷》，中国广播电视出版社2012年版，序言第4页。

② 1938年3月，中华全国文艺界抗敌协会成立，提出“文章下乡，文章入伍”的口号，落实到抗战时期电影界的实际运作中，就是“电影下乡，电影入伍”。

花鼓》《募寒衣》《上前线》等；钱家骏的动画作品《农家乐》[①]以农村地区的抗日救亡活动为主题，延续20年代中国知识分子“到民间去”的响亮口号[②]，以动画形式讲述了“抗日救亡”与“民生安乐”的逻辑关系。[③]

但是这些与抗日题旨密切相关的动画电影由于其鲜明的时代性，囿于形式，不易为大众接受，很难保持恒久的生命力并流传下去，创作主旨也逐渐从“抵抗”转向对“民族主义”的诉求。面对日益严峻的政治形势及抗战运动，中国动画电影的初创者们希望通过民间文化资源与电影形式的结合，找寻更具民族特色的文化表现形式。中国第一部动画长片《铁扇公主》承续了“旧瓶装新酒”的文艺创作理念，取材于中国古代神话小说《西游记》中“孙悟空三借芭蕉扇”有关片段，以寓言的形式灌注新国民应有的意识，反映出“全国人民联合起来对付日本侵略者，争取抗战的最后胜利”的主题，用通俗的形式教育国民，从而激发民众

① 钱家骏在《“农家乐”绘制者的话》中表示：“时代的绘画——卡通（Animated Cartoon）是近代的产物……那种形式和性格大体上是近乎电影，有些地方又酷似歌剧……”引自《“农家乐”绘制者的话》，《影坛春秋》1941年8月，第56页。

② [美]洪长泰：《到民间去 1918—1937年的中国知识分子与民间文学运动》，董晓萍译，上海文艺出版社1993年版，第19—21页。

③ 王家店和李家庄，并立在一个小港的南岸，李家庄的李老伯，已经六十多岁了，有一个女儿，两个儿子。还有一条狗叫阿花，过着快乐的农村生活。战事爆发，王家店沦陷，焚烧惨杀，死伤无记，时阿花适觅食王家店，受惊逃还。吠报李老伯，李老伯愤怒至极，动员全家挺身自卫，时敌兵已向李家庄进攻，李老伯带领儿女村民和阿花和敌兵决战。一场恶斗，把敌兵打得落花流水，乃得保全家乡，永享农家之乐。引自《“农家乐”绘制者的话》，《影坛春秋》1941年8月，第56页。

的向上意志。此外，卡通《老笨狗饿肚记》[1]及木偶纪录片《长恨歌》等围绕神话资源现代转换的影像实践成为这一时期中国动画电影创作的坚实基础。

自20世纪50年代至今，先后涌现了《金耳环与铁锄头》（瑶族）、《木头姑娘》（蒙古族）、《一幅壮锦》（壮族）、《雕龙记》（白族）、《牧童与公主》（白族）、孔雀公主（傣族）、《长发妹》（侗族）、《善良的夏吾冬》（维吾尔族）、《火童》（哈尼族）、《海力布》（蒙古族）等由民间文学改编而成的动画电影。从电影呈现内容来看，在改编中立足文本，以民族传统文化为基础；从艺术形式上来看，“动画化”改编主要分为木偶片、剪纸片、美术片等片种，通过和“相关艺术形式的结合对片中的人物角色造型、动画音乐、动画片背景等要素进行巧妙的结合”[2]。如木偶动画片《孔雀公主》利用木偶这种充满立体感的艺术形式对傣族叙事诗《召树屯》进行重新演绎，在设计木偶时，创作者充分突出傣族服饰特征，使孔雀公主和傣族王子的人物形象丰满生动。再如剪纸动画片《火童》借鉴皮影戏和剪纸艺术，该片斑驳的壁画效果结合现代绘画风格对动画片背景进行了充分塑造。

艺军在《电影的民族风格初探》中提出：民族化的含义，不

---

① 虽然这部作品“缺点很多”，如巨鱼游泳时，两旁水没有波浪，构成使《老笨狗饿肚记》潦草的要素。……全片布景都在动摇，笨狗走，房子也会跳动，令人产生眼眩的模糊感觉……参见《〈老笨狗饿肚记〉观后》，《电影日报（1940—1941）》，1941年4月4日第4版。

② 刘敏、伍魏：《少数民族动画片的艺术形式研究》，《贵州民族研究》2014年第8期。

等同于民族性、民族特色或民族风格。“化”正是代表一种吸收。同理，“动画化”实际上也代表着一种形式的吸收。中国的艺术形式多样，雕塑、绘画、皮影、木偶、戏剧等已经各自形成了完整的艺术体系，从电影改编中艺术形式和民间文学内容的结合来看，有的仅限于人物形象的改变。如《火童》中，将剪纸艺术运用于人物形象设计和场景呈现上，只能在视觉效果上造成一定的新奇之感，但是在如何将内容和形式完美结合方面还稍显生硬。木偶电影主要依靠跌宕起伏的故事情节和木偶戏独特的艺术特色来吸引观众，但是依然存在其局限性。如《金耳环和铁锄头》中的柯里为了突出其喜怒哀乐等面部表情就塑制了13个不同的脸型，其举手投足、行走跳跃，均需要专职的“演员”一格一格“扳”出来。除此之外，一些在文本中看来不足为奇的场景，在木偶片的摄制上却存在许多困难。比如，柯里家“熊熊燃烧的炉火”等场景，就需要对人物动作与炉火分别进行拍摄。

二、走向“民间”的动画电影

1942年的《讲话》集中反映了毛泽东的文艺理念。《讲话》提道：“人民生活中本来存在着文学艺术原料的矿藏，这是自然形态的东西，是粗糙的东西，但也是最生动、最丰富、最基本的东西；在这点上说，它们使一切文学艺术相形见绌，它们是一切文化艺术的取之不尽、用之不竭的唯一的源泉。”[①] 所以，在普及新民

① 毛泽东：《在延安文艺座谈会上的讲话》，人民出版社1975年版，第19页。此版《在延安文艺座谈会上的讲话》，是根据《毛泽东著作选读（甲种本）》1965年4月第2版所载原文重排的。

主主义文艺的过程中，只有充分运用民间的文学艺术形式，才能使文艺走到工农群众中去。[①]1949 年 7 月全国文学艺术工作者第一次代表大会召开之后，电影作为“最有力和最能普及的宣传工具”[②]，需要“紧密配合中国人民当前斗争的总的任务，扩大创作题材的范围，提高作品的思想性与艺术性，使出品能以革命精神与爱国精神教育群众，并为他们所喜好”[③]。20 世纪 40 年代末到 50 年代中期，中国动画电影蓬勃发展，陆续出现了中国动画电影史上的数个“第一”[④]，通过对神话资源的“复现”与“重构”，中国动画电影除突出其“革命性”“人民性”特征之外，亦按照“社会主义”意识形态和“阶级分析”的标准、原则对之进行“取其精华，去其糟粕”的提纯和重组[⑤]，通过“影像路径”使新的民族国家的理念触及各族人民，具有重要的宣传教育作用。

1956 年 8 月中国科学院文学研究所和民研会共同组成联合调查采风组到云南少数民族地区进行调查[⑥]及 1958 年 7 月第一次全国民间文学工作者代表大会上提出“全面搜集、忠实记录、慎重整理，适当加工”的方针与“忠实记录，适当加工”的方法，推

① 杜埃：《人民文艺浅说》，中南新华书店 1949 年版，第 27 页。

② 吴迪：《中国电影研究资料 1949—1979 上卷》，文化艺术出版社 2006 年版，第 81 页。

③ 同上书，第 77 页。

④ 如新中国第一部木偶片《皇帝梦》（1947）、第一部动画片《瓮中捉鳖》（1948）、第一部童话题材的动画片《谢谢小花》（1950）等。

⑤ 刘大先：《革命中国和声与少数民族“人民”话语》，《中外文化与文论》2013 年第 2 期。

⑥ 王平凡、白鸿：《毛星纪念文集》，学苑出版社 2004 年版，第 92 页。

动了民间文学理论层面与资料体系的发展与完善，也为中国动画电影的发展提供了契机和重要前提。当时的民间文艺学界学人努力地将“新鲜活泼的、为中国老百姓所喜闻乐见的”口头资料转化为文献文本，认为自己“有责任把它们及时发掘出来，加以整理和传播，使它们的内容和形式更加完善，恢复它们的本来面目，目的是要让它们更好地流传下去”。[①]

这一时期的电影剧本创作也广泛借鉴了中国各地、各民族的富于民族特色的民间传说、民间故事，这一趋势与中共中央的号召密切相关。[②]《1956—1967哲学社会科学规划纲要（修正草案）》中明确提出“各少数民族文学遗产研究”“民间文学的研究”[③]，使民间文学的搜集、整理及研究上升为一种“国家文化行为”。1958年5月23日，《文化部关于促进影片生产大跃进的决定》中也明确指出：美术片也应该充分反映“大跃进”的题材，更好地运用美术片善于表现理想的手法，更多地摄制表现将来的美好生活

---

① 贾芝：《必须坚持为人民服务的方向——论民间文学工作的两条道路》，《民间文学论集》，作家出版社1963年版，第59页。

② 全国性的采风运动迅速展开，四川彝族著名史诗、叙事诗《勒俄特依》《玛木特依》《妈妈的女儿》等，之后编成《大凉山彝族长诗选》《大凉山彝族故事选》；壮族《刘三姐》《百鸟衣》等。最后经过选编出版了《中国民间故事选》（第一、二集），第一集中收编30个民族的121篇作品，第二集中收入31个民族的故事125篇。

③ 参见国务院科学规划委员会办公室编《1956—1967哲学社会科学规划纲要（修正草案）》“文学”学科第三条“中国古典文学遗产及民间文学的研究”，内部资料，1958年。

和共产主义理想的影片。[1] 在此背景下，1958 年前后集中出现了一批形式各异的中国动画电影作品，如《神笔》(1955)、《机智的山羊》(1956)、《金耳环与铁锄头》(1956)、《歌唱总路线》(1958)、《火焰山》(1958)、《墙上的画》(1958)、《雕龙记》(1959)、《一幅壮锦》(1959)、《渔童》(1959)等。电影作品中的革命叙事、人民解放、阶级意识等现代性因素同“影像”纠缠在一起，“规范人们对历史现实的想象方式，再造民众的社会生活秩序和伦理道德观念”[2]。

如 1959 年的动画电影《一幅壮锦》，取材于萧甘牛搜集整理的壮族民间故事，最初收录于萧甘牛编著的故事集《铜鼓老爹》[3]中，在一次次跨文类、跨媒介的传播中，此故事逐渐转化为符合大众审美的通俗文本[4]，除保留原有故事的重要母题及角色体系之外，将表现中国传统文化内涵的审美要求的民间传说与社会共同理想相结合，尤为强调“劳动”“爱情”“反封建”的主题思想。比如，三儿子不怕艰难，在仙人指引下找回丢失的“壮锦”，获得了美丽的仙女妻子和幸福的生活。在影像的“复现”与“重构”

①《文化部关于促进影片生产大跃进的决定》，《中华人民共和国国务院公报》1958 年第 20 期。

② 张炼红：《从民间性到“人民性”：戏曲改编的政治意识形态化》，《当代作家评论》2002 年第 1 期。

③ 萧甘牛：《铜鼓老爹》，少年儿童出版社 1955 年版。

④ 1957 年《一幅壮锦》被编入全国小学语文课本；1958 年 1 月李寅与萧甘牛、周民震合作将其改编为同名桂剧；1958 年 3 月《一幅壮锦》作为广西壮族自治区成立的献礼剧目，在南宁桂剧院首演。

中，神话资源被注入了“全新的革命意涵”，塑造英雄人物的符号化视听语言与中国传统的民族化视听语言的结合，呈现出革命浪漫主义的写意风格。①

无论是《渔童》② 中“老渔夫”因不堪忍受，与洋人、县官代表的封建势力抗争，用摔碎鱼盆的方式维护尊严，展现出宁为玉碎，不为瓦全的高贵品格；还是《金耳环与铁锄头》③ 中瑶族青年柯里面对金银珠宝毫不心动的优良品质；抑或《雕龙记》④ 中杨木匠师徒坚持不懈、永不言弃的斗争精神……这些作品用新的意识形态来整理和改造民间资源，引导矫正大众的审美趣味，规范人们对历史现实的想象方式，再造民众的社会生活秩序和伦理道德观念，从而塑造出新时代所需要的“人民”主体。

新中国成立前后，“童话”⑤ 逐渐成为教育儿童、塑造社会主

---

① 刘亭:《1959 年：中国电影民族化美学的高峰》,《当代电影》2016 年第 2 期。

② 改编自张士杰搜集整理的同名民间传说。

③ 改编自萧甘牛搜集整理的瑶族民间传说。

④ 改编自欧小牧搜集整理的白族民间故事。此故事初刊于《民间文学》1956 年 2 月号上，后于 1959 年由上海美术电影制片厂改编为彩色木偶片，作为新中国成立十周年献礼片之一。

⑤ 童话作为启迪民智、铸造“新民”的民间文艺样式，与“民间”有着千丝万缕的关系。自现代学术意义上的“童话”概念进入中国以来，对“童话”的理解逐渐由“旧书之事与欧美诸国之所流行者”丰富为拥有多重意义空间的“童话”文类，且在很大程度上仍旧“撷取”于“民间”。其后学人更是将其直接纳入民间文学中进行讨论。

义新人和新“儿童”的重要方式。[①]1946年，《儿童周刊》[②]“复刊词”中谈到希望“全国身为父母者对于子女的教养，职为人师者对于儿童的训导，亦以社会本位国家民族本位，为整个努力的归宿，务使我们的第二代——今日之儿童，成为将来复兴创业捍国卫民的基本队伍”。这一时期的文艺实践为动画电影创作建构了灵活、弹性的话语空间。如《谢谢小花猫》(1950)、《小猫钓鱼》(1952)、《小小英雄》(1953)、《好朋友》(1954)、《神笔》(1955)、《野外的遭遇》(1955)、《小鲤鱼跳龙门》(1958)等，其中主角多为小羊、小猫、小猪、小鸟、小松鼠等。而20世纪50年代在农村进行的扫盲运动、识字运动等[③]所涉及的农民自身的思想教育和身份变迁问题在动画电影中亦有所体现。如《胖嫂回娘家》(1956)、《打麻雀》(1958)、《壁画里的故事》(1959)、《大萝卜》(1960)等。影像中由神话意象、神话思维等连缀而成的超越现实的叙述，消弭了阶级观念、革命叙事与民间信仰在话语实践中“先在”的距离感，在葆有神话“神圣性”的基础上，“潜移默化地影响民众的集体无意识，化解现实生活中的矛盾、暧昧与混乱”[④]。

① 毛巧晖:《1949—1966年童话的多向度重构》,《上海师范大学学报》(哲学社会科学版)2017年第5期。

② 1937年5月9日创刊于上海，周刊，属于儿童刊物。由叶如音编辑，中国画报社出版并发行，地址在上海南京路大陆商场五楼543号。该刊一度因“八一三”抗战而停刊，于1946年7月7日复刊。

③ 张明:《新中国成立以来农民身份变迁论析》,《求实》2012年第10期。

④ 布莉莉:《〈新民晚报〉“晚会”副刊与通俗文艺传统》,《当代文坛》2017年第5期。

三、民间文学资源的创造性转化

20世纪50年代以来，以“劳动人民”为主体内涵的“民间”理念上升为现代国家的建构原理时，动画电影对“从前的文本和习俗在文本生产中的表达方式”[①]的再造或改变在“现代国家建构、教育体制、认识论等因素”[②]的影响下，成为以“阶级论”为语式的本土化现代性方案在象征层面的知识表达[③]。

如1963年的木偶片《孔雀公主》根据傣族叙事长诗《召树屯》改编，其中以天鹅处女型故事[④]为架构，但在思想内容方面则进行了很大调整。《召树屯》原本以贝叶经[⑤]为传播载体，以民间叙事诗、民间散文体传说等形式流传[⑥]，讲述的是勐板加国的王子召树屯和勐董板王的七公主喃穆诺娜之间的爱情故事。电影在整理本[⑦]的基础上进行了增删，增加了丞相麻哈仙那这一角色，而舍弃了《召树屯》中原本隐喻小乘佛教的巴拉纳西。原本天鹅处女

---

①［英］诺曼·费尔克拉夫：《话语与社会变迁》，殷晓蓉译，华夏出版社2003年版，第89页。

② 毛巧晖：《20世纪60年代刘三姐（妹）传说的重构考察》，《民俗研究》2015年第5期。

③ 吕微：《现代性论争中的民间文学》，《文学评论》2000年第2期。

④ 天鹅处女型故事是指以男子通过窃取仙女羽衣而得妻为核心母题的故事，在我国又称作“毛衣女”“羽衣仙女”“孔雀公主”故事。

⑤ 贝叶经又称贝编、贝多，是用工具刻制在处理过的贝叶上的一种经籍，最早起源于佛教发源地印度，后随南传佛教的普及而传入了我国傣族地区，成为云南小乘佛教经书典籍的主要形式。

⑥ 包括以口头方式流传的故事及“赞哈”抄录的写本等。

⑦ 电影改编自1958年由作家出版社出版的岩叠、陈贵培、刘绮、王松翻译整理的《召树屯》。

型故事的核心神话母题中的“胁迫式结合”改为了“自由结合”。整理本中召树屯在神龙的指引下拿走了喃穆诺娜的孔雀衣，得到了她，而在《孔雀公主》中则改为金湖女神请求风的帮助，将孔雀衣吹到王子召树屯的身边，而他并没有以此要挟喃穆诺娜，而是选择主动归还，并以歌曲对喃穆诺娜一诉衷肠：

美丽的姑娘啊，请你原谅，我的心啊，一点没有恶意，请白云给我作证，请微风表白我的忠心，我是一只勤劳的蜜蜂，不会刺痛任何人，只求你轻轻地看我一眼，你就会看穿我的心；可爱的姑娘啊，我爱你是真心，我的心啊，就像金湖的水，一眼可以望到底……

唱词中对整理本中“我像狼一样粗野”“我像暴君一样无礼”语句的删减，喃穆诺娜在得到孔雀衣后的去而复返以及她对于王子爱情的主动回应，消弭了原有的性别冲突主题，二人的结合也被赋予了现代意味：他们的结合不是服从父母的命令，也不受宗教偏见的影响，而是在男女完全平等的基础上发生的真挚的爱情。影像对神话等民间文学资源的创造性转化，增强了民众对于自由爱情的向往及对新生活的热爱。

召树屯的故事原本以佛本生的面貌出现[①]，随着佛教文化的传

① 部分学者认为该故事最早源于印度，随着佛教的传播和文化交流而流传开来。如谢远章认为在西双版纳广泛流传的召树屯故事，来源于叙述召树屯故事的经书。主要题材来源于佛教经典与印度传说，后随佛教的传播与文化交流传到泰国、老挝和缅甸等国及我国的西双版纳地区。参见谢远章：《〈召树屯〉溯源考》，引自《山茶》编辑部编：《傣族文学讨论会论文集》，中国民间文艺出版社 1982 年版，第 224—236 页。

播，“大约从8世纪起，这个故事的情节为许多民族所熟知”，而形成了蒙古、中国西藏、老挝、泰国、中国南部国家和地区的民间传说。[1]在《孔雀公主》中，宗教色彩被削弱，王子与孔雀公主的爱情故事被置于更为广阔的社会历史背景下，同民族战争、国家冲突等结合起来叙述，赋予其更为深刻的现实主义色彩。除此之外，电影还将本生故事中简略叙述的出征情节加以扩展，铺叙成为保护百姓和国家而出征，整个故事被充分现实化与历史化了。

图3-1 电影《孔雀公主》宣传画[2]

在葆有“幻想性”的基础上，中国动画电影凸显出“人民性”与“时代性”，呈现出时代“共名”之下主观价值体系的重构。如主人公多为代表劳动人民的“牧童”“长工”“少年”“少女”等，即使是上文提到的王子召树屯，也在其形象建构中可以强调“勤

① [苏] 柯尔涅夫:《泰国文学简史》，高长荣译，外国文学出版社1981年版，第38—45页。

② 中国电影出版社:《电影宣传画集》，中国电影出版社1982年版，第42页。

劳”“谦逊”“爱民”等优秀品质，而丞相、地主、皇帝均为封建势力的代表，影像建构的“社会主义新人”与象征压迫的昏庸无能的统治者或邪恶神灵之间的斗争反映的是劳动人民对封建势力的反抗以及对美好生活的追求。在1942年的《讲话》中，毛泽东就提出了“文艺要塑造新人形象”的具体要求。20世纪50年代的文艺改造中，“新人”的练就“主要是靠宣传，特别是大众的宣传”来完成，凸显出“人民性”的意识形态理念。[①] 在这一历史语境中，神话等民间文学资源的影像转换注重凸显“革命性”“人民性”特征，具有重要的宣传教育作用。如改编自侗族民间故事的《长发妹》(1963)，讲述了“长发妹”不忍寨子里的人们继续过着缺粮少水的生活，在经过艰难的内心斗争后，冒着自己被山妖惩罚的危险说出山壁上泉水的秘密，拯救众人的故事，成功塑造了一个朴实善良的少数民族少女形象——“长发妹”。面对山妖的威胁，她有过犹豫，但最终还是勇敢地说出实情，在老榕树的帮助下打败了山妖，使原先寸草不生的寨子从此变得锦绣灿烂。“长发妹”亦在对于山妖的抗争中逐渐成长为“社会主义新人”，影像中增加了“长发妹”用弓箭杀死山妖的情节，这一情节的设置标志着个体的长大成人——从一个软弱、畏惧死亡的普通少女成长为能够改变村寨贫困面貌的“英雄”。这既是对现实语境下人类的生存状况的神话构拟，也是在真实与想象的互动中对人类“生活世界”的神话类比和象征。其历史发生机制和现实生成逻辑之间的

---

① 傅谨:《“社会主义新人”塑造——二十世纪五十年代有关戏剧人物塑造的讨论回溯》,《东吴学术》2017年第6期。

张力关系传递出特殊的文化蕴意与政治喻示，反映了新中国成立后在动画电影领域中关于社会、思想、文化变革的话语实践。其中，对各少数民族神话传说的影像化建构，既体现了基于中华血缘的国家文化认同，也体现了对少数民族身份的尊重和认可。

四、人民文艺的影像表达

1949年以后，由于中苏关系的影响和国家新的文艺体制的建构，苏联在新中国的政治和文化中扮演着关键性的参照角色。如华君武在观看苏联电影周的动画片《一朵小红花》《奇妙的商店》《乌鸦和狐狸》《不听话的小猫》《伪装的狐狸》《布谷鸟和公鸡》后，感受到其中饱含着社会主义、集体主义的思想内容及其在接受俄罗斯优秀的现实主义绘画传统方面所获得的成就。[①] 他惊叹于苏联动画电影选材范围之广，不仅囊括了优秀的古典文学作品（如果戈理的《圣诞节的前夜》、普希金的《渔夫和金鱼的故事》、克雷洛夫的寓言等），还有一些改编自本国和外国民间传说、童话的剧本。张光宇也在观看苏联动画片后谈到“凡是手拿画笔的人，都有责任去画出种种有益于人民的图画，为保卫善良和驱除邪恶而斗争。……在童话世界里也要划清光明和黑暗、正义和邪恶、好人和坏人、爱和憎，这样才是有现实意义的”。[②]

---

① 华君武:《美的思想和美的形象——“苏联彩色动画片第四集”观后》,《人民日报》1954年11月14日第3版。

② 张光宇:《举起彩笔保卫幸福生活——看三个苏联动画片有感》,《人民日报》1959年11月20日第8版。

从“延安文艺运动”到“通俗文艺改造运动”，新中国文艺实践在“鲜明的本土意味”中熔铸着新的文化政治和现代性的深刻影响。[①] 尤其是中国动画电影，无论是对深入人心的民间文艺样式的搜集整理，还是对故事的意识形态化改编，抑或对传统叙述模式的突破，都以构建社会主义“新文化”为价值旨归，通过重塑现代民族国家理想和人民主体形象，在搜集与整理、创作与传承中为多民族文化认同提供了生命经验和情感纽带。如剪纸片借鉴皮影戏和民间剪纸等传统艺术，以平面雕镂艺术作为人物造型的主要表现手段，以《猪八戒吃西瓜》《渔童》《金色的海螺》《红军桥》等影片为代表。其后，亦有画像砖风格的《南郭先生》、装饰画风格的《火童》及“拉毛法”制作的《鹬蚌相争》等水墨剪纸片。[②] 何其烈、高洁在《动画木偶之家》中提到制作剪纸片的幕后，“墙上贴着从全国各地采集来的剪纸、窗花；桌上是大大小小的剪刀、刻刀和一些剪好着色的山谷、花木和人物”。片中人物颇似民间熟悉的皮影、窗花、剪纸人物，朴实、粗犷、幽默、风趣、玲珑剔透，处处露出“刀刻味”。[③] 这一时期的中国动画电影被纳入新中国文艺体系内部，其中木偶、绘画、水墨、剪纸等形式的运用，拟人化的影像叙事与歌谣式的文字表述，其宣传意义与文化价值得以迅速彰显。

---

① 张炼红：《历炼精魂：新中国戏曲改造考论》，上海书店出版社 2019 年版，第 7 页。

② 许南明：《电影艺术词典》，中国电影出版社 1986 年版，第 599 页。

③ 何其烈、高洁：《动画木偶之家》，《人民日报》1961 年 3 月 12 日第 6 版。

1961年6月19日，周总理在文艺工作座谈会和故事片创作会议上的讲话中谈到遗产与创造问题时，提出要把本民族的东西搞通，要把外国的东西与本民族的文化融合在一起。“这种溶化是化学的化合，不是物理的混合，不是把中国的东西和外国的东西‘焊接’在一起”。[①] 在民族国家建构及其现代性转型中，神话等民间文学资源的影像化不仅是对于民众生活世界纷繁复杂形态的整饬，还为原有的民间形式注入全新的革命意涵，逐渐成为社会主义新中国构建以及新的文学话语接驳场域与动力源。[②]

以《大闹天宫》中孙悟空的形象建构为例，张光宇早在1945年的连环漫画《西游漫记》[③] 中，就着意刻画过孙悟空的形象，此形象在1961年的《大闹天宫》中借由影像呈现，通过孙悟空的出世、闹龙宫、反天庭的故事，展现孙悟空天不怕地不怕、敢作敢当、机智乐观、大胆反抗的斗争精神；同时，也暴露和嘲讽了玉

---

① 广州日报编辑部：《周总理在文艺工作座谈会和故事片创作会议上的讲话摘要》，广州日报编辑部，1961年，第30页。

② 毛巧晖：《现代民族国家话语与民间文学的理论自觉（1949—1966）》，《江汉论坛》2014年第9期。

③ 1945年，张光宇在重庆画了一套（60幅）彩色连环讽刺漫画《西游漫记》。当时由于条件限制，采取展览的方式，直接将画稿展示给观众。1958年，《西游漫记》由人民美术出版社出版。此漫画描述了师徒四人去西天求取民主真经的故事，作者用“纸币国”滥发钞票说明经济崩溃，用“埃秦国”说明特务横行，用“梦得快乐市”说明抗战大后方醉生梦死的腐朽糜烂生活。抗战时期以重庆为中心的大后方的社会面貌：强拉壮丁、黄金迷梦、通货膨胀、敌伪和反动政权的勾结等借此跃然纸上。参见马克：《没有失去光彩的花朵——略谈漫画〈西游漫记〉》，《美术杂志》1957年第6期。

帝、龙王、天神天将们的作威作福、专横残暴和昏庸无能。影片中孙悟空爽朗坦率，光明磊落，甚至有一种天真活泼的稚气，当他面见玉帝时，对天庭的尊严和秩序的蔑视与高高在上的玉帝那种貌似庄严，实则空虚的伪善形象形成一种绝妙的讽刺。此外，臃肿冷酷的玉帝，老奸巨猾、言而无信的龙王，官气十足的马天君和外强中干的巨灵神等形象的勾画均脱胎于神话等民间文学资源。从影片的造型、用色、取景、装饰等诸方面，均可看到古代壁画、民间年画、工艺美术，乃至庙堂艺术之痕迹，熔之一炉，变化创造，从而达到“境能夺人”之效，且并不因为人们在小说、京戏、木偶剧和各种说唱艺术当中早已熟悉而感到重复拖沓，相反却因为其中“共有、共识、共享的传统文化基因”令人思绪飘荡，倍增其艺术魅力。[1]

第三节 传说重述与当代电影的文化表达

电影本身由于特殊的思想性及社会历史价值在社会主义多民族国家建设中发挥着重要作用，民间传说亦凭借着“革命性”及“人民性”的文化表征主动承担起在抽象政治理念和具体现实处境之间“上下协调”之作用，逐渐成为国家话语的文化资源。

① 马克:《奇妙的神话世界——谈动画片〈大闹天宫〉》,《人民日报》1962年5月31日第5版。

一、写故事与讲故事:《渔童》的挪用与再造

从20世纪30年代中国左翼文艺运动到20世纪30年代末毛泽东提出的“民族形式”“中国作风”“中国气派”等理念[①]，再到1942年的《讲话》发表后“文艺为人民”话语的确立[②]，文艺领域逐步形成了“文艺为人民”的新的话语体系，“共产主义文化并非仅仅旨在改变旧社会，它还要参与塑造合适的人物形象，构造革命的主体性存在，以娩出崭新的人类”。[③]1949年之后的“人民文艺”，不仅涵盖了“当代文学”，而且包括了电影、戏剧、戏曲、美术和曲艺等多种文艺样式，体现了“文学/文字中心主义”的跨文类和跨媒介现象。

图4-2 电影《渔童》宣传画[④]

动画电影《渔童》改编自1953

① 1938年10月毛泽东在《中国共产党在民族战争中的地位》中即谈到“中国老百姓所喜闻乐见的中国作风和中国气派”，提倡利用“民族形式”。参见《毛泽东选集》，哈尔滨：东北书店1948年版，第928页。

② 毛巧晖:《从解放区文艺到人民文艺：1942—1966年革命民间文艺对人民性的凝铸》,《华中学术》2020年第2期。

③ [美] 王斑:《历史的崇高形象：二十世纪中国的美学与政治》，上海三联书店2008年版，第123—124页。

④ 中国电影出版社:《电影宣传画集》，中国电影出版社1982年版，第13页。

年到1958年间张士杰[①]在“河北省安次县和武清县境内搜集整理的义和团传说故事”[②]。此类传说以义和团运动[③]为本事，在搜集与整理中凸显义和团运动“反抗外敌入侵”“争取民族解放”之开创意义。

张士杰出身一个中医世家，父亲开药铺兼营客店。儿时，他常常从住店的过往客商那里听到许多有趣的故事和笑话。“在本村老辈子人中，有许多是当年义和团的团民，他舅舅是义和团军乐队队员，曾多次配合义和团将士上法、操练、出战、庆功及哀悼等活动。张士杰辍学回家务农时，在他们那里听到许多有关义和团轰轰烈烈的反帝反封建活动情况以及和洋鬼子浴血奋战的战斗故事。”[④]这些歌谣和故事成为他以后整理、写作义和团故事的宝贵材料。

---

① 1930年10月13日，张士杰出生于河北省安次县（现廊坊市）董常甫村。幼年时期，他就特别喜爱听当地的老人回忆义和团痛打洋毛子的故事，也时常讲给一起去龙河岸边打草拾柴的小伙伴听。1952年，他从廊坊简师毕业之后，先后到熊营、东张务、淘河等村任教。这一时期，他开始对义和团传说进行调查、搜集、整理。参见刘化田：《著名民间文学作家张士杰小传》，引自中国人民政治协商会议河北省廊坊市委员会学习文史工作委员会编：《廊坊文史资料》第1辑，1989年，内部资料，第56—57页。

②《民间流传着的义和团的有关资料》，参见张士杰搜集整理：《托塔李天王》，百花文艺出版社1960年版，第237页。

③ 1898—1900年发生于中国的义和团运动，是19世纪中叶的大起义与1911年的辛亥革命之间发生的一场规模最大的武装冲突。参见［美］柯文：《历史三调：作为事件、经历和神话的义和团》（典藏版），林继东译，社会科学文献出版社2015年版，“英文版序言”。

④ 祁连休、冯志华：《民间故事十家》，海燕出版社1989年版，第143页。

1958至1959年，中国民间文艺研究会[1]主办刊物《民间文学》共刊登了28篇义和团故事，其中包括描写重要战斗的故事（如《义和团战落垡》《洗大王家务》）、英雄人物故事（如《托塔李天王》《铁金刚》《刘黑塔》《红樱大刀》《洪大海》）、农民的英勇故事（如《打聂鬼子》《宗老路》《张头和李头》），刻画和鞭挞恶霸、奸商的非法行为（如《梁三霸团》《大盐水和二盐水》《王三发横财》），还有充满神奇幻想的“洋人盗宝”故事（如《白母鹅》《小黄牛》《渔童》）等。

义和团故事甫一出现，即由于其鲜明的“民间性”与“革命性”受到广泛的关注，《民间文学》在1959年1月号开辟关于义和团故事的笔谈专栏[2]，《人民文学》《文艺报》《人民日报》均发表评论文章[3]，有些故事又在《人民文学》和其他报刊上重新转载发表。[4]张士杰关于义和团故事传说的搜集、整理、改编及再创作之作品得到广泛传播。1958年2月，河北人民出版社出版张士杰搜

① 1987年5月其更名为“中国民间文艺家协会”（简称“中国民协”）。该组织首任主席为郭沫若，周扬、钟敬文、冯元蔚、冯骥才为历任主席，现任主席为潘鲁生。

② 如《战士座谈义和团故事》，《民间文学》1959年第1期；顾颉刚：《读了义和团故事之后》，《民间文学》1959年第2期；赵景深：《读“义和团的故事”》，《民间文学》1959年第3期；汪曾祺：《仇恨·轻蔑·自豪——读“义和团的传说故事”札记》，《民间文学》1958年第4期；陈白尘：《为义和团恢复名誉》，《民间文学》1959年第4期。

③ 宋垒：《深刻表现农民革命性的〈义和团的故事〉》，《人民文学》1959年第2期；蔚钢：《“义和团运动”的英雄赞歌》，《人民日报》1959年5月12日第7版。

④ 张士杰：《义和团的故事》，《人民文学》1959年第4期。

集整理的民间故事集《西瓜女》[①]；同年5月，《龙河故事集》[②]出版。其后，张士杰陆续出版了《金沙滩》[③]《托塔李天王》[④]《义和团传说故事 张绍桓包打西什库》[⑤]《义和团的故事 洪大海》[⑥]等故事集。这些民间故事已不再是“讲述者口头故事的原貌”，绝大多数主题思想和具体情节已经有所改变[⑦]。在搜集与整理中，张士杰坚持“古为今用”“见人见事”“坚持阶级立场”等原则[⑧]，这也就使得故事与原讲述者所述出入很大。叶蓬、张帆、吴同瑞、张文等人在1959年4月“与河北省民间文艺研究会联合组织了一个小组”到天津、保定等地进行调研。其中，张帆在《关于义和团故事传说的搜集整理问题》中谈道：

张士杰同志前后发表的二十八篇故事传说，有九篇的讲述人已死，十篇的讲述者没有具体地点。除了这十九篇无法访问外，其他九篇（“老人造反”“展大旗吓死了常举人”“打聂鬼子”“义和团战落垡”“洗大王家务”“梁三霸团”“马六刀劈二毛子”“大

① 张士杰整理，刘汉宗绘图：《西瓜女》，河北人民出版社1958年版。

② 张士杰整理，刘佩武绘图：《龙河民间故事》，河北人民出版社1958年版。

③ 张士杰记录：《金沙滩》，上海文艺出版社1959年版。

④ 张士杰搜集整理：《托塔李天王》，百花文艺出版社1960年版。

⑤ 张士杰搜集整理：《张绍桓包打西什库 义和团传说故事》，上海文艺出版社1960年版。

⑥ 张士杰：《义和团的故事 洪大海》，河北人民出版社1979年版。

⑦ 如故事中的大盐水和二盐水并没有参加过义和团，也不是财主；周六没有杀过二毛子；常举人也不是叫义和团吓死的。

⑧ 参见张帆、吴同瑞：《调查报告》，引自《民间文学》编辑部：《关于“义和团传说故事”调查报告》，1959年6月。

盐水和二盐水”“蚌螺号”）的讲述者，我们都一一作了仔细的访问，有的访问了三四次。一般的方法是引导他们给我们讲述一篇他们曾给张士杰同志讲过的故事。我们惟恐他们有遗漏、记错，讲后我们就提些疑问，对那些毫无顾虑的讲述者。最后我们把张士杰同志记录的故事讲给他们听，观察他们的态度和听取他们的意见。在这中间发现与原讲者的出入甚大。[①]

对于这种情况，张士杰在《我的体会和认识（谈民间文学）》[②]一文中谈得很清楚，根据不同的情况进行适当的加工，包括首尾段落的“调动”、“挖掘调查”的补充、“增补漏洞”的增加、无损于故事情节的删除和削弱等。但是这种整理加工不能改变原故事的主题思想和基本情节；不能失去原故事的风格和地方色彩；应保持原故事的语言特点，不应以个人的爱好和兴趣任意取舍；要以原故事的特点慎重地进行整理。

以《渔童》为例，作为“最富有童话情趣”的一个故事，它由传统“盗宝”故事演变而来，与“义和团传说”中《小黄牛》《白母鸡》的故事颇为相似，这三个故事中的洋人“穷凶极恶”地利用特权向人民勒逼，反映的是正在觉醒的人民的意识形态。[③]其

① 参见张帆：《关于义和团故事传说的搜集整理问题》，引自《民间文学》编辑部：《关于“义和团传说故事”调查报告》，1959年6月，第48页。

② 张士杰：《我的体会和认识（谈民间文学）》，《民间文学》1958年第11期。

③ 汪曾祺：《仇恨·轻蔑·自豪——读“义和团的传说故事”札记》，《民间文学》1958年第4期。

基本情节为：某地或某人有宝—洋人见物知其价值—洋人盗宝（抢夺）—宝物不愿离开—洋人受到惩罚。

表 3-2 义和团故事情节对比表

义和团故事	主人公	宝物	抢夺者	帮凶	结局
《渔童》	老渔翁	鱼盆（金豆子）	外国传教士	县官	传教士被渔童甩上了天；县官被吓死了
《小黄牛》	刘栓	小黄牛（银疙瘩、金疙瘩）	洋毛子	王大清	洋毛子、洋毛子军官、王大清一齐被崩到天上去……
《白母鸡》	媳妇	白母鸡（大金蛋）	洋毛子	无	洋毛子被白母鸡挠破了肚皮……

在这些故事中，人民寄希望于“宝物”自身有灵，通过对那些具备想象价值的“宝物”的塑造与深描，做出了适应于地方及时代需求的改编和创制。人物困窘的经历、对侵略者及帮凶的愤恨、被拯救的渴望共存于义和团传说系统的谱系之中。汪曾祺曾表示“义和团的传说故事是真实的人民的历史……刘老爹、张头和李头、铁金刚、宗老路等这些人未必可以查考，但是它却能比较真切地告诉我们一些关于当时运动的情况，其可靠程度是超过许多官方和私家的记载的”①。在《渔童》《白母鸡》《小黄牛》《梁三霸团》等民间传说中，尤为强调那些能够表征与满足意识形态诉求，促进集体文化记忆形成的民间话语的生成与建构。如《渔童》中老渔翁只有“一条渔船和一张渔网”，日子过得十分困苦；《小黄牛》中的刘栓本来有一个幸福美满的家庭，自从闹起了洋毛子，爹被抓走，娘被踢死，姐姐也被糟蹋上吊自杀，只剩下刘栓

① 汪曾祺：《仇恨·轻蔑·自豪——读“义和团的传说故事”札记》，《民间文学》1958 年第 4 期。

一个人孤苦伶仃，小黄牛让刘栓架枯枝烧自己的皮，炼出了金疙瘩和银疙瘩，其情节结构类似于狗耕田故事[①];《白母鸡》中的媳妇家被洋毛子烧了，亲骨肉被杀害，只剩她一个人四处逃难。面对19世纪末帝国主义的侵略，人们痛恨洋人，抵制洋货。其中，尤为痛恨传教士的罪恶行径和投靠洋人作威作福的“二毛子”。有俗语云：“天不下雨地发干，全是教堂遮住天。”落垡的一位老人说：“洋人放几块钱，叫你信洋教，往后总得有用处。”每遇民、教纷争，官府不问青红皂白，必定惩处百姓。在这种内外煎熬的情况下，各地不断爆发反抗活动，如落垡佛庙——北大寺为洋教士所占，改为“福音堂”，使得群情激愤，最终收回佛寺。“洋毛子霸道，要啥给啥，不给就霸，惹不起。”“二毛子吃了洋教，信洋礼，听洋人话，连祖宗都忘了！”这种仇视与愤恨的情绪在“义和团传说”的搜集整理中无疑达成了一种历史与记忆的共识。莫里斯·哈布瓦赫（Maurice Halbwachs）在《论集体记忆》中指出，“过去作为一个连续与变迁、连续与更新的复合体”[②]，不是被保留下来的，而是在现在的基础上重新建构的。文本的建构赋予义和团运动这一段革命记忆以新的选择性、重要性和价值性，进一步

① 其故事梗概为：有兄弟二人，哥哥贪心，弟弟忠厚。分家时，哥哥得到大部分家产，弟弟只得到一只狗和一点贫瘠的土地。分家后，狗给弟弟拉犁耕田；死后变成老鸦在柳树上给弟弟排泄出金子；后来又变成雁在弟弟的柳条筐里下蛋，弟弟一再得到好处。当贪心的哥哥依样去做时，却屡次得到相反的结果。最终善良的弟弟获得幸福，狠毒的哥哥得到惩处。

② Halbwachs.M, Coser, *On Collective Memory*, p.26. 此处引文参照［法］莫里斯·哈布瓦赫：《论集体记忆》，毕然、郭金华译，上海人民出版社2002年版，第46页。

强调那些与集体命运相关的记忆内容，给民众带来强烈的认同感与归属感。

（一）人民文艺与《渔童》的影像建构

中华全国文学艺术工作者第一次代表大会确立了解放区文艺在全国文艺界的领导位置[①]，延安时期“为人民大众”的文艺样式与实践活动在全国范围内推广。[②]电影按照“社会主义”意识形态和“阶级分析”的标准、原则对民间文学进行提纯和重组[③]，突出其“革命性”“人民性”特征，具有重要的宣传教育作用。[④]

1951 年 3 月《加强党对于电影创作领导的决定》中强调电影成功与否的关键在于“电影剧本创作”[⑤]。1956 年 3 月，陈荒煤在中国作家协会第二次理事扩大会议上的补充报告《为繁荣电影剧本创作而奋斗》中提出，为了改进与发展电影剧本的创作，题材需要包括“中国各地、各民族的富于民族特色的民间传说、民间

---

① 1949 年 7 月新中国成立前夕，周扬在中华全国文学艺术工作者第一次代表大会上作了《新的人民的文艺》的发言，指出解放区的文艺是真正的新的人民的文艺。参见周扬:《新的人民的文艺》，新华书店 1949 年版。

② 毛巧晖:《民研会: 1949—1966 年民间文艺学重构的导引与规范》,《中央民族大学学报》(哲学社会科学版) 2019 年第 1 期。

③ 刘大先:《革命中国和声与少数民族“人民”话语》,《中外文化与文论》2013 年第 2 期。

④ 张歆:《神话资源的影像化与意义生产——以 1949—1966 年中国动画电影为中心的讨论》,《长江大学学报》(社会科学版) 2021 年第 3 期。

⑤ 转引自吴迪:《中国电影研究资料 1949—1979》上卷，文化艺术出版社 2006 年版，第 81 页。

故事的改编”和“中国各种戏曲艺术、各种地方戏、各民族的音乐舞蹈的纪录”。[①]

在这一历史语境之下，动画电影《渔童》应运而生。之所以能被拍摄成电影，是因为作为义和团系列故事之一的《渔童》，其主题贴合20世纪50年代的时代共名——革命记忆及对幸福生活的追求，故事本身固然携带着明显的意识形态特征，但“艺术自起源以来就承担着巩固国家、彰显国力的使命”[②]。从这一层面来看，动画电影《渔童》借助民间文学明朗活泼的叙事模式，巧妙地将阶级观念、革命叙事与民间淳朴信仰和传统伦理道德嫁接，潜移默化地影响着民众的集体无意识，化解了现实生活中的矛盾、暧昧与混乱。[③]

从内容上看，电影中《渔童》所唱歌谣及洋人盗宝一节均为张士杰创作添加，而非一般意义上的“整理加工”[④]。关于“钓鱼”一节，原文本中只记载渔童“正哼哼唧唧地钓鱼呢”，张士杰根据这种“连钓带唱”的情况认为：“故事本身就很优美，特别是这一

① 陈荒煤：《为繁荣电影剧本创作而奋斗》（1956年3月），引自吴迪：《中国电影研究资料1949—1979》中卷，文化艺术出版社2006年版，第19页。

② [法]让·克莱尔：《艺术家的责任：恐怖与理性之间的先锋派》，赵岑岑、曹丹红译，华东师范大学出版社2015年版，第1页。

③ 布莉莉：《〈新民晚报〉“晚会”副刊与通俗文艺传统》，《当代文坛》2017年第5期。

④ 据张士杰在《漫谈义和团故事的搜集整理与创作》（《民间文学》1963年第1期）中谈到，《渔童》在1956年间就写出来了，“写的时候，是以我听了以后再讲给学生听的基础去写的。那时候，我觉着学生们听了这个故事很喜欢，写也是按儿童文学去写的”。

节里，如果要渔童唱起来，不就更增强效果了吗？”[①] 于是便创作了“八句歌谣”：

鱼盆鱼盆摇摇，
清水清水飘飘！
清水清水流流，
金鱼金鱼游游！
金鱼金鱼跳跳，
清水清水冒冒！
清水清水静静，
金鱼金鱼定定！

此歌谣“轻快、鲜明、富于音乐性”，此处增补使得整个故事增加了明丽的色彩，并在之后的影像化实践中得以保留，与电影中的特技——万道金光和渔盆中图案的变化及富于民族风格的音乐互相协调，颇有浑然天成之感。

从形式上看，电影运用了绘画的“勾勒法”和工艺美术的“镶嵌法”，辅以皮影戏和民间剪纸等传统艺术，以平面雕镂艺术作为人物造型的主要表现手段。[②] 皮影戏为民间戏剧的一种，“陕

① 张弘：《论整理——“改旧编新论”之五》，《社会科学战线》1982 年第 1 期。

② 以《猪八戒吃西瓜》《渔童》《金色的海螺》《红军桥》等影片为代表。其后，亦有画像砖风格的《南郭先生》、装饰画风格的《火童》及“拉毛法”制作的《鹬蚌相争》等水墨剪纸片。参见许南明主编：《电影艺术词典》，中国电影出版社 1986 年版，第 599 页。

西民间恒于中元节前后演之”，“以牛羊皮雕刻成人形，长一尺许，周身涂以彩色，分净、生、丑、旦；演时，围丈余白布于台前，台后燃油灯数盏，演者于幕后舞皮人演映其上，和以乐器，动作如真，因其歌道情腔，故又称道情戏”。其由来之传说甚多，据陕西民间传说云，系唐玄宗因贵妃死后，怀念甚深，故剪纸人如贵妃状，命人演映于白幕上，效为贵妃之歌舞，以慰渴想。而《谈薮》载：“汉武帝夫人李氏死，帝思之，齐少翁夜设帐张灯烛，帝坐他帐望之，仿佛是夫人。”宋朝耐得翁《都城记胜》云：“凡影戏，京师人初以素纸雕簇，后用彩色装皮为之，公忠雕以正貌，奸邪雕以丑貌。”宋高承《事物纪原》云：“宋仁宗时，市人有能谈三国事者，或采其说，加缘饰作影人，始为魏蜀吴三分战事之象。”类此记载颇多。[①]“皮影戏演员在表演时，动作非常复杂，他们嘴里要说要唱，同时，手里要耍弄皮影人，使它们按着剧情做出各种动作，有时一个演员双手一齐玩弄四五个皮影人；必要的时候，还要喷出云雾、火光，紧张时，还演出头落，身断甚而流血的情景；幕布上的影子也一直在活动，一闪眼的工夫就有很大的变化，所以，这种表演艺术，也要经过训练才会有圆满的效果。”[②]当这种艺术形式被运用在动画中时，更为强调寥寥几笔刻画出人物的神韵与气质。电影的造型、用色、背景诸方面，突破了“口头与书面”之间的距离与贴合的复杂性。如电影中的渔童，其形象设计与年画上的娃娃相似，憨态可掬，但眼神刚毅坚定，尤

① 吴赞唐：《陕西的皮影戏》，《紫罗兰》1944年第11期。

② 阿维：《皮影戏》，朝花美术出版社1955年版，第3页。

其是最后公堂之上惩罚洋教士的一系列动作如行云流水，颇似传统戏曲中武生打斗时的场面。老渔翁须发尽白，一身普通渔民装束打扮，言谈举止之间体现了劳动人民的质朴勤劳。洋教士则满嘴仁义道德，但他尖刻的鹰嘴鼻和血盆大口暴露了他阴险毒辣、利欲熏心的内心。县官一身官服，但却身形猥琐，面对百姓趾高气扬，对着传教士却唯唯诺诺，唯命是从。电影中木偶、绘画、水墨、剪纸等形式的运用，拟人化的影像叙事及歌谣式的文字表述重塑着现代民族国家理想和人民主体形象。

此外，电影对《渔童》故事的改编亦可被称为神来之笔。第一，语言方面删减了一些地方色彩较为浓厚的表述，如“拿脸皮当大褂子穿”“屎壳郎打哈欠——满嘴喷粪”“兔子吃年糕——闷口了”等，取而代之的是更易于理解的表情及肢体动作；第二，情节方面做了一些更符合“生活逻辑”的改动。如鱼盆中的宝物由“金豆子”变成了更符合溅出水珠之形貌的“珍珠”；洋教士得知鱼盆来历的途径也由故事中老渔翁的主动告知变为了趴在渔翁窗前的窥视；推动故事高潮的“摔碎鱼盆”这一情节也由老渔翁“身子一晃，手一哆嗦”不小心摔碎变为了一种宁为玉碎，不为瓦全的英雄行为：

渔翁双手紧握着鱼盆，紧紧不放。两个衙役上前抢夺鱼盆，被渔翁用肩膀撞倒。

神父着急地喊：“小心，小心，别摔破了！”

渔翁盯着神父怒骂道：“鱼盆是我们的宝贝，我宁肯摔破它，也不让你这个外国强盗拿去！”

衙役又扑过来抢鱼盆，渔翁双手捧着鱼盆用力往地上一摔……[①]

张士杰搜集整理的《渔童》依旧留存着这一民间传说流传时的“痕迹”，而经过集体改编，虞和静执笔，万古蟾导演的动画电影《渔童》则对原先故事中意义芜杂、稍显暧昧的部分做了“删减”与“汰洗”，着重突出“勤劳奋斗”“反帝国主义”“善恶终有报”等主题。民间文学在影像建构中被注入了“全新的革命意涵”，其民族化的呈现范式是民间文学与主流意识形态主动交融状态下的一个独特艺术现象，它被包孕在那一时代整体性的风格和审美趣味之中，有力地衬托了作为历史创造主体而出现的中国劳动人民的崭新形象。[②]

（二）《渔童》：历史记忆的诗性表达

民间传说《渔童》的影像化实践以构建社会主义“新文化”为价值旨归，其符号的构成及影像的诠释使得具有“丰富的不确定性”的民间传说在一次次重复中被触发与激活。在20世纪50年代末的现实语境下，动画电影《渔童》中展现出的细腻活泼的情感及渔民日常生活的别样情趣，在影像的传播中凝结为独特的艺术灵感与文化智慧，发掘中国人在曲折中创生并坚守的更加坚实牢靠的价值理念和生命意志。

电影伊始，伴随着悠扬的渔歌，电影背景首先以旁白的形式

---

① 虞和静执笔：《渔童》，引自上海美术电影制片厂编：《美术电影剧本选1949—1979》，上海文艺出版社1981年版，第63—68页。

② 倪伟：《社会主义文化的视觉再现》，《江苏行政学院学报》2007年第6期。

展现：“这是在清朝末年，义和团运动爆发以前，流传在渔民中间的一个反对帝国主义侵略的传说。”随着运河的流动和镜头的推进，电影突出展现了运河沿岸渔民的勤劳，帝国主义势力的作威作福。镜头语言虽看似波澜不惊，但实则暗流涌动，渔船的陈旧与船帆的破损也在有意无意间凸显了人民生活的贫困。

民间传说《渔童》在与影像的耦合与互构中，生成与呈现新的意义与逻辑，运河流域的革命记忆与影像叙事相互呼应，在特有的文化想象中形塑了人们对传说的感知机制，亦获得了一套相对固定的文化符码。据《拳匪纪闻》《义和团运动文献资料汇编》《义和团运动史》等文献资料记载，19 世纪末，通州、北仓和河西务等几个运河周边地区爆发过大规模反帝斗争。[①] 河北廊坊香河一带的民间传说《痛杀洋毛兵》则提到“洋毛子”在河西务同义和团爆发的大规模战争，战势之惨烈，甚至染红了运河水。[②] 义和团传说展现的“中国人民反抗帝国主义野蛮侵略罪恶行径的英勇壮烈精神”[③] 以其辉煌色彩和感人魅力流传于世，亦为后世所承袭。

---

① 如《拳匪纪闻》记载：“光绪二十六年五月十六日，通州教堂房屋俱被‘团匪’焚毁，幸教士早经见机脱逃，现已安抵北京。”参见全国政协文史资料委员会编：《文史资料存稿选编 1 晚清 · 北洋 · 上》，中国文史出版社 2002 年版，第 183 页。

② 中国民间文艺家协会组织编写，罗杨总主编，陈建伶本卷主编：《中国民间故事丛书 · 河北廊坊 · 香河卷》，知识产权出版社 2016 年版，第 240—241 页。

③ 刘守华：《抗日战争与民间叙事——从日本学者的相关评述说起》，《民间文化论坛》2015 年第 5 期。

如饭仓照平教授在他的《现代中国民间故事中看到的日本》[①]一文中引述了30则中国军民抗击外辱的传说，如河北滦县的《豆腐炮大楼》、北京平谷的《一百颗炮仗》、北京顺义的《西瓜计》、河北定县的《标语牌子》、河北白洋淀的《苇塘大戏》等[②]。到了解放战争时期，国民党占领了运河两岸的诸多村落，如北运河东部的宜兴埠、小淀、刘安庄、小贺庄、刘快庄、潘庄，西部的青光、双口、陈嘴、王庆坨和北部的屈家店闸、双街等地。[③]为了抵抗国民党的残暴统治，争取全国解放，运河流域形成了一条联络冀中和冀东两大革命根据地的“生命线”，即“秘密交通线”[④]，指的就是“从安次县的得胜口经武清县的西肖庄、陈嘴、马家口过津北郊的小街、高庄、韩盛庄到宁河县的大龙湾”[⑤]这一经过北运河及永定河之线路。

经由义和团传说故事的搜集整理及《渔童》的影像化，一个较为完整的革命记忆的感知路径得以建构。人们在文化想象及影像的主体感受中回溯“传统”，唤醒了共同的革命记忆。实际上

---

① 饭仓照平：《中国现代民间故事中看到的日本》，引自《民话集刊》，1988年春季中国民话特集。

② 刘守华：《抗日战争与民间叙事——从日本学者的相关评述说起》，《民间文化论坛》2015年第5期。

③ 中国人民政治协商会议天津市北辰区委员会文史委员会编：《北辰文史资料·第9辑·北运河》，天津古籍出版社2003年版，第176页。

④ 民间传说《秘密交通线》即源自1947年彭真同志“借道武津，跨过运河”去晋察冀边区开展工作的真实故事。参见天津市档案馆编：《天津运河故事》，天津人民出版社2014年版，第171页。

⑤ 杨光祥编著：《天津津辰史迹》，天津古籍出版社2007年版，第160页。

此类革命传说并不鲜见，如《火烧洋教堂》中，记叙了河北廊坊香河县城北的“一老一少爷孙俩”坚决不把“红靛颏”卖给黄头发、绿眼睛、鹰钩鼻子的外国传教士。爷爷因此被传教士踹了一脚，口吐鲜血，扑倒在地，最终不治身亡。孙子小金水在埋葬了爷爷之后抱着给爷爷报仇的志向，投奔了义和团。[①]《水灌洋耗子》《炮轰魁星楼》《痛杀洋毛兵》《铜菩萨》《火神爷》等故事亦展现了人们对“洋鬼子”奸猾狡诈的深恶痛绝。“洋鬼子”这一话语的演变与现代启蒙观念有着紧密联系，代表英国在华“特殊商务利益”的“英国官报”——《字林西报》（*The North-China Daily News*）（1864—1951）在1869年3月23日第3版刊载的*FOREIGN DEVILS*一文，谈到中国人称呼外国人为“Yan-kwei-tze”，即“洋鬼子”之意。1904年，《安徽俗话报》第6期刊载《今日洋鬼子异日圣明君》一文，谈及中国人称呼外国人做洋鬼子，不过是厌恶洋人样貌，不是诚心敬爱本国。“不论本国外国，同种异种，只要是大有势力的，他就帖然归顺，不敢丝毫违背”。1923年《沪江年刊》第8卷刊载了一则名为《洋鬼子》[②]的短文：

一乡人问外国牧师曰：“尝闻贵国多洋鬼子，先生亦曾见之与？”牧师怒曰：“止！止！此言岂汝所应说耶。”乡人之友急拉彼至一旁，附耳谓之曰：“想牧师与洋鬼子或有亲属关系，君今直呼彼名，难怪牧师之发怒矣。”

---

① 罗杨总主编：《中国民间故事丛书·河北廊坊·香河卷》，知识产权出版社2016年版，第234—235页。

② 也愚：《随便谈谈（三）洋鬼子》，《沪江年刊》1923年第8卷。

20世纪30年代，“洋鬼子”这一称呼逐渐开始流行，如《洋鬼子的失策》《他是洋鬼子最怕的》《假洋鬼子与蓬头鬼》《和洋鬼子谈话》等文[1]，多以辛辣笔触调侃“洋鬼子”。1934年，《天津商报画刊》刊载《关于洋鬼子之掌故》[2]中谈道“清末都人皆称西人为洋鬼子，有某名臣广东交民巷，其门牌大书‘望洋兴叹，与鬼为邻’，盖亦以洋鬼目西人也”。然作者亦谈道，20年前在北大肄业，有英人教授《西洋史》，“每戏操华语，辄作‘洋鬼子’‘大洋钱’等语，同学往往为之不欢”。此后，刊物上常见各类题材的“洋鬼子”叙事，以“小说”“图画”“新闻”“掌故”居多。

需要指出的是，《渔童》之所以能够在义和团传说中“脱颖而出”，被改编为电影并作为1959年国庆十周年的献礼片，一方面是出于其故事的生动、有趣，另一方面则是其作为一种“群像性”英雄人物传说，具有极其重要的教育意义。虽然故事主体被设定为“老渔翁”，并且他的反抗行为还是在具有神异之力的渔童的帮助下完成的，但是他的抗争被赋予了一种新的主体意识想象，即一种“非中心的底层视角”，加固了国家、群体或个人的群体认同，人们观看影片的过程也超越了民间传说及电影本身的维度，成为一个不断传递已有价值观和意义，同时也创造新的意义及价

---

① 为彬：《洋鬼子的失策》，《民众教育半周刊》1930年第46期；铮：《他是洋鬼子最怕的》，《新民》1931年第11期；宋志斌：《和洋鬼子谈话》，《大学新闻》1934年第4期。

② 华翁：《关于洋鬼子之掌故》，《天津商报画刊》1934年第28期。

值观的过程。[①]

二、再造文本:《一幅壮锦》的改编与衍生

《一幅壮锦》作为一部壮族民间传说改编的动画电影，其想象的跳跃与感情的热烈，带有浓郁的神话意蕴。作为民间传说《一幅壮锦》的搜集者，痴迷于民间文艺的萧甘牛在 1953 年到 1955 年，到来宾、大墟、宜山一带的壮族聚居区，边教书，边从事民间文学的搜集整理工作。1955 年，他在《民间文学》创刊号上发表搜集整理的民间传说《一幅壮锦》[②]。1958 年，萧甘牛与李寅、周民震合作将民间传说《一幅壮锦》改编成桂剧[③]；1959 年，萧甘牛撰写的同名电影文学剧本《一幅壮锦》获全国电影优秀剧本奖，由上海美术电影厂拍摄并获得 1965 年捷克斯洛伐克卡罗维发利第十二届国际电影节荣誉奖（Karlovy Vary International Film Fstival，Czehosovakia）。据其子回忆：萧甘牛创作的《金耳环和铁锄头》也在这一年由上海电影制片厂拍成动画片。[④]

民间传说《一幅壮锦》讲述了壮族老妈妈经过千辛万苦织成

---

①［澳］劳拉·简·史密斯:《遗产利用》，苏小燕、张朝枝译，科学出版社 2020 年版，第 30 页。

②《一幅壮锦》最早刊发于 1955 年。最初它被收录于萧甘牛编著的《铜鼓老爹》中，后又刊发于《民间文学》创刊号上，之后还被收录于《中国民间故事选》中。1957 年《一幅壮锦》被编入全国小学语文课本。《一幅壮锦》民间故事（萧甘牛原著、闻喜改编、董天野作画）被收入 20 世纪 50 年代《新民晚报》副刊。

③ 桂剧是桂林地方戏曲剧种，也是广西主要的地方戏曲剧种之一。

④ 中国人民政治协商会议柳州市委员会学习文史资料委员会:《柳州文史资料 第八辑 人物专辑》，1991 年，内部资料，第 55 页。

了一幅表现人民幸福生活的美丽的“壮锦”，被大风刮走送给仙女。三个儿子先后去寻找，小儿子智勇双全，到达太阳宫找到仙女拿回了“壮锦”。故事最后，壮锦中的图案都变成了现实，而仙女也因为把自己的画像绣在了“壮锦”上被带到了人间，与小儿子结为夫妻的故事。这篇民间传说是萧甘牛在搜集整理中相对完整地保存口述原貌的文本，情节曲折，语言生动。改编成电影剧本之后，很好地弥补了早期动画电影中存在的缺乏整体性构思的问题，比如，主题思想的开掘、人物性格的确立和人物关系的构成等。

（一）传统的发明:《一幅壮锦》的搜集整理

1949 年 7 月中华全国文学艺术工作者代表大会提出，“新的人民的文艺”被确立为新中国文艺的发展方向，民间文艺研究引起国家和学界的高度关注。少数民族民间文学也在搜集和整理工作中得到了发展[①]。1952 年周扬在《社会主义现实主义——中国文学前进的道路》一文中指出:“摆在中国人民，特别是文艺工作者面前的任务，就是积极地使苏联文学、艺术、电影更广泛地普及到中国人民中去，而文艺工作者则应当更努力地学习苏联作家的创作经验和艺术技巧，特别是深刻地去研究作为他们创作基础

① 1949—1966 年间民间文学的“搜集”不再仅限于网罗材料，它与“整理”“改编”等成为民间文学话语系统的重要概念，也成为民间文学研究领域的基本问题。

的社会主义现实主义。”[①] 1958年的新民歌运动打破了“民间”与“作家”的界域，民间文学的价值与功能也因此发生了变异。知识分子消融于“民间”，民间艺人与作家共同构成新的“社会主义文艺”新军。民间文学的“教化价值被提升到国家层面，即政策传达与意识形态表述”。[②]“新民歌运动”使民间文学的价值与功能发生了变化，它改变了其作为民众表达和交流思想感情的存在意义，而成为国家话语的反映与应对。

“民间总是以低调的姿态接纳国家意志对它的统治、渗透和改造，同时它又总是从漫长岁月的劳动传统中继承并滋生出抗衡和消解苦难，追求自由自在的理想的文化品格。”[③] 在五四新文学传统中，作家笔下的“民间”是与自然形态的中国农村社会及其文化观念联系到一起的，比较真实地表达了挣扎在社会最底层的广大农民的生活态度和生活状态。新中国成立之后，新中国民间文学话语与国家话语呈现出一种紧密关联的状态，“民间”话语被具体化为人民，特别是工农兵群体。到了20世纪50年代，五四新文学的模式早已改变，由于官方政策，民间文艺全面占有广播、电影、电视、报纸、文艺刊物等。

在这一时期对于民间传说的搜集和整理中，搜集者的叙事立场也随之发生了变化，民间传说中的叙事与意境都发生了相应的

① 周扬：《社会主义现实主义——中国文学前进的道路》，《人民日报》1953年1月11日第3版。

② 毛巧晖：《越界：1958年新民歌运动的大众化之路》，《民族艺术》2017年第3期。

③ 陈思和：《中国当代文学史教程》，复旦大学出版社2018年版，第40页。

置换。萧甘牛在《我与民间文学》中表示：他实际上对采集到的故事是有所选择的，故事在整理的时候有了删补的变异。尤其是少数民族地区，由于崇山峻岭、地广人稀、语言不通等，搜集到的故事多半是不完整的，“这个地区一个讲法，那个地区一个讲法”。据此，萧甘牛认为应该把“多地区的不同的讲法综合起来，作一个细致的比较和研究”“还得要耐心地剪裁，如何保留其人民性的精华，剔除其封建性的糟粕”。[①]但是也有论者表达了对萧甘牛这种搜集整理方式的不满。如巫瑞书认为：萧甘牛“没有认真地保存这些故事的本来面貌，而把一些现代的事物、思想感情掺杂进去，使它们蒙上了一层云雾，叫人难辨庐山真面目”。[②]当然，萧甘牛的民间文学搜集整理工作不能从当下田野作业、学术研究的维度考量，他更为注重的是民间文艺如何有效地为社会主义文化建设服务。

从民间叙事立场转向共同社会理想的追求，对于民间文学所蕴含的共同经验也存在着一个选择的过程，将表现中国传统文化内涵的审美要求的民间传说与社会共同理想相结合，从而形成一种有效的经验共同体。这种书写样式的民间文学受到“现代国家建构、教育体制、认识论等因素的影响”“构建现代民族国家的场域，同时也极大地干预民众生活”。[③]《一幅壮锦》民间传说的影像

① 祁连休、冯志华：《民间故事十家》，海燕出版社1989年版，第88页。

② 巫瑞书：《谈萧甘牛整理编写的民间故事》，《民间文学集刊》，上海文化出版社1958年版，第22—23页。

③ 毛巧晖：《20世纪60年代刘三姐（妹）传说的重构考察》，《民俗研究》2015年第5期。

建构中蕴含着一个现代语境中依然在思考的问题：“民众的文学如何在人民自己的生活中获得真正的认可和实践。”①

（二）经典的再造：从传说到电影

电影从一开始就与文学之间有着密不可分的关系，对于文学和影像之间的讨论也经久不衰。虽然现在大多数其他对立被后结构主义所打破，但对文字和图像本质对立的信念仍然根深蒂固。动画（Anima）原本就有“赋予生命”的含义，是“反映人们的生活、理想和愿望”的高度假定性的电影艺术。动画电影犹如绘画艺术一样，在“似与不似之间”，以便假中求真、虚中求实，从“不真实”中求得本质的真实。“这种艺术规律也正与我国的神话、童话和民间传说具有的规律相吻合。”② 在这个讨论维度上，影像努力推动的是一种语言上或者形象上的“纯粹”，其影像呈现与历史语境及文本的整体形式、共性、风格、叙事都值得我们研究。

民间传说向电影经典的转换，符号的构成及影像的展演，一直是电影研究领域的一个重要议题，也是我们在历史语境下理解民间叙事与时代共名之间关系的重要路径。有研究者认为，对少数民族民间文学的影像化同时也是一个“模式化和定型化的过程，丰富的口传文本由此变得单一而刻板，削弱了民间叙事的多

① 刘大先：《当代文学如何自处》，《雨花》2015 年第 6 期。

② 上海美术电影制片厂编：《美术电影剧本选 1949—1979》，上海文艺出版社 1981 年版，前言第 4 页。

样性和复杂性”。[1] 在这个讨论维度上，《一幅壮锦》的民间传说文本中确实保留了人们有关原始社会成年礼仪式的记忆，通过“织锦”—“失锦”—“得锦”的情节安排，让儿子们离开母亲与家庭去往远方。故事中儿子们出发去往“太阳山”前，把自己的牙齿“敲落两颗”，放进“大石马的嘴巴里”的情节在桂剧剧本和电影剧本中都被做了不同程度的改变。其中，电影剧本中删去了“敲落牙齿”的情节，把“石马”改为“石虎”。而“拔掉牙齿”的情节反映了先民曾经有过的成年仪式考验。这种看似对传说的主旨没有什么影响的情节删减，在有意无意之间使原文本在影像建构中失落了作为古代成年礼仪式的痕迹。

但是，我们也应该看到，电影《一幅壮锦》中对青山绿水及其自然万物的细致描摹，以及首次采用的在绢上作画并直接拍摄的技法，无一不体现了浓郁的民族风情。在角色造型设计上，电影中对于三个儿子的胖瘦处理均衡了视觉效果，使画面产生了“节奏感”。在影像构图方面则通过移动的视点，把形形色色的影像有机结合交织为一股连续不断的“流”。在《一幅壮锦》的文学到影像的转换中，情节替换、叙事省略、形象隐喻等话语元素消解着文化差异，形成共同经验。

新中国的文学实际上是以民间文学的搜集和整理为起点的，在具体实践过程中打破了传统文学视域和壁垒。民间传说《一幅壮锦》在影像化的过程中，对于民间文学所蕴含的共同经验——

① 李淼：《〈阿诗玛〉：从民间传说到电影经典》，《民族艺术研究》2012 年第 2 期。

我国人民在社会主义工业化和社会主义改造的伟大过程中的生活和斗争，存在着一个选择的过程，影像将民间文化形态中的旧有意象通过电影——这个特殊的媒介投射到未来，以影像为中心，这种对于民间传说的影像建构实际上是“致力于塑造一个传统，一个经验共同体的过程，这种传统，这种经验共同体永远都是与过去和现在有关的选择性组织”。[①]

（三）话语的建构：表达话语与表达场域的变化

电影《一幅壮锦》在“寻找”这个主题上还蕴含着更加重大的东西，那就是“壮锦”最终指向的是当时构建“幸福农村”的时代共名[②]。《一幅壮锦》电影剧本的创作风格体现了那个时代所鼓励的浪漫主义精神，作家在解决现实生活中严峻的矛盾冲突的同时，歌颂的是一种美好人性。

1955年5月15日第6版，《人民日报》刊发“桂西壮族自治区龙州高中学生”鲁玲的来信《壮族人民渴望有反映自己生活的影片》，文中要求“电影工作者拍摄一部有关壮族人民生活的影片，让全国人民都看到；解放了的壮族人民，怎样在共产党和毛主席领导和关怀下过着幸福的生活”，这实际上也是动画电影《一幅壮锦》中的影像建构所承载的关于那个时代的记忆。在新社会中，“世世代代的愿望”变成了现实，得到了房屋和田地，过上了

---

① [英]雷蒙德·威廉斯:《文化与社会》，吴松江、张文定译，北京大学出版社1991年版，第410页。

② 某种时代主题支配了一个时期的思想文化。“共名”不但概括了时代主潮，而且可能成为作家表达自己社会见解的主要参照。

“做梦也想不到的生活”。在这个意义维度之上，虽然民间传说中民间叙事层面的复杂性和多样性被削弱了，但是它塑造着大众的记忆，完成对其再编码的过程。大众的记忆由于没有可以自我书写的方式，电影“不但向这些人展现他们曾所是的样子，而且必须让他们回忆这就是他们曾经是的样子”。[①] 电影《一幅壮锦》对记叙或反映远古时期成年仪式的民间传说进行了新的表达场域之下的重述，这种建构是在传说的搜集整理者的主导下完成的，其影像中展现的“经过努力最终获得成功”的叙事结构，融入了时代共名中“勇敢无畏”的英雄人物形象，赋予了民间传说中追求“幸福农村”生活的时代主题。这些都是作品成为电影经典的重要成因，在影像的表达话语之下隐藏的是当时壮族人民真实的生活愿景，对比民间传说到桂剧剧本再到电影的重要情节，我们可以发现一些有意味的改编。

在这些改编中，我们可以看到《一幅壮锦》在民间传说到电影经典的变迁中，试图寻找的是一种时代共名之下可能的“真实”。老三“勒惹”作为一个理想的农村新人形象，性格顽强坚毅，忠厚善良，坚持为母亲寻回丢失的“壮锦”。在他身上处处体现着农民式的质朴与英雄式为理想而献身的热忱，带有明显的英雄化、理想化色彩。我们能够在“勒惹”的形象建构中发现“三红一创，青山保林”中英雄形象的书写痕迹[②]。如在电影剧本中对

---

① [法] 米歇尔·福柯:《反怀旧——米歇尔·福柯谈电影三篇》，肖熹、谭笑晗译，《电影艺术》2012 年第 4 期。

② 如杜鹏程《保卫延安》中的周大勇，曲波《林海雪原》中的杨子荣及同时代一系列作品中的英雄形象。

于勒惹历经艰难险阻，坚持寻找“壮锦”的描写：“勒惹骑在大斑虎身上，一连走了几天几夜，跨过了无数崇山峻岭，来到了一个山洞口。洞内发出轰隆隆的响声，勒惹在巨响面前毫无惧色，赶着大斑虎进洞……”[①] 老大勒墨和老二勒得被分别塑造为具有传统美德和狭隘小生产者观念的旧中国农民的典型形象。老大勤劳善良，但是思想保守，老二油嘴滑舌又狭隘自私，体现出农民精神世界的复杂性。

《一幅壮锦》的影像建构以一种具有现代性的工具理性祛除文学的神秘面纱。作为承载民间传说和影像中“乌托邦”幻想的“壮锦”及其后变化而成的“美丽村庄”是一种意识的构造。电影中的空间，是一种观念形态的、有认知作用的空间，也是一个多维投射到具象化存在的过程。通过对比可以得知，在民间传说中原本非常具体的“真实”的图像的描绘，在电影剧本中被囊括进“富饶、美丽的村庄”的话语表述中，而在影像的建构中又被具象化为“高大的房屋、好看的花园、大片的田地”。围绕着“壮锦”得与失的基本情节没有发生变化，但是“壮锦”所指代的事物在民间话语场域与影像的建构中共同指向的是想象中的“幸福农村”——这本是一个没有空间和维度的、具有幻想性的场域，但是在影像之中，这个“画中仙境”最终得以呈现。电影以“一种鲜活与在场的文学式再现”[②]，随着社会形态的嬗变呈现出复杂多维

① 上海美术电影制片厂：《美术电影剧本选 1949—1979》，上海文艺出版社 1981 年版，第 39 页。

② 王倩、王禹洁：《后现代传播视阈下文学与电影的融合发展研究》，《电影评介》2018 年第 21 期。

的历史面向，在历史演进之中“瞻前顾后，来往鉴照，既演义于以往，复寄托于当前，因物镜借，听览省鉴，喻意是深远的”。[①]

今天，我们面临着新的文化境况，视觉文化的崛起在很大程度上改变了文学原有的文化地形图，电影、电视和摄影对文学的反向建构影响了文学的语言组合、描述方法或叙事结构。这种建构的影响不是今天才发生的，早在五四时期，文学与影像之间的关系就伴随着中国早期戏剧的产生和发展被讨论。基于此，我们对于中国“十七年”时期电影改编的研究，就带有一定的历史必然性。

---

① 林同年:《中国电影美学》，允晨文化实业股份有限公司 1991 年版，第 95 页。

结　语

“新的人民的文艺”与电影改编规范的确立

新中国成立之后，电影作为最通俗的大众文化样式在社会功能和文化消费层面上成了世俗神话的载体，传统意义上的文学格局发生了变化，电影改编作为文学作品的一种特殊的传播方式，拓展了文学的生存空间，影响了文学观念及文体选择，带来了文学语言的变化，对作家创作观念及文学立场的选择产生了导向作用。

1949 年，全国文学艺术工作者第一次代表大会召开之后，“为人民大众”的文艺样式与实践活动在全国范围内推广。① 新的主题、新的人物、新的语言及形式开始出现在这一时期的文艺创作之中，以“中国人民文艺丛书”② 所选的 177 篇作品（包括歌剧、

---

① 毛巧晖:《民研会: 1949—1966 年民间文艺学重构的导引与规范》,《中央民族大学学报》(哲学社会科学版) 2019 年第 1 期。

② 这套丛书的编纂与发行不仅昭示了“延安文艺及其艺术传统的建构与历史叙述”的完成，同时又规定了“新中国的文艺的方向”及其国家美学规范与文类秩序。参见王荣:《宣示与规定: 1949 年前后延安文艺丛书的编纂刊行——以“北方文丛”与“中国人民文艺丛书”的编辑出版为例》,《陕西师范大学学报》(哲学社会科学版) 2012 年第 3 期。

小说、报告、叙事诗等）为例，包括战争场面、农村生活、工业农业生产、历史题材等，从中可以看出“解放区文艺面貌的轮廓”，也可以看出“中国人民解放斗争的大略轮廓与各个侧面”。[①] 这一时期的文艺创作为“十七年”电影的蓬勃发展奠定了坚实的基础，这一点首先体现在“新的语言形式”的运用上，“五四”被屡次提出与讨论过的“大众化”“民族形式”等问题，自《在延安文艺座谈会上的讲话》[②]（以下简称《讲话》）之后，找寻到了解决问题的正确道路，如周扬在《新的人民的文艺》中指出，赵树理的成功之处除了他对农村的深刻了解之外，还得力于他的语言，

① 如马烽和西戎的《吕梁英雄传》、赵树理的《李家庄的变迁》、袁静和孔厥的《新儿女英雄传》、邵子南的《地雷阵》（以上小说），胡丹沸的《把眼光放远一点》（话剧），马健翎的《血泪仇》《穷人恨》（新秦腔），柯仲平的《无敌民兵》（歌剧），晋冀鲁豫文工团的《王克勤班》（歌剧），战斗剧社的《女英雄刘胡兰》（歌剧），洪林的《一支运粮队》（小说），记录了农民在反对日本侵略者时的英勇事迹；刘白羽的《无敌三勇士》《政治委员》、华山的《英雄的十月》、李文波的《袄袖上的血》、韩希梁的《飞兵在沂蒙山上》等作品直接反映了人民解放军战士无比的英雄气概和对革命事业的无限忠心；贺敬之等的《白毛女》（歌剧）、阮章竞的《赤叶河》（歌剧）及长诗《圈套》、赵树理的《小二黑结婚》、菡子的《纠纷》、孔厥的《一个女人翻身的故事》、洪林的《李秀兰》、康濯的《我的两个房东》（以上小说），则是以封建社会中受压迫最深的妇女为主人公，展开了对农村反封建斗争的描摹，同时描绘了解放后农村男女新生活的愉快光景。

②《在延安文艺座谈会上的讲话》最初是1942年5月毛泽东在座谈会上口头发言时的速记稿，1943年10月在《解放日报》的第一次公开发表，被称为“四三年版本”。1953年毛泽东进行了修定，将其编入《毛泽东选集》第三卷。在这个过程中，毛泽东对《讲话》的一些论点和文字，作了两次较大修改，形成了《讲话》的三个不同版本。参见毛巧晖：《涵化与归化——论延安时期解放区的“民间文学”》，博士学位论文，华东师范大学，2005年。

“他的语言是真正从群众中来的，而又是经过加工、洗炼的，那么平易近人，没有一点矫揉造作的痕迹”。[①]除此之外，文艺创作中与民间文艺传统所保持的“密切的血肉关系”，也是其突出特点之一，各种民间形式的搜集与整理、研究与改造，其本身即涉及了不同文艺类型如何融合的问题，在技巧层面为“十七年”电影生产开辟了丰富的展示空间。如带有浓厚的中国作风与中国气派的木刻、年画、连环画及在民众中广泛流行的民歌等艺术形式在塑造影像空间中起到了重要作用。

“十七年”电影从艺术的外部形态到内部的语言构造，都与新中国成立之前的旧中国电影形成了鲜明的对比。[②]这一时期的电影改编为我们提供了多重维度的、充满矛盾的文化景观，是一种含有深刻的历史必然性的文艺实践。电影主动承接了五四新文化运动的启蒙遗产和新民主主义革命与反帝反封建的遗产，亦被纳入社会主义文化建设的规划之中。

第一节 经验与实践：“十七年”电影发展

电影是具有广泛群众基础的艺术，也是能以巨大的魅力作用于精神的艺术。早在20世纪30年代初，处于政治斗争风口浪尖的中国共产党，就对电影的发展给予了高度重视。[③]1932年，主

---

① 周扬：《新的人民的文艺》，新华书店1949年版，第10页。

② 陆弘石：《中国电影：描述与阐释》，中国电影出版社2002年版，第320页。

③ 刘建勋：《延安文艺史论稿》，陕西人民出版社1992年版，第196页。

持共产党文化宣传工作的瞿秋白对夏衍等人强调“电影艺术”的重要性，“要大力发展电影事业”。[①]20 世纪 30 年代，苏联电影在苏维埃政权中所起到的重要的“宣传”与“教育”作用对中国共产党文化纲领的制定起到了积极的示范作用。[②] 左翼电影运动的具体实践，使中国电影的整体面貌为之一新，也为延安电影事业的开展培养了一批“精通电影艺术与技术”的骨干。[③] 这些电影事业的开拓者所进行的有关“影像现代性的种种试验”[④]，其基础与左翼文艺运动及通俗文艺运动密切相关，提倡“普遍的启蒙运动”“文教统一战线方针”的延安文艺经验也成为新中国初期电影发展，尤其是电影改编的根基。

一、延安文艺经验的沿袭

1938 年 10 月，毛泽东在《中国共产党在民族战争中的地位》中谈到“中国老百姓所喜闻乐见的中国作风和中国气派”，提倡利用“民族形式”。[⑤]1942 年 5 月，《讲话》强调“五四”以来的文化战线上，文艺是一个重要的有成绩的部门。“革命的文艺运动，

① 夏衍：《懒寻旧梦录》（增补本），生活·读书·新知三联书店 2000 年版，第 153 页。

② 朱靖江：《延安电影团与中国民族志电影的红色源流》，《民族艺术》2021 年，第 3 期。

③ 当时文艺队伍由三方面组合而成，一方面是陕北苏区的文艺队伍，一方面是中央苏区的文艺队伍，一方面是国统区来延安的文艺家。

④ 李侃：《断裂的现代性：延安影像发生论》，《电影评介》2019 年，第 12 期。

⑤ 中国共产党晋察冀中央局：《毛泽东选集》，新华书店晋察冀分店 1938 年版，第 20 页。

在内战时期有了很大的发展，这个运动和当时的红军战争在总的方向上是一致的，但在实际工作上却没有互相结合起来……”毛泽东在《讲话》中明确指出了文艺工作者的使命及要求，“就是要使文艺很好地成为整个革命机器的一个组成部分，作为团结人民、教育人民、打击敌人、消灭敌人的有力武器，帮助人民同心同德地和敌人做斗争”。有论者指出：“《讲话》的文艺观内在于‘革命机器’的政治逻辑和战争逻辑，提供了政治自律性内部对文艺的规定，同时也为日后国家—社会关系中重建文艺的一般关系提供了契机。”①

在这一历史语境下，延安的电影事业在硝烟中诞生，并在不通水电旧式城市的基础上“茕茕孑立，踽踽独行”。陕甘宁边区抗敌电影社于1938年4月1日在延安成立，高朗山、赵品三为正副主任，艾丁为秘书长兼总务部长，徐肖冰为技术部长，沙可夫为技术顾问，康生为政治顾问。②该社成立后即发表启事，公告其任务为：用抗战血的代价来教育全国人民更坚决地抗战；告诉全世界人民，中华民族在为正义而战，以博得他们的同情和援助。③

1938年9月，八路军总政治部电影团成立④，后被称为“延安

① 张旭东：《“革命机器”与“普遍的启蒙”——在〈延安文艺座谈会上的讲话〉的历史语境及政治哲学内涵再思考》，《中国现代文学研究丛刊》2018年第4期。

② 朱鸿召：《延安电影团始末》，《现代声像档案》2020年第1期。

③ 钟敬之、金紫光：《延安文艺丛书·文艺史料卷》（第16卷），湖南文艺出版社1987年版，第617—618页。

④ 1942年改称为“八路军联防军政治部电影团”。

电影团”。“与当时延安出现的许多自发建立的社团完全不同，它是由专业人员和专业器材，按八路军正规编制建立的军队机构，是党的历史上第一个正规的电影和图片摄影机构。”[①] 这是中国电影发展史上一个里程碑式的时刻。1938—1946 年，延安电影团拍摄了《陕甘宁边区第二届参议会》《张浩同志出殡》《九一运动会》《延安女大》《日本工农学校》《延安秧歌运动》《延安群众向朱总司令献旗》《刘志丹移灵》《陕甘宁边区展览会》《延安工业生产》《纪念抗战暨追悼阵亡将士大会》等新闻素材。[②] 延安电影团的电影实践为中国革命力量觉醒、构建现代民族国家意识形态和话语体系做出了历史性的贡献。[③] 有论者评价这一时期的电影创作：

开创了中国纪录影片创作的新时代。它记录的现实生活是全新的，它主客观融为一体的创作态度也是全新的。同时，它的影像形态以及激情高扬，战斗性和感染力、强烈的内在情绪，开创了一种全新的纪录片创作风格……[④]

1946 年 7 月成立的延安电影制片厂拍摄的故事片《边区劳动

---

① 吴筑清、张岱：《中国电影的丰碑：延安电影团故事》，中国人民大学出版社 2008 年版，第 55 页。

② 朱鸿召：《延安电影团始末》，《现代声像档案》2020 年第 1 期。

③ 王坤：《延安电影团：电影与历史的双重记忆与启示》，《当代电影》2018 年第 7 期。

④ 李道新：《中国电影史（1937—1945）》，首都师范大学出版社 2000 年版，第 154 页。

英雄》(《吴满有》)，通过第二次国内革命战争时期的陕北土地革命和抗日战争时期陕甘宁边区轰轰烈烈的大生产运动，以及解放战争开始就发生的保卫延安和陕甘宁边区等一系列重大事件，生动地刻画了党领导下的翻身农民的英雄形象。[①]“摄制组编导和主要演员曾到吴家枣园吴满有村庄体验生活，然后在延安城南门外七里铺搭建外场地。实际拍摄工作进行一个月后，国民党军队进攻延安。1947年3月，党中央领导的陕北自卫战争全面展开，该片不得不暂停拍摄。”[②]

1946年10月1日成立的东北电影制片厂[③]拍摄了系列有声新闻纪录片《民主东北》(1947)[④]、第一部故事片《桥》

① 刘建勋:《延安文艺史论稿》，陕西人民出版社1992年版，第204页。

② 朱鸿召:《延安文艺繁华录》，陕西人民出版社2017年版，第308页。

③ 据《人民日报》1949年6月24日第4版《解放区的电影事业》所载，东北电影制片厂正在摄制的艺术片一共是四部：有瓦解敌军的《父子同归》，有以哈尔滨工人修复发电机为主题的《光芒万丈》，有以华东模范医务工作者李兰丁的事迹为主题的《白衣战士》，有描写农村妇女参加副业生产的《妇女生活》。此外，还有七部艺术片正在筹备摄制之中，如《没有战线的战争》《八女投江》《赵一曼》《塞北风光》等，其中《没有战线的战争》的主题是描写革命的保卫工作;《八女投江》演的是东北抗日民主联军的“八个游击队员英勇牺牲的情形”;《赵一曼》演的是东北抗日民主联军领导人之一女英雄赵一曼的英勇事迹,《塞北风光》演的是内蒙古人民生活的情形。此外，东北电影制片厂也计划对《白毛女》《红旗歌》《民主青年进行曲》等有名的歌剧和话剧加以改编。

④《民主东北》是一组大型新闻纪录片，题材广泛，内容十分丰富，它以记录东北解放战争为重点。详见胡昶:《〈民主东北〉的摄制》,《电影文学》1986年第6期。

（1948）[1]、第一部科教片《预防鼠疫》（1948）、第一部译制片《普通一兵》（1949）、第一部动画片《瓮中捉鳖》（1948）、第一部木偶片《皇帝梦》（1947）相继问世。

1948年10月26日，《中共中央宣传部关于电影工作给东北局宣传部的指示》中提出为了鼓励“新的电影事业的生长”，审查电影剧本的标准颇为宽松[2]，电影剧本故事的范围，“主要的应是解放区的，现代的，中国的，但同时亦可采取国民党统治区的，外国的，古代的。外国的进步名著，须加以适当的改造，古代的历史故事，亦可以选择。再则，可以摄制略加故事穿插的教育片，如关于改进战术、缴获归公、城市纪律、节省物资、节省战勤、争取俘虏、提倡合作、增加生产、保育婴孩、防止疾病、反对迷信、灌输科学知识等”。[3]这也是“十七年”电影得以迅速发展的

① 描写铁路工厂工人在1947年春东北人民解放军转入全面进攻时，在一个月内修竣松花江大铁桥的伟大业绩。当时，该厂总工程师对半月内修竣桥座等的计划缺乏信心，认为“即使有材料，至少也得四个月”。但全体职工经工人出身的厂长的动员，在共产党员和积极分子带头的影响下，大家动脑动手，战胜各种困难，如期完成了全部计划。这是第一部以自由的工人阶级为主角，以新民主主义的生产斗争为主题的影片。参见《“桥”东北电影制片厂 完成第一部艺术片》，《人民日报》1949年5月14日第3版。

② 审查电影剧本的标准，在政治上只要是反帝、反封建、反官僚资本的，而不是反苏、反共、反人民民主的就可以。还有一些与政治无大关系的影片，只要在宣传上无害处，有艺术上的价值就可以。至于艺术的标准，亦应从大处着眼，不应流于细节的苛求。细节上的完美，只能逐步达到，不能一蹴而就，这是要在实践、批评与学习的过程中逐渐做到的。

③ 中央档案馆编：《中共中央文件选集 第17册》（一九四八），中共中央党校出版社1992年版，第421—423页。

重要原因。

二、“新中国电影”的产生与发展

1949 年以后，由于苏联电影的积极影响和国家新的文艺体制的建构，围绕文学作品、民间传说、故事及神话等文学资源的改编实践成为新中国电影事业发展的坚实基础。在这一过程中，文化构成了“培育社会成员国家统一和政治认同意识的重要基础”，一大批介绍苏联电影的书籍译作陆续出版[①]，引进和宣传苏联先进的社会主义文化，并在此基础上探索不同于苏联的社会主义文化建设的道路。[②]

“新中国电影”发展初期实际上涉及一个“合流”与“开拓”的问题，“解放区戏剧电影工作者与来自国民党统治区的戏剧电影

① 如《苏联电影介绍》（陈陇编：《苏联电影介绍》，生活·读书·新知三联书店 1950 年版）；《苏联的电影》（徐立行编撰，群众书店编辑部编辑：《苏联的电影》，群众书店 1951 年版）；《向苏联电影学习》（中国影片经理公司中南区公司编辑：《向苏联电影学习》，中南人民文学艺术出版社 1952 年版）；《苏联电影史与电影理论工作问题》（中央人民政府文化部电影局艺术委员会编辑：《苏联电影史与电影理论工作问题》，中央人民政府文化部电影局 1954 年版）；《苏联电影中的音乐》（[苏]哈恰都梁等著：《苏联电影中的音乐》，周傅基等译，中国电影出版社 1957 年版）；《苏联电影四十年》（[苏]尤列涅夫著：《苏联电影四十年》，周传基等译，中国电影出版社 1961 年版）。

② 李晓欢：《苏联电影在中国的传播与接受：1950—1960》，中国电影出版社 2017 年版，第 12 页。

界人士”虽然都在《讲话》精神的影响之下①，抱持着建构“新的人民的文艺”的政治远景与文化构想，但是由于其学术源流及具体实践的差异，两方在共同工作中必然会出现一些具体问题，这并非个人之间的偶发性问题，而是历史之必然。

1949年4月21日下午召开“解放区戏剧电影工作者与来自国民党统治区的戏剧电影界人士”联欢会②，周恩来指出解放区和国民党统治区戏剧电影工作者两支大军的汇合意义与作用，并号召戏剧电影工作者到工厂、农村和人民解放军中去，创造为广大劳动人民所爱好的作品。③刘念渠在此号召的基础上进一步强调了“为人民电影事业而战斗”的口号，认为“人民电影是无产阶级领导的新民主主义社会的产物”。④同时认为，“人民电影是人民的事业——企业之一，是真正为人民的艺术”：

①《讲话》精神对解放区戏剧电影工作者的影响自不待说，也对国统区的文艺运动产生了重要影响。1944年1月1日，《新华日报》以《毛泽东同志对文艺问题的意见》为题，摘要发表了《讲话》的主要内容，不久又转载了周扬等人阐释《讲话》的系列文章。第二天，《新华日报》又在“读者与编者”栏中指出：“毛泽东同志在文艺运动上所提出的意见不仅是在文艺运动上，而且也是一般的文化工作上的方针。”接着，《新华日报》《群众》等报刊转载了《中共中央宣传部关于执行党的文艺政策的决定》以及周扬等人介绍延安文艺整风内容的文章。参见刘忠：《〈讲话〉在解放区和国统区的传播与接受》，《文艺理论》2012年第7期。

② 周扬、马彦祥、阳翰笙、欧阳予倩、陈微明（沙可夫）、袁牧之、史东山、马思聪、李伯钊、贺绿汀、盛家伦、贺敬之、冯乃超等34人参加此联欢会，周恩来同志莅会讲话。

③《戏剧电影工作者联欢 周恩来同志莅会讲话 号召到工厂农村和人民解放军中去》，《人民日报》1949年4月23日第1版。

④ 刘念渠：《为人民电影事业而战斗》，《人民日报》1949年9月25日第5版。

从中国电影发展史上看，人民电影是一个发展的新阶段，不再是过去成就的量的增加，而是一个质的变化。

这就要求我们使用电影这一“巨大说服教育力量的艺术武器”，将民众从“好莱坞”幻象中解放出来①。因此，刘念渠认为“过去的经验、理论与技术，并非毫无用处，但是，得经过一番从无产阶级立场与群众观点进行的彻底的批判”。“那种解放区的思想内容加国统区的技术，即产生绝好的人民电影的想法，只是一种二元论者的主观幻想。挟着过去的理论与技术，走入群众之间去寻找主题与题材，也仍是一种非实际的打算。”

1949 年，全国文学艺术工作者第一次代表大会（以下简称“第一次文代会”）召开之后，“为人民大众”的文艺样式与实践活动在全国范围内得以推广。②1949 年新中国成立之后，30 年代左翼电影运动的核心创作者与运动的领导者，基本都参与了新中国

① 一方面，“美国摄制的（对德意志、日本的）战争宣传片……实质上，鼓吹狭隘爱国主义去驱使大众走向战争，夸张美国的力量和功绩，用‘美式’观点去了解盟国而写出不符实际的情形，用庸俗的恋爱故事去冲淡战争的血腥，用局限的琐碎的看法去歪曲战争的真实意义……”另一方面，“电影公司每年都会出高价收买几十本文艺‘名著’来摄制影片……大都是迎合小市民脾胃的‘流行’的作品，难以跳出色情与浪漫的圈子，也不外是颓废与神秘。”金锋：《好莱坞真面目》，《电影论坛》1949 年第 1 期。

② 毛巧晖：《民研会：1949—1966 年民间文艺学重构的导引与规范》，《中央民族大学学报》（哲学社会科学版）2019 年第 1 期。

电影工作[①]。可以这样说，20 世纪 30 年代左翼“文艺大众化”理念统摄下的电影运动，最终停留在一个模糊暧昧的“实验”层面；20 世纪 40 年代延安开展的文艺大众化运动，则以“大众”诉求为核心展开实践，但是由于电影制作与放映工作的问题，不只是其生产机制方面呈现出一种现代性的断裂症候，电影放映也透露出广场电影、露天电影的特征，观看电影是这一行为更倾向于一种以政治集会为目的的集体仪式。

“看电影在延安是稀罕事。为了看电影，全延安的干部学员都到杨家岭山坡下的广场集合，有的甚至要跑三四十里路。大家坐在土地上，等待天黑。发电机发动了，人们立刻非常安静。但往往开映后几分钟片子就断了。在等待接片的片刻，各学校相互拉歌，歌声在延河边回荡，很热闹。片子接好了，大家又聚精会神地看电影。一会儿，片子又断了，再接，再接。电影往往看不到结尾就宣告结束。几个小时过去，兴致未尽，大家也疲劳了，于是散场，各单位排队抹黑回去。”[②]

20 世纪 50 年代，随着识字运动、扫盲运动及工农兵通俗文

① 如 1946 年袁牧之就已升任东北电影制片厂厂长，并主导拍摄出共和国的第一部电影《桥》，新中国成立后出任中央电影局局长；洪深在 1949 年后任中国文联主席团委员、中国戏剧家协会副主席、中华人民共和国对外文化联络局局长、文化部对外文化联络事务局副局长等职务。

② 吴筑清、张岱:《中国电影的丰碑：延安电影团故事》，中国人民大学出版社 2008 年版，第 122 页。

艺运动的开展，民众对优秀文艺作品的渴求进一步增加[①]，但与之相对应的是当时的文艺工作由于存在“脱离政治、脱离群众、脱离实际的错误”[②]，无法满足人民日益增长的精神文化需求。“新中国电影”的发展面临着“国营电影出品还远不能满足电影市场和广大工农兵群众和干部的需要”的现实困境。因此，文化部电影局计划一九五〇年度制片八十四部又八十四号，其中包括故事片二十六部，新闻纪录片十七部，美术片（卡通和木偶片）一部，翻译苏联影片（故事片或纪录片）四十部；另外，摄制新闻简报四十八号，翻译苏联教育短片三十六号。[③]同年，为提高国产影片的思想艺术水平，中央文化部特邀请各有关部门、各社会团体与影剧界专家，共同组成“中央人民政府文化部电影指导委员会”[④]。该会的工作任务是：对有关推进电影事业，及国营厂的电影剧本、故事梗概、制片和发行计划及私营电影企业的影片提出意见，并

---

① 如1952年6月11日、12日上海《解放日报》发表了《一个工人对文艺工作者的意见》和《上海工人对文艺工作者要求些什么》两篇文章，同年9月13日《长江日报》发表了工人文艺积极分子座谈纪要——《希望文艺工作很好地为工人服务》等文章，均表达了民众对于文艺的需求。

②《文化工作必须为工农兵服务》，《光明日报》1955年3月30日第1版。

③《文化部电影局首届行政会议 决定今年影片生产计划 坚定地继续贯彻工农兵方向》，《人民日报》1950年1月17日第3版。

④ 该会委员为：沈雁冰、周扬、丁燮林、沙可夫、袁牧之、蔡楚生、史东山、陈波儿、李立三、陆定一、钱俊瑞、廖承志、萧华、蒋南翔、徐冰、邓拓、刘格平、张致祥、沈兹九、丁玲、艾青、老舍、赵树理、阳翰笙、田汉、洪深、欧阳予倩、曹禺、李伯钊、江青、周巍峙、王滨等32人，主任委员为沈雁冰。

会同文化部共同审查和评议。①

新中国成立前后，虽然专为拍摄故事片编写的电影文学剧本日渐增多，但是依然存在诸多问题。“新中国电影”的产生与发展“不仅意味着一种时光的跃进，更表明一种质的代谢”②。东影、北影和上影三个国营电影厂在艺术创作和管理体制上缺乏经验，而电影创作者也心存疑虑，“好像戴脚镣的囚犯，一朝获释，拿下脚镣，就觉两脚轻飘飘不会走路一样。解放了，题材也解放了。可是剧作家反而没有办法了”。③到了 1950 年 12 月下旬，东北、北京、上海三个国营电影制片厂，已经胜利地完成了 1950 年“空前庞大的制片任务”。其中，在故事片制作中，由东北电影制片厂摄制的有《赵一曼》《光荣人家》《钢铁战士》《卫国保家》《红旗歌》《辽远的乡村》《刘胡兰》《高歌猛进》《白毛女》《伟大的战斗》《荣誉属于谁》《红色战斗员》等 13 部；由北京电影制片厂摄制的有《吕梁英雄》《民主青年进行曲》《走向新中国》《新儿女英雄传》《陕北牧歌》等 5 部；由上海电影制片厂摄制的有《农家乐》《大地重光》《团结起来到明天》《海上风暴》《耿海林回家》《翠岗

①《提高国产影片的思想艺术水平 文化部成立电影指导委员会》,《人民日报》1950 年 7 月 12 日第 3 版。

②“新中国电影”以其全新且整一的表达方式，说明了“新”不仅意味着一种时光的跃进，更表明一种质的代谢。在这种新质当中，生产意识形态的电影叙事系统和由这一系统产生的特殊意识形态内容是统一的。参见唐小兵编:《再解读:大众文艺与意识形态》(增订版)，北京大学出版社 2007 年版，第 177 页。

③ 施本:《制片人怎样迎接新使命——看上海的电影业》(1949 年 6 月 25 日至 26 日)，引自吴迪:《中国电影研究资料 1949—1979》上卷，文化艺术出版社 2006 年版，第 11 页。

红旗》《上饶集中营》《女司机》等8部。这些影片中“绝大部分的内容是描写中国工农兵群众在革命斗争和生产建设中的英雄主义与爱国主义精神的”，并以新现实主义的艺术方向表现了新中国辉煌的胜利和中国的新人物。[①]

三、电影剧本的创作及改编热潮

为了鼓励电影剧本创作，文学期刊《人民文学》第5卷第1期（1951年11月）发表了孙谦的电影剧本《葡萄熟了的时候》，还专门设立了“电影文学剧本的创作问题”论文特辑，发表了苏联理论家施米尔诺娃的《文学的重要样式》、巴巴瓦的《追随英雄之后》、波高热瓦的《影片和电影剧本的语言》、葛布黎洛维奇的《培养电影剧作家》、波尔沙科夫的《多写些好的电影剧本》等6篇文章[②]。电影管理部门也采取了一系列措施：1950年12月8日中央文化部部长沈雁冰在政务院第63次政务会议上发表的《中央文化部关于电影工作的报告》中提出：“紧密配合中国人民当前斗争的总的任务，扩大创作题材的范围，提高作品的思想性与艺术性，使出品能以革命精神与爱国精神教育群众，并为他们所喜好。”[③]1951年3月的《加强党对于电影创作领导的决定》中也提

①《中国人民电影事业一年来的光辉成就》，《人民日报》1951年1月3日第3版。

② 相关论述参见李红强：《〈人民文学〉十七年》，当代中国出版社2009年版，第24—25页。

③ 沈雁冰：《中央文化部关于电影工作的报告（节录）》（1950年12月8日），引自吴迪：《中国电影研究资料1949—1979》中卷，文化艺术出版社2006年版，第77页。

出:“为使其他文艺创作中的优秀成品便利于电影的制作，各地推荐之文艺作品如决定改编为电影时，应尽可能动员原作者参加电影改编工作。”[1]1951 年 4 月 1 日在北京成立文化部电影局电影剧本创作所[2]，专门为东北、北京和上海的三个国营电影制片厂提供剧本。其成员主要由从事剧本创作的编剧、编辑人员及特约编剧构成。特约编剧主要为从事创作的作家，“由于其某部作品被创作所领导和编辑认为适合被改编为电影”被聘为特约编剧。[3] 如李准 1953 年创作的短篇小说《不能走那条路》于 1954 年被改编为电影。王玉胡根据自己的小说《阿合买提与帕格牙》改编完成《哈森与加米拉》，白桦将自己的小说《山间铃响马帮来》改编成同名剧本。其中，还有一些作家合作完成的电影剧本，如王玉胡和范一平、陵颂纯、权宽浮、尤素夫·赫捷耶夫（维吾尔族）等合写的《绿洲凯歌》，刘肖燕和艾哈台木（维吾尔族）合写的以维吾尔族诗人黎·穆特里夫生平为题材的《远方星火》。[4]

除此之外，由于对民间文学的重视，中国各民族富于民族特色的民间传说、民间故事也被改编为电影剧本，拍摄成表现将来的美好生活和共产主义理想的影片。文化部在 1956 年 12 月 21 日

①《加强党对于电影创作领导的决定》(1951 年 3 月)，引自吴迪:《中国电影研究资料 1949—1979》上卷，文化艺术出版社 2006 年版，第 82 页。

② 1955 年 2 月改名“北京电影剧本创作所”，1956 年 4 月 1 日正式撤销。

③ 关于文化部电影局电影剧本创作所相关论述参见汤梦箫:《北京电影剧本创作所史话》,《电影艺术》2009 年第 1 期。

④ 参见《文艺报》编辑部编:《文学十年》，作家出版社 1960 年版，第 263 页。

到27日召开的全国少数民族文化工作会议上所作的《文化部关于少数民族文化工作问题给中央的报告》中提道："解放以来，少数民族文化工作有了相当大的发展和成绩。少数民族的文化遗产中一些过去被埋没的诗歌、音乐、舞蹈、美术、历史文物等，逐渐地被发掘、整理出来。像民歌、音乐舞蹈和'阿诗玛'一类的民间文学作品，受到全国人民的珍视喜爱……"①

伴随着这一时期的电影改编实践，人们开始有意识地关注电影剧本创作、文学与电影、文学作品改编等问题。《文学与电影》②《文学遗产与电影》③《论电影剧本创作的特征》④《谈谈戏剧、电影剧本的写作》⑤《论文学与电影》⑥《草原晨曲：电影剧本》⑦

① 中华人民共和国文化部办公厅编:《文化工作文件资料汇编1 1949—1959》，中华人民共和国文化部办公厅1982年，第421页。

② [苏]M·罗姆等:《文学与电影》，富澜等译，艺术出版社1954年版。

③ 电影艺术编译社:《文学遗产与电影》，艺术出版社1956年版。

④ 本书收录了谈电影剧本创作中的一些重要问题的文章，如正面人物形象的创造、电影艺术的特点以及与之相连的电影文学剧本艺术形式的要求和特点。文章作者总结了实际工作中的经验，并进行了理论上的研究分析。因为电影剧本是一种独立的文学形式，根据电影艺术的特性，对于电影剧本也就有一些与其他文学形式不尽相同的要求。本书收辑的文章有几篇就是着重谈关于电影剧作特点的，如电影剧本的表现方法、剧本的长度、电影文学剧本和分镜头剧本的关系等等。同时还选录了两篇剧作者谈他们在实际创作工作中的一些体会和经验的文章。蔡楚生等:《论电影剧本创作的特征》，中国电影出版社1956年版。

⑤ 袁文殊、顾仲彝:《谈谈戏剧、电影剧本的写作》，上海文艺出版社1959年版。

⑥ [苏]M·罗姆等:《论文学与电影》，何力译，中国电影出版社1958年版。

⑦ 玛拉沁夫、珠兰琪琪柯:《草原晨曲：电影剧本》，内蒙古人民出版社1959年版。

《“五四”以来电影剧本选集》[①]《电影剧本本性问题（讨论集）》[②]等研究著作及电影剧本选集陆续出版。

现以《文学与电影》《文学遗产与电影》《论文学与电影》三本译作所收录文章为例：

表 A1-1　译作收录文章题目

书　名	文　章
《文学与电影》（1954）	《文学与电影》
	《舞台剧本与电影剧本——谈“钦差大人”的改编》
	《长篇小说与电影剧本》
	《形象的简单化——论根据文学作品改编的两部影片》
	《人物的再生——简论文学作品改编电影》
《文学遗产与电影》（1956）	《把古典文学作品搬上银幕》
	《文学作品的改编》
	《伟大的文学遗产与电影》
	《创造性地改编文学作品》
《论文学与电影》（1958）	《文学与电影》
	《伟大的文学遗产与电影》
	《创造性地改编文学作品》
	《长篇小说与电影剧本》
	《论古典戏剧的改编》

我们可以看到，三本译作虽然出版年份不同，但所选文章有重合之处，且话题逐渐集中于“改编”。如《文学遗产与电影》一

① 中国电影工作者联谊会：《“五四”以来电影剧本选集》（上），中国电影出版社 1959 年版；中国电影工作者协会编：《“五四”以来电影剧本选集》（下），中国电影出版社 1961 年版。

② ［苏］科兹洛夫等：《电影剧本本性问题（讨论集）》，俞俊鳌等译，中国电影出版社 1961 年版。

书选辑了苏联大师们论述“文学遗产与电影的关系”五篇论文，“这些文章，通过实际的例子，论述了文学作品的改编问题，并介绍了苏联电影艺术在这方面的成功和失败的经验”。[①]《论文学与电影》中“论述了电影剧作的特性，电影剧本与文学作品的关系，并举出若干受过检验的改编例证，说明了改编文学作品的原则、不同手法和应加以注意之处”。[②] 其中收录的《创造性地改编文学作品》一篇中谈到“就像从事翻译工作绝不应该逐字硬搬那样，也不应该把一种体裁的艺术作品‘逐字硬译成’另外一种体裁的艺术作品”。其后，作者以《挂在脖子上的安娜》《梅林公主》《跳来跳去的人》为例，说明自己的改编理念：

从事改编工作时，应该使影片能帮助观众更好地去理解文学原著，而不是使影片去代替文学原著。同时，在从事这一工作时，也应该利用文学的经验来丰富电影。文学的经验当然不可能直接搬用，但可以从中得到启发，帮助我们以新的手法去分析现实。[③]

1961 年，《电影剧作探索》[④] 收录了夏衍 1959 年在八一全军电影剧作座谈会上的讲话《漫谈改编》，文中谈到“改编”问题的重要性。他提到，兄弟国家的电影厂剧本来源大致有三：一是专

---

① 电影艺术编译社：《文学遗产与电影》，艺术出版社 1956 年版，“内容说明”。

② [苏]M·罗姆等：《论文学与电影》，何力译，中国电影出版社 1958 年版，“内容说明”。

③ 同上书，第 51 页。

④ 中国电影出版社：《电影剧作探索》，中国电影出版社 1961 年版。

业编剧的创作；二是约请作家编写；三是根据著名的小说、特写、戏剧改编。其中，改编占很大的比重。“这就说明，假如我们有一批有一定政治水平，有一定社会知识，而又比较熟悉电影业务的作家，能够从事改编，那么我们剧本的来源就比较宽了。”但是改编并非一项纯技术性的工作，而是一种创造性的劳动，“它一方面要尽可能地忠实于原著，但也要力求比原著有所提高，有所个性，有所丰富，力求改编之后拍成的电影比原著更为广大群众所接受、所喜爱，对广大的群众有更大的教育意义”。

夏衍希望大家在改编时明确两个问题：“第一个问题是从什么立场、什么观点、为什么目的来改编这个作品；第二个问题是想用什么样的艺术形式来表达这个作品的主题思想。”这二者虽然都是方向问题，但也是最根本性的问题。为了说明这一问题，夏衍举了自己改编的《林家铺子》作为例子。这部短篇小说，描写的是“九一八”之后“一·二八”之前，日本帝国主义对我国进行武装侵略时期江南某小城镇中一个中小工商业者的故事。当夏衍作为一个改编者来研究的时候，很自然地就接触到一个新的问题，“这主要是对于剧中主角林老板应否给以同情的问题”。[①] 夏衍认为，对于林老板这个人物，“既不能演成十足的正派，也不能演成十足的反派。”“他的反派的狡猾性以及损人利己的行为，并不是在表面上外露的。表面看来他很客气，做人很巴结，对于老婆孩子，他还是很好的，但一有机会欺侮别人，他的手段也还是很毒

① 夏衍：《漫谈改编》，中国电影出版社编辑：《电影剧作探索》，中国电影出版社1961年版，第21—33页。

辣的。”

以上是夏衍从自身改编实践经验出发对“改编”问题的理解，可谓鞭辟入里。他提到的两个问题对当下的电影改编实践依旧具有重要的指导意义。史东山[①]在《小说、戏剧和电影》中亦谈到自己对于不同艺术题材之间相互转化的看法：“电影或戏剧这类视觉艺术要表现人物的内心活动或精神世界，必须通过人物自身的动作、表情和言语，而不是像小说那样，可以在一定程度上离开人物的动作，通过作者抒情的描写来表现人物的内心活动或精神世界。”在文中，史东山以苏联影片《走向生活》为例，讲述剧本改编之要义，故事的主题和题材容易显得枯燥，但剧作者运用“游艇游戏”“滑雪游戏”等场面来描写男女主人公性格的对比和他们的友谊关系。

电影或戏剧的剧本的故事轮廓或骨架不妨稍稍简单些（这与电影和戏剧的受限制于演出的时间也有关系），而必须有机地结合以一定量的足以表现人物的精神、思想感情——即性格底本质的描写（不是外加的），使它象康健人的骨骼与血肉一样地相互匀称。

这种譬喻，“乍听起来似乎觉得有点粗陋，但也不失为能说明问题的最简明的一种说法”。这是因为剧本“不像一般历史记载那

---

① 作为中国电影第一代导演中的领军人物，史东山在电影影像造型形式、声音艺术风格、语言革新和叙事范式定位等方面做出的一系列尝试与拓展，成功地提升了中国电影的外观品质、视听效果，推动了电影本体艺术的持续进步。参见李骞：《中国电影学派视域下史东山电影美学重述》，《电影新作》2020年第5期。

样只叙述人物行动的过程”，剧本故事的情节“是由一个事件和若干与这个事件有机地关联着的小事件和生活细节，即人物性格的发展连同人物之间关系的发展若干小事件和生活细节来构成的”。[①]

第二节 “十七年”电影改编策略

“电影允许拥有一种与历史的关系，创建一种历史的存在模式，电影的历史效果与我们通过记载所了解的历史是完全不同的。”[②] 电影文学剧本之所以能被拍摄成电影，首先是由于其主题贴合了 20 世纪五六十年代的时代主题，即为民众塑造“美好生活”的想象。由此，“幸福农村”“田地”“农村景色”等作为国家话语的转换在文艺作品中得以呈现。对其中所蕴含的共同经验也存在着一个选择的过程，将表现中国民族文化内涵的审美要求与社会共同理想相结合，从而形成一种有效的经验共同体。

一、从《内蒙春光》到《内蒙人民的胜利》

作为新中国成立之后第一部少数民族题材影片，《内蒙春光》充满了“蒙古情调”——“一开始，顿得布便在草原上追逐着马匹；乌云碧勒格赤着脚在草地上赶着羊群；当她和顿得布定情的时候，掏出了绣着花的烟荷包；请客时喝的奶子茶以及敖包会上的表演；

① 史东山：《小说、戏剧和电影》，引自长春电影制片厂总编辑室编：《电影剧作论文选集》，长春电影制片厂，1959 年，第 186—195 页。

②《皮埃尔·里维耶归来》，引自［法］米歇尔·福柯：《声名狼藉者的生活：福柯文选 I》，汪民安译，北京大学出版社 2016 年版，第 284 页。

等等，都有着浓郁的内蒙风味。”钟惦棐在观看影片后表示“《内蒙春光》是一个成功的作品，无论主题的积极性上、艺术表现的手法上，都使我们在过去的基础上跃进了一步”。[①]

1948年，电影剧本《内蒙春光》的作者王震之进入呼伦贝尔大草原搜集素材，进行剧本创作[②]。新中国成立之后，此电影由时任中共内蒙古工委书记、内蒙古自治区人民政府主席乌兰夫亲自提议，内蒙古文工团和东北电影制片厂合作拍摄而成。由于这是内蒙古有史以来的第一部影片，乌兰夫亲自主持讨论剧本，直接指派其子、时任内蒙古文工团副团长，后长期主持内蒙古文化工作的布赫担任该片顾问，切实解决拍摄中的各种实际问题。[③]

为了解决电影放映过程中出现的一些问题[④]，1951年，这部影片经过修改以《内蒙人民的胜利》为名重新上映并获得捷克第七届卡罗维·发利国际电影节（Karlovy Vary International Film Festival）最佳编剧奖。其更名的过程在很大程度上强化了这一时期电影的基本创作范式——“符合特定时期的文艺方针和民族政策”。[⑤]其后拍摄的《金银滩》《太阳照亮了红石沟》《哈森与加米拉》《猛河的黎明》等民族题材电影均遵循了这一基本模式。

---

① 钟惦棐：《看〈内蒙春光〉》，《人民日报》1950年4月30日第5版。

② 收集了近10个旗的王爷、土素（土司）拉格其（官衔），扎赫（捷哈）拉格其（官衔）、喇嘛、牧民以及奴才等各种人物材料。

③ 朱安平：《〈内蒙春光〉影片风波》，《炎黄春秋》2011年第11期。

④ 如处理王公形象及民族政策的呈现等问题。

⑤ 干学伟、张悦：《由〈内蒙春光〉到〈内蒙人民的胜利〉》，《电影艺术》2005年第1期。

除此之外，电影《内蒙人民的胜利》以“艳丽的服饰，优美动听的歌舞，大胆追求爱情的场面”① 满足着当时民众对民族题材电影的“窥视”诉求。“闪着青光的草原，一望无际的大漠，牛羊成群，驼马奔走”，创作者试图以视觉② 形式完成民族文化形态的建构。观者也试图在“电影”这种强调“形式和感觉的内在永恒性”的艺术形式之中寻求一种建构出的“民族性”，通过一系列影像的集合，人们完成对其他客体的想象性认同，并尝试建构一个整体性的自我。

二、《达吉和她的父亲》的主题变奏

在同时期由文学作品改编的电影中，演员的表演已基本上摆脱了形式主义和自然主义的束缚，并开始有突破“公式化、概念化”的迹象，表现出人物在一些规定情境中真实、细致而复杂的思想感情。“通过一些形体动作的细节来刻画性格，并能够对人物性格的发展和性格之间的冲突作强有力的刻画。”③ 以电影中的女性形象为例，如《天山的红花》中的“阿依古丽”、《哈森与加米拉》中的“加米拉”、《冰山上的来客》中的“古兰丹姆”、《李双双》

① 孙立峰：《从〈内蒙春光〉到〈内蒙人民的胜利〉——解读新中国第一部蒙古族故事影片的历史与现实》，《民族文学研究》2017 年第 5 期。

② 实际上还包含着声音的运用：异域风光的独特渲染、民族奇观和民族风情的营造，以及运用具有民族特色的音乐来烘托气氛。

③《对于 1954 年故事片表演艺术的意见（节录）——在故事片编、导、演创作会议上的发言》（1955 年 2 月），引自吴迪：《中国电影研究资料 1949—1979》上卷，文化艺术出版社 2006 年版，第 415 页。

中的“李双双”、《白毛女》中的“喜儿”、《青春之歌》中的“林道静”等，作为女性，她们在经典叙事样式中原本应该扮演“软弱的”“美丽善良的”角色，实际上却成长为“行动者”与“执行者”，成为与男性英雄形象相得益彰的女性“英雄”。

但是在文学向影像的转换之中依旧存在着“公式化概念化以及形式主义的倾向和残余”[1]，主要表现为对“形式上的美”与“脸谱式的丑”的表演。以电影《达吉和她的父亲》[2]为例，周扬在《在全国故事片创作会议上的发言》（1961年6月23日）中认为该影片中的人物很不真实，结构上也存在缺陷。随即，关于电影《达吉和她的父亲》“真实性”的问题在全国引发了一场论争，短期内出现了60余篇讨论性文章，并于1962年选出34篇结集为《〈达吉和她的父亲〉讨论集》出版。[3]

图A1-1　电影《达吉和她的父亲》海报[4]

---

① 如影片中的人物，常常像集会上那样滔滔不绝地讲道理。

② 高缨的同名小说发表于1958年3月号的《红岩》上，由作者本人改编的电影文学剧本《达吉和她的父亲》发表于1961年10月号的《电影文学》上。

③ 收录了樵渔的《一篇引人入胜之作》、李厚基的《更上一层楼》、冯牧的《〈达吉和她的父亲〉——从小说到电影》、李士文的《小说——电影脚本——影片》、艾芦的《让形象发言》、张仁学的《为什么缺乏艺术魅力？》、郑松元的《大胆、成功的再创造》、履冰的《人物形象与时代精神》、何易的《性格、矛盾、典型及其他》、杨田村的《谈小说〈达吉和她的父亲〉的思想内容》、苏执的《谈小说〈达吉和她的父亲〉》、陈朝红的《典型与时代》等34篇。

④ 汪海明主编：《中国电影老海报20世纪60年代》，河北美术出版社2007年版，第28页。

与其说电影《达吉和她的父亲》“是一部由同名小说改编而成的作品，还不如说这是一部全新的、重新创作的作品。原作当中的内容，除了近似的故事轮廓和几个主要人物的名字（仅仅是名字）以外，几乎大部分都不存在了”。[①] 这是第三者视角的日记体短篇小说，以两位父亲对女儿达吉的感情为线索，最终在党的帮助下化解了矛盾，认识到“只有我们的阶级，我们的党，才在世界上广泛而深远地传播着，铸造着真正的爱，真正的人民的博爱！”[②] 在电影中，作者增添了一个新的主题——“凉山人民如何在汉族人民的帮助下，卷入了社会主义“大跃进”和社会主义建设的热潮”。[③] 作为“女儿”的达吉，彝族“父亲”马赫尔哈，汉族“父亲”任秉清的形象都在不同程度上发生了改变。原本作为小说主要矛盾的“认女冲突”在电影中变为“小小的波澜”——两位父亲争抢着把幸福推让给对方。

在电影中，由于中心主题的改变[④]，围绕着达吉的归属问题几乎彻底被抽离文本，统摄于轰轰烈烈的“大跃进”气氛和舍己为

① 冯牧：《〈达吉和她的父亲〉——从小说到电影》，引自中国作家协会四川分会，四川人民出版社编：《〈达吉和她的父亲〉讨论集》，四川人民出版社1962年版，第11页。

② 高缨：《达吉和她的父亲》，引自中国作家协会四川分会，四川人民出版社：《〈达吉和她的父亲〉讨论集》，四川人民出版社1962年版，第321页。

③ 冯牧：《〈达吉和她的父亲〉——从小说到电影》，引自中国作家协会四川分会，四川人民出版社：《〈达吉和她的父亲〉讨论集》，四川人民出版社1962年版，第22页。

④ 中心主题变为反映凉山新的生产面貌，民族团结、共同推动凉山的社会主义“大跃进”。

人、公而忘私的共产主义精神。达吉在电影中以青年突击队队长和生产能手的姿态出现，作为公社社长的马赫尔哈原先小说中那种执着和强悍的性格因素被抹除了，任秉清与小说中原人物在性格和身份上也并无任何相似之处。

在小说的“认女冲突”中，“老马赫”用那“充满仇恨的透红的眼睛”盯着任老汉，厉声叫任老汉“像挡路的石头一样滚开”，而任老汉也暴跳如雷。[①] 电影改编中将这段情节处理得极为温和，甚至看不到一点冲突的影子。

任秉清接过（石锁）来，激动得说不出话……

马赫：“这把锁，我保存了整整十三年，我以为这是一把永远打不开的锁了，黑心肝的奴隶主说，你被他们打死了……”

任秉清：“不，他们打不死我！”他迅速拉开衣襟，露出胸口上的伤痕，“你看！”

马赫上前紧握任秉清的双手：“我总算找到你了！”

任秉清：“好兄弟，我们见面了！”

…………

马赫：“我去把孩子叫来，认自己的亲爹！”[②]

马赫将石锁交给任秉清后，便坐在路边。接下来，他和古哈的一段对话才隐秘地表现了其情感变化的历程。古哈来了，问马

---

① 高缨：《达吉和她的父亲》，引自中国作家协会四川分会，四川人民出版社：《〈达吉和她的父亲〉讨论集》，四川人民出版社 1962 年版，第 312—313 页。

② 高缨：《电影文学剧本 达吉和她的父亲》，上海文艺出版社 1962 年版，第 43—44 页。

赫为什么一个人坐在路边，是不是有什么心事。马赫说：“不是心事，是心不安哪。”“这为什么？”马赫突然问，“古哈兄弟，要是有人送你一只麒麟，你怎么办？”古哈笑着说：“那我就送他一只凤凰！”马赫叹息着说：“唉，倒是你啊，没儿没女，什么都想得开。”古哈提醒他：“你有什么想不开的？咱们这些娃子，过去什么也没有，如今有这么好个家，现在修水库，将来大片的土地就都水利化了。粮食丰收呢，也就有了保证。你有什么可愁的？”见马赫沉默不语，古哈善意劝慰他：“马赫，你有什么事？想得太窄了吧？”马赫缓缓抬头，对远方说道：“是啊，我恐怕是想得太窄了……”（镜头随即切换为修水库的劳动场面）①

由“争”到“让”的转换使矛盾冲突在剧情发展之前就得到了解决，遗留下的仅仅是“想得太窄”的原则问题。二人在对待“达吉的归属”上，焦点集中在是否伤害了对方“情感”的问题之上。

任秉清：“不行，不能那么做……你也知道，马赫社长是多么好的阶级兄弟，要从他身边认走达吉，太不应该了。”

…………

到了马赫，听说有人要认领达吉，开始暴躁地表示：“要是有人无凭无据地冒认过去，我决不让孩子离开一步。”后来他听了木呷的话：“马赫同志，如果这个找达吉的人，就是你的同志，最亲的阶级兄弟……难道你会跟他争吵吗？”马赫无力了，他慢慢走向

① 引自电影《达吉和她的父亲》。

火塘边坐下，把头埋向手里。[1]

“一女二父”的叙事模式最终在电影中以两个父亲形象的重合回归到预先安排的“符合原则”的轨道上。题目《达吉和她的父亲》中隐藏着多重意蕴，在文本层面，被认领、被寻找的是女儿达吉，但电影改编后，需要被“命名”的恰恰是她的父亲。电影《达吉和她的父亲》携带着独有的历史叙述——对血缘关系的过低估计——两个父亲之间原本可能存在的暴力冲突被影像淡化以至消散。生父任秉清寻找女儿的经历实际上构成了对社会的寓言式解读，被有意淡化的冲突展现了对权威的内在召唤与情感事实上的缺席。

在导演台本第三章的第二场里，任秉清向达吉试探地问道：“你亲爹的模样，你一点也不记得了吗？”达吉摇摇头。任秉清又问：“你不想他吗？”达吉摇头道：“过去那些伤心事，像河水一样流去了，我也不再去想了，你看，我现在天天都是高高兴兴的，凉山就是我的家，阿爸就是我的亲爹，同志就是兄弟姐妹……你说是吗？”任秉清心情复杂地点了点头说：“说得对……”这里体现的是一个被改变的“家庭”观念，原本的传统血缘家庭的权威性被置换为国家在场之下的“家园”——凉山。充满个人主义色彩的“家庭”丧失了固有的位置，原有的父权制权威在变动中显现出一种苍白的挣扎。任秉清对于女儿所说的“凉山就是我的家”表现出来的“心情复杂”的认同，体现了父权的衰微与肉身之父

① 引自电影《达吉和她的父亲》。

的逝去。

在现代文学活动中，民族国家话语与个人话语之间呈现为一种极其复杂的形态，文学作品的电影改编在努力向主流意识形态靠拢的同时，也表现出文化上的“偏离”和“回归”，这就使文学向电影的转换产生了极为复杂的表述策略。如《草原上的人们》中对萨仁格娃与桑布之间的爱情的描写；《山间铃响马帮来》中黛乌和蓝蒡芭蕉林约会定情的一吻；《哈森与加米拉》中对“爱情”主题的凸显等。

第三节 革命话语的影像实践

“革命”由于“曾经长期统治现代中国并渗透到百姓的日常生活”[①]而呈现出多重样态。“革命”一词在中国古已有之，现代“革命”一词由梁启超等从日语译入，后来革命逐渐趋向于“暴力革命”[②]之意，政治色彩亦随之发生转换。自现代意涵的“革命”一词进入中国以来，对“革命”的理解逐渐由“和平的方式完成政治现代化”[③]丰富为拥有多重意义空间的“革命”话语。伴随着电影对中国现实和实践的介入，“革命”话语的“建构”与“形塑”

① 陈建华：《“革命”的现代性：中国革命话语考论》，上海古籍出版社2000年版，第1页。

② “革命是暴动，是一个阶级推翻一个阶级的暴烈的行动。”参见毛泽东：《湖南农民运动考察报告》，引自《毛泽东选集》卷一，人民出版社1969年版，第17页。

③ 陈建华：《“革命”的现代性：中国革命话语考论》，上海古籍出版社2000年版，第9页。

受到重视。

一、话语建构：革命话语的模式化

“革命”[①]一词作为20世纪现代中国的一个核心语汇，本身即带有建构性与意识形态性。如果将“十七年”电影视为“革命英雄主义与社会主义现实主义”的融合，那么“社会主义现实主义”与“英雄主义浪漫主义”就是评价其价值的两个基本参数。反特题材电影在这一时期大量出现固然与当时的冷战格局密切相关，但其内在诉求则更多聚焦于新生政权内在秩序的调整。

白桦的小说《山间铃响马帮来》[②]发表于1953年，电影于1954年上映。影片一开始，就以旁白的形式[③]介绍了其故事发生的背景及所讲述的民族——苗族与哈尼族。小说中的特务李三长期生活在边地，“能说出瑶人、苗人、彝人的历史，但瑶人、苗人、彝人谁也不知道他的过去，就连他现在的人皮里裹着的是什

① 有关“革命”的定义不能视作一种理性的陈述，而是一种典型的含有强烈“表演”性质的“言说行为”。这也是“五四”以来常见的表述方式。救亡和启蒙的集体意识浸透在语言表述中，尤其在“革命”话语中，“革命”是道德力量的显示，政治立场的选择，也是正在展开的包括身心投入和热烈期待的“真理”的历史过程。在这种主体对观念或语言的彻底控制、支配的欲望与幻觉中，既派出了反思自己被观念或语言所控制、所支配的可能，也派出了别人对“真理”选择甚至怀疑的可能。相关论述参见陈建华：《“革命”的现代性：中国革命话语考论》，上海古籍出版社2000年版，第170—171页。

② 白桦：《山间铃响马帮来》，《人民文学》1953年第3期。

③ 在我国西南边疆，聚居者许多兄弟民族，这个故事就发生在紧挨着国界的苗族和哈尼族两个寨子上。解放初期，逃亡在国境外的蒋匪帮残余，时常偷越国界骚扰，企图破坏我们边疆人民刚获得的幸福生活。

么心还不很清楚”。[1] 小说中描述他的形象十分丑陋，是一个长着歪鼻子和“结巴”嘴的商贩。此类角色的设置强化了多民族人民对中华民族共同体的认同。但颇有意味的是，电影在对作品进行改编时有意强调了李三的丑恶形象，隐晦地展现出他对蓝劈的色欲[2] 与对金钱的攫取欲望（影片中处理为在共产党的马帮未到寨子时“两颗金砂换一小块盐巴”“盐巴五万块一斤，不零卖”的种种行径）。作为反面人物的方伯和程之饰演的反动派军官，其形象的塑造也十分程式化，其后的歼灭战更像是一场“轻松的军事游戏”，“冲淡了边疆对匪特斗阵的严重性，冲淡了引起我们深刻警惕的现实作用”。[3]

图 A1-2　电影《山间铃响马帮来》

无论是小说文本还是影像文本都被认为是一种话语，尽管它们都试图使自己看起来像是在表现或反映一种外在的现实，事实上它们是由特定时代历史条件下的“意识形态产物”或“文化

① 白桦：《白桦小说选》，四川人民出版社 1982 年版，第 276 页。

② 关于这一点，当时有论者指出，蓝劈的扮演者（孙景璐）在处理与李三的关系上，没有从阶级仇恨出发，好像蓝劈对李三的憎恶，只是由李三的色情企图所致。李三在盐市上拍了拍她的肩膀，她只是厌恶地扭扭肩膀走开了，没有表现出应有的强烈憎恨。

③ 吴迪：《中国电影研究资料 1949—1979》上卷，文化艺术出版社 2006 年版，第 418 页。

观念”（文化建构）的文字所构成的。以电影的主题曲《山间铃响马帮来》的歌词为例：“清清河水流不完，鲜花开满山，重重青山望不断，马帮行路难。毛主席的马帮为谁来？为我们边疆人民有吃又有穿。啊！太阳升起呃白云散开，山间铃响马帮来哟！啊！太阳升起呃白云散开，山间铃响马帮来哟！”其中“鲜花开满山”与“边疆人民有吃又有穿”等话语表述将少数民族人民凝聚为一个共同体。除此之外，小说和电影中区委书记、共产党员、苗族人民口中不断重复的对于“新生活的赞颂”[①]，其中心观点是毛主席为边疆人民带来了幸福的生活。当时同类作品的叙事格局基本呈现出这种既定模式，如《冰山上的来客》《草原风暴》《阿娜尔罕》《神秘的旅伴》等。其叙事模式大多为少数民族群众受到反动势力的蒙骗，后来在解放军的帮助下，最终发现了敌人的阴谋，并与解放军站在统一战线上，共同进行社会主义新中国的建设。

二、话语形塑：革命话语的欲望化

按照“社会主义现实主义”的分类方法，“十七年”电影在模式化的叙事过程中展示了人民自觉地走向革命，成为“社会主义新人”的成长经历。实际上，从小说到电影的改编中存在着“革命＋恋爱”情节模式的痕迹——革命产生于恋爱，在情节层面，表现为人物“革命”欲求的驱动力来自“恋爱”，或用“革命”来补偿“恋爱”的挫败，电影表现出的看上去充满合理性的革命话

---

①“区委书记，说心里话吧，哪个朝代的政府给我们派来这么大的马帮，驮着这么多的便宜货，这……”“毛主席的人到了我们苗家，荒山老林都变成了庄稼地了。”

语实质上是革命话语的欲望化。

以电影《哈森与加米拉》为例，导演吴永刚于1952年初冬和王玉胡、布哈拉两位作家会面，将小说《阿合买提与帕格牙》改编为电影文学剧本《哈森与加米拉》。由于该片由哈萨克族人民扮演、实景拍摄、影片语言为哈萨克语这三个方面的突破，影片中的很多段落和场景都带有“近乎纪录片”的真实质感，在中国电影史上占据着重要的位置①。与同时期的电影相比，《哈森与加米拉》的影像改编中带有与主流话语的“错位与缝合”。

王玉胡的小说《阿合买提与帕格牙》实际上是以一个女人的故事和命运为主线展开叙述的，“革命”并未成为其表述主体。当时，这部文学作品的主要作用是“宣传新婚姻法”。小说中，帕格牙与阿合买提的爱情故事作为“革命”的一种隐晦的寓言式呈现：阿合买提与大牧主的儿子分别代表着两种政治力量，帕格牙对他们之间的取舍内蕴了性别修辞所携带的“内在欲望动力”。在小说中，“爱情”成为反抗“阶级”的政治话语，而“革命”则成为实践这种反抗的政治形式。“在牺牲爱情来成就革命这样的书写模式中，‘革命’是枯燥而单调甚至乏味的，需要的仅仅是信仰和自我约束力，即‘革命’被去力比多化；而狂欢式的‘恋爱’则成为释放、卸载、净化革命者的力比多场所，被放置到了‘私人’

① 电影在全国的放映场次高达一万两千三百二十六场，观众达到六百二十九万零八百一十九人次。相关论述参见袁文姝:《坚持电影为工农兵服务的方针——驳〈文艺报〉评论员的〈电影的锣鼓及其他〉》,《中国电影》1957年第1期。

领域。”[①] 在被解放了的帕格牙身上，我们看到了一个“再生”的奇迹：当她在监狱里从事苦役的时候，人们都把她看成40多岁的老婆子。可是，当她获得自由，作为一个“阶级”的代表被解放时，便由原来“40多岁的老婆子”再度成为“年轻漂亮”的哈萨克姑娘，这样的“重生”与“再造”的主导者是“新疆奇台县人民法院”。借助帕格牙的身份和地位，“新疆奇台县人民法院”以一个“转换者”的形象进入叙事。

这种转变在电影剧本中被隐去了，我们只能通过电影中男性的话语与眼神[②] 瞥见加米拉的美貌。影片借用哈森与加米拉之间的恋爱关系，使“革命”呈现为一种具体可感的历史形象；在“革命”的召唤下，他们的孩子“玛和拜特”（意为爱情）的逝去作为隐喻，引发了强烈的“献身”激情，带着一种“最伟大的浪漫蒂克”呈现出来——他们在马背上相拥作为影片结束的画面。在电影中，宣传新婚姻法的主旨被冲淡乃至消失，取而代之的是参加革命从而获得解放，哈森与加米拉的爱情关系被当作民族获得自由和解放的象征来加以表现。主人公追求的是所有哈萨克的青年以及整个哈萨克族的劳动人民“勤劳勇敢的性格和追求自由幸福

① 贺桂梅：《性/政治的转换与张力——早期普罗小说中的“革命+恋爱”模式解析》，《中国现代文学研究丛刊》2006年第5期。

② 代表封建阶级的牧主的儿子帕的夏伯克：“多漂亮！要是能娶到这么一个老婆，真不愧白活一辈子……喂！加米拉……我真喜欢你！喂！你说话呀！你多漂亮！”代表国民党势力的加坎：“啊！你看我干什么？你的眼睛多大！多黑！真像野葡萄……我真喜欢你！”参见王玉胡、布哈拉：《哈森与加米拉》，《人民文学》1954年第3期。

的愿望”。[①]我们从中看到“大众”作为政治力量和历史主体的具体浮现，电影对于文学作品的“功利主义”[②]式的改编，集中反映出其乌托邦想象。“爱情被当作一个主题摆在了前景中来加以表现”，与之相伴的是“革命”主题的彰显。在电影改编中，带有政治意味的“说教”被处理为哈森的“自我言说”之语——哈森对怀念孩子的加米拉说道：“加米拉，别想过去了，要看看前面，幸福的日子到了。”[③]

这种革命话语的欲望化处理，一方面是20世纪中国文学不同时期反复出现的一个叙事母题，另一方面可以说是国家意识形态对少数民族文化的一种“征用”。经由此，少数民族人民摆脱了原先在革命话语中暧昧不清的位置，完成了对社会主义话语的自觉认同。如《天山的红花》中一个女人与四个男人的关系模式，“柔和并且遮蔽了历史叙事格局的直接呈现，使主流意识形态的话语

---

① 亦云：《影片〈哈森与加米拉〉的教育意义》，《大众电影》1955年第22期。

② 对“功利主义”的理解，参见毛泽东《在延安文艺座谈会上的讲话》（1942）：“我们的这种态度是不是功利主义的？唯物主义者并不一般地反对功利主义，但是反对封建阶级的、资产阶级的、小资产阶级的功利主义，反对那种口头上反对功利主义，实际上抱着最自私最短视的功利主义的伪善者。世界上没有什么超功利主义，在阶级社会里，不是这一阶级的功利主义，就是那一阶级的功利主义。我们是无产阶级的革命的功利主义者，我们是以占全人口百分之九十以上的最广大群众的目前利益和将来利益的统一为出发点的，所以我们要以最广和最远为目标的革命的功利主义者，而不是只看到局部和目前的狭隘的功利主义者。”引自毛泽东：《在延安文艺座谈会上的讲话》，人民出版社1975年版，第25页。（本版《在延安文艺座谈会上的讲话》一书，是根据《毛泽东著作选读》（甲种本）1965年4月第2版所载原文重排的。）

③ 参见电影《哈森与加米拉》。

消融在叙事的肌理中”。[①]《冰山上的来客》中关于阶级斗争的叙事作为民族化美学在传统之外呈现出的一种新的表现形式[②]，展现了革命浪漫主义的写意风格。

在文本向影像的转换中，人们分享着现代民族国家中的“新模式和新秩序”，经由以电影为代表的大众媒介传播给更广泛的受众，内蕴于抽象和大众化的理念之中的新规范逐渐显现于广大民众的认知与实践当中。这一文化现象不是纯文学意义的，而是文学与影像共同整合构建形成的“新形式”。

① 戴锦华:《电影理论与批评手册》，科学技术文献出版社 1993 年版，第 119 页。

② 刘亭:《1959 年：中国电影民族化美学的高峰》，《当代电影》2016 年第 2 期。

参考文献

著作

[1] 周扬:《新的人民的文艺》，新华书店 1949 年版。

[2] 杜埃:《人民文艺浅说》，中南新华书店 1949 年版。

[3] 电影艺术编译社编辑:《文学遗产与电影》，艺术出版社 1956 年版。

[4] 蔡楚生等:《论电影剧本创作的特征》，中国电影出版社 1956 年版。

[5] 祁连休、冯志华:《民间故事十家》，海燕出版社 1989 年版。

[6] 刘建勋:《延安文艺史论稿》，陕西人民出版社 1992 年版。

[7] 陈思和:《鸡鸣风雨》，学林出版社 1994 年版。

[8] 田静清:《北京电影业史迹：1949—1990》，中国电影出版社 1999 年版。

[9] 刘禾:《语际书写——现代思想史写作批判纲要》，上海三联书店 1999 年版。

[10] 夏衍:《懒寻旧梦录》（增补本），生活·读书·新知三联书店 2000 年版。

[11] 李道新:《中国电影史（1937—1945）》，首都师范大学出版社 2000 年版。

[12] 陈建华:《“革命”的现代性：中国革命话语考论》，上海古籍出版社 2000 年版。

[13] 陆弘石主编:《中国电影：描述与阐释》，中国电影出版社 2002 年版。

[14] 孟犁野:《新中国电影艺术史稿: 1949—1959》，中国电影出版社 2002 年版。

[15] 唐小兵编:《再解读：大众文艺与意识形态》(增订版)，北京大学出版社 2007 年版。

[16] 李红强:《〈人民文学〉十七年》，当代中国出版社 2009 年版。

[17] 王巨才主编:《延安文艺档案 延安影像 第 41 册 延安电影家 1》，太白文艺出版社 2015 年版。

[18] 孙国林编著:《延安文艺大事编年》，王佳钰、王增辉校订，陕西师范大学出版社 2016 年版。

[19] 朱鸿召:《延安文艺繁华录》，陕西人民出版社 2017 年版。

[20] 李晓欢:《苏联电影在中国的传播与接受 1950—1960》，中国电影出版社 2017 年版。

[21] [苏] 普特符金:《电影导演论、电影脚本论》，黄子布、席耐芳编译，晨报社 1933 年版。

[22] [苏]M·罗姆等著:《文学与电影》，富澜等译，艺术出版社 1954 年版。

[23] 袁文殊、顾仲彝:《谈谈戏剧、电影剧本的写作》，上海

文艺出版社 1959 年版。

[24] [苏] 科兹洛夫等:《电影剧本本性问题（讨论集）》，俞俊鳌等译，中国电影出版社 1961 年版。

[25] [英] 雷蒙德・威廉斯:《文化与社会》，吴松江、张文定译，北京大学出版社 1991 年版。

[26] [美] 洪长泰:《到民间去 1918—1937 年的中国知识分子与民间文学运动》，董晓萍译，上海文艺出版社 1993 年版。

[27] [法] 莫里斯・哈布瓦赫:《论集体记忆》，毕然、郭金华译，上海人民出版社 2002 年版。

[28] [英] 诺曼・费尔克拉夫:《话语与社会变迁》，殷晓蓉译，华夏出版社 2003 年版。

[29] [德] 阿斯特莉特・埃尔、冯亚琳主编:《文化记忆读本》，北京大学出版社 2003 年版。

[30] [美] 罗伯特・斯塔姆、亚历桑德拉・雷恩格编著:《文学和电影：电影改编理论与实践指南》，北京大学出版社 2005 年版。

[31] [美] 王斑:《历史的崇高形象：二十世纪中国的美学与政治》，上海三联书店 2008 年版。

[32] [法] 让・克莱尔:《艺术家的责任：恐怖与理性之间的先锋派》，赵岑岑、曹丹红译，华东师范大学出版社 2015 年版。

[33] [法] 居伊・德波:《景观社会》，张新木译，南京大学出版社 2017 年版。

[34] [美] 贺萧:《记忆的性别：农村妇女和中国集体化历史》，张赟译，人民出版社 2017 年版。

期刊

[1] 马二:《中国影戏剧本的必要特点》,《电影杂志》1924 年第 1 期。

[2] 刘策奇:《刘三姐的故事》,《北京大学研究所国学门周刊》1926 年第 24 期。

[3] 周素雅:《选小说为电影剧本》,《友联特刊》1927 年第 3 期。

[4] 静闻:《歌仙刘三妹故事》,《民间文艺》1927 年第 5 期。

[5] 左天锡:《刘三妹故事与粤风续九及粤风》,《北京大学研究所国学门月刊》1927 年第 5 期。

[6] 道明:《电影剧本采取旧小说之我见》,《友联特刊》1927 年第 3 期。

[7] 顾慧仑:《旧小说与电影》,《上海》1927 年第 4 期。

[8] 愚民:《山歌原始的传说及其他——罗隐秀才与刘三妹》,《民俗》1928 年第 13、14 期。

[9] 敬文:《几则关于刘三妹故事材料》,《民俗》1928 年第 19、20 期。

[10] [日] 宕崎·昶:《现代电影与有产阶级》,鲁迅译,《萌芽月刊》1930 年第 3 期。

[11] 黄天始:《发展农村电影刍议》,《影戏杂志》1931 年第 2 期。

[12] 华小可:《旧剧改映电影之商榷》,《影戏生活》1931 年第 49 期。

[13] 田水:《三个“摩登女性”种种》,《联华周报》1932 年第 2 期。

[14] 林莽:《评〈春蚕〉》,《文化界》1933 年第 3 期。

[15] 赵家璧:《映画〈春蚕〉之批判:小说与电影》,《矛盾月刊》1933 年第 3 期。

[16] 子蕴:《从新兴电影说到穆时英的小说》,《艺风》1934 年第 1 期。

[17] 何籁:《“革命”与“恋爱”的公式》,《文学》1935 年第 1 期。

[18] 子系:《“教育电影”与乡村》,《汗血周刊》1935 年第 4 期。

[19] 王萍草:《电影戏剧的大众化》,《绸缪月刊》1936 年第 2 期。

[20] 黄芝冈:《粤风与刘三妹传说》,《中山文化教育馆季刊》1937 年第 2 期。

[21]《〈杨柳村〉漫谈》,《天津商报每日画刊》1937 年第 45 期。

[22] 周而复:《延安的文艺》,《文艺阵地》1939 年第 9 期。

[23] 张观海:《抗战与妇女运动》,《胜利》1939 年第 21 期。

[24] 李玉华:《乡下大姑娘》,《妇女界》1940 年第 12 期。

[25]《〈乡下大姑娘〉本事》,《中国影讯》1940 年第 28 期。

[26]《乡下大姑娘》,《电影》1940 年第 103 期。

[27] 杨邨人:《农村影片的制作问题》,《中国电影》1941 年第 1 期。

[28] 吴良高:《农村电影与文艺电影》,《中国电影》1941 年第

2 期。

[29] 蒋先启:《关于农村电影内容的商榷》,《中国电影》1941 年第 3 期。

[30] 高士:《由鸳鸯小说到电影的“夜深沉”》,《知识与生活》1941 年第 11 期。

[31] 清歌:《关于旧剧改编电影》,《三六九画报》1941 年第 6 期。

[32] 鲁思:《究竟谁该改编电影剧本?》,《上海影坛》1943 年第 1 期。

[33] 谭凯:《再谈“乡土文学”》,《中国文艺》1943 年第 2 期。

[34] 上官筝:《乡土文学的问题》,《中国文艺》1943 年第 4 期。

[35] 赵玄武:《乡土文学和地方主义》,《文运》1944 年第 1 期。

[36] 谭凯:《跳出圈子——乡土文学并不是一个圈套》,《新民声》1944 年第 5 期。

[37] 郭有守:《记忆中的中国教育电影运动》,《电影与播音》1945 年第 5 期。

[38] 周扬:《论赵树理的创作》,《新华文摘》1946 年第 1 期。

[39] 茅盾:《论赵树理的小说》,《文萃》1946 年第 10 期。

[40] 赵树理:《也算经验》,《文艺生活》1949 年第 16 期。

[41] 亦云:《影片〈哈森与加米拉〉的教育意义》,《大众电影》1955 年第 22 期。

[42] 袁文姝:《坚持电影为工农兵服务的方针——驳〈文艺报〉

评论员的〈电影的锣鼓及其他〉》,《中国电影》1957 年第 1 期。

[43] 郭维:《花好月圆——根据赵树理小说〈三里湾〉改编的电影文学剧本》,《电影艺术》1957 年第 6 期。

[44] 何坪:《赵树理同志谈〈花好月圆〉》,《电影艺术》1957 年第 6 期。

[45] 杨天喜:《〈柳堡的故事〉从小说到影片》,《中国电影杂志》1958 年第 3 期。

[46] 吴天:《评〈花好月圆〉》,《中国电影杂志》1958 年第 9 期。

[47] 石言:《党·集体·作者:〈柳堡的故事〉创作的体会》,《电影艺术》1958 年第 10 期。

[48] 王滨:《简介〈白毛女〉的创作过程》,《电影文学》1959 年第 1 期。

[49] 贾芝:《民间传说刘三姐的新形象》,《文学评论》1960 年第 5 期。

[50] 贾芝:《搬上银幕的刘三姐》,《上海电影》1962 年第 3 期。

[51] 李准:《我喜爱农村新人——关于写〈李双双〉的几点感受》,《电影艺术》1962 年第 6 期。

[52] 张弘:《论整理——“改旧编新论”之五》,《社会科学战线》1982 年第 1 期。

[53] 农学冠:《从〈蛇郎〉到〈金花银花〉》,《广西民族学院学报》(哲学社会科学版)1986 年第 1 期。

[54] 张振华:《我国“影戏”传统及其文化嬗变》,《北京社会科学》1997 年第 2 期。

[55] 刘魁立：《中国蛇郎故事类型研究》，《民间文学论坛》1998 年第 1 期。

[56] 吕微：《现代性论争中的民间文学》，《文学评论》2000 年第 2 期。

[57] 于学伟、张悦：《由〈内蒙春光〉到〈内蒙人民的胜利〉》，《电影艺术》2005 年第 1 期。

[58] 贺桂梅：《性 / 政治的转换与张力——早期普罗小说中的“革命 + 恋爱”模式解析》，《中国现代文学研究丛刊》2006 年第 5 期。

[59] 毕绪龙：《当代小说“农民叙事”的“现代性”表达》，《当代文坛》2007 年第 1 期。

[60] 刘维芳：《中国妇女运动“大跃进”始末》，《中华女子学院学报》2008 年第 5 期。

[61] 汤梦箫：《北京电影剧本创作所史话》，《电影艺术》2009 年第 1 期。

[62] 裴毅然：《徐枕亚与〈玉梨魂〉》，《档案春秋》2009 年第 9 期。

[63] 裴亚莉：《另一个世界：三个银幕女性的塑造和社会主义中国的信仰表达》，《陕西师范大学学报》（哲学社会科学版）2012 年第 1 期。

[64] 李淼：《〈阿诗玛〉：从民间传说到电影经典》，《民族艺术研究》2012 年第 2 期。

[65] 孔昭琪：《〈白毛女〉的另一种版本》，《新文学史料》2012 年第 2 期。

[66] 王家平、段凌宇:《论“十七年”文学的云南边地书写》,《民族文学研究》2012 年第 5 期。

[67] 张明:《新中国成立以来农民身份变迁论析》,《求实》2012 年第 10 期。

[68] 李斌:《中国早期电影史上的〈玉梨魂〉》,《新文学评论》2013 年第 2 期。

[69] 王卓异:《〈三里湾〉:多元冲突中的电影改编》,《文艺研究》2013 年第 2 期。

[70] 松丹铃:《教育电影还是左翼电影:20 世纪 30 年代“左翼电影”研究再反思》,《近代史研究》2014 年第 1 期。

[71] 张华:《一个“文艺兵”的银幕“剪影”:郭维电影生涯回顾》,《当代电影》2015 年第 4 期。

[72] 王玲珍、肖画:《王苹与中国社会主义女性电影——主流女性主义文化、多维主体实践和互嵌性作者身份》,《妇女研究论丛》2015 年第 4 期。

[73] 毛巧晖:《20 世纪 60 年代刘三姐(妹)传说的重构考察》,《民俗研究》2015 年第 5 期。

[74] 刘亭:《1959 年:中国电影民族化美学的高峰》,《当代电影》2016 年第 2 期。

[75] 毛巧晖:《越界:1958 年新民歌运动的大众化之路》,《民族艺术》2017 年第 3 期。

[76] 孙立峰:《从〈内蒙春光〉到〈内蒙人民的胜利〉——解读新中国第一部蒙古族故事影片的历史与现实》,《民族文学研究》2017 年第 5 期。

[77] 傅谨:《“社会主义新人”塑造——二十世纪五十年代有关戏剧人物塑造的讨论回溯》,《东吴学术》2017 年第 6 期。

[78] 黄丹銮:《从“贞贞的故事”看贞操观念与中国女性革命》,《中国现代文学研究丛刊》2017 年第 9 期。

[79] 罗岗:《“人民文艺”的历史构成与现实境遇》,《文学评论》2018 年第 4 期。

[80] 唐子文:《技术、观念与文化:中国有声电影的早期历史掠影——基于〈北洋画报〉和〈申报〉1926—1937 年的十年记载》,《四川戏剧》2018 年第 6 期。

[81] 王坤:《延安电影团:电影与历史的双重记忆与启示》,《当代电影》2018 年第 7 期。

[82] 张旭东:《“革命机器”与“普遍的启蒙”——在〈延安文艺座谈会上的讲话〉的历史语境及政治哲学内涵再思考》,《中国现代文学研究丛刊》2018 年第 4 期。

[83] 王倩、王禹洁:《后现代传播视阈下文学与电影的融合发展研究》,《电影评介》2018 年第 21 期。

[84] 毛巧晖:《民研会:1949—1966 年民间文艺学重构的导引与规范》,《中央民族大学学报》(哲学社会科学版)2019 年第 1 期。

[85] 王鹏程:《劳动观念主导下的爱情伦理——农业合作化小说爱情话语分析》,《中国现代文学论丛》2019 年第 1 期。

[86] 贺滟波、刘光洁:《“白毛女”故事源流考》,《民族文学研究》2019 年第 2 期。

[87] 李哲:《电影〈祝福〉与 1956 年的中国形象建构》,《文

艺研究》2019 年第 10 期。

[88] 虞吉:《20 世纪 30 年代中国电影：原在势能与“左翼”影响》,《影视艺术》2019 年第 12 期。

[89] 张旭东:《中国共产党“新中国”话语体系的演进》,《人民论坛》2019 年第 15 期。

[90] 袁庆丰:《红色经典电影的历史流变——从左翼电影、国防电影和抗战电影说起》,《学术界》2020 年第 1 期。

[91] 贺桂梅:《人民文艺的“历史多质性”与女性形象叙事：重读〈白毛女〉》,《文艺理论与批评》2020 年第 1 期。

[92] 毛巧晖:《从解放区文艺到人民文艺：1942—1966 年革命民间文艺对人民性的凝铸》,《华中学术》2020 年第 2 期。

[93] 朱羽:《字里行间的“时势”——研读李准》,《文艺理论与批评》2020 年第 5 期。

[94] 李骞:《中国电影学派视域下史东山电影美学重述》,《电影新作》2020 年第 5 期。

[95] 颜纯钧:《新中国电影政策的动力逻辑》,《东南学术》2020 年第 6 期。

[96] 朱靖江:《延安电影团与中国民族志电影的红色源流》,《民族艺术》2021 年第 3 期。

[97] 毛巧晖:《少数民族民间文艺研究与多民族文学格局的建构（1949—1966）》,《百色学院学报》2021 年第 3 期。

[98] 张晓琴、张哲玮:《“影戏观”下的家国理想：中国早期电影的理论拓荒》,《艺术评论》2021 年第 4 期。

[99] 燕云捷、苏程:《人民性：延安时期劳动英雄宣传的观念

与实践考察》,《学海》2021 年第 4 期。

[100] 吴思敬:《诗人公刘与〈阿诗玛〉》,《文艺争鸣》2021 年第 7 期。

[101] 贺滟波:《电影〈白毛女〉视觉形象的“再编码”与意义生产》,《艺术评论》2021 年第 9 期。

[102] 何毅、姜东苑:《中国共产党领导陕甘宁边区妇女解放运动的历史审视》,《西南民族大学学报》(人文社会科学版)2021 年第 10 期。

报纸

[1] 小鸥:《提倡电影到民间去 快把国产电影革命起来》,《影戏生活》1933 年 1 月 19 日第 2 版。

[2] 灵犀:《论小说与电影剧本》,《社会日报》1934 年 5 月 27 日第 2 版。

[3] 巴山:《田汉导演的一部影片 到民间去 南国电影剧社时代的出品》,《社会日报》1937 年 5 月 14 日第 3 版。

[4]《戏剧电影工作者联欢　周恩来同志莅会讲话　号召到工厂农村和人民解放军中去》,《人民日报》1949 年 4 月 23 日第 1 版。

[5]《〈桥〉东北电影制片厂 完成第一部艺术片》,《人民日报》1949 年 5 月 14 日第 3 版。

[6] 王震之:《〈内蒙春光〉的检讨》,《人民日报》1950 年 5 月 28 日第 5 版。

[7]《中国人民电影事业一年来的光辉成就》,《人民日报》

1951年1月3日第3版。

[8] 刘念渠:《为人民电影事业而战斗》,《人民日报》1949年9月25日第5版。

[9] 周巍峙:《评〈白毛女〉影片》,《人民日报》1951年4月2日第3版。

[10] 周扬:《社会主义现实主义——中国文学前进的道路》,《人民日报》1953年1月11日第3版。

[11] 华君武:《美的思想和美的形象——“苏联彩色动画片第四集”观后》,《人民日报》1954年11月14日第3版。

[12]《文化工作必须为工农兵服务》,《光明日报》1955年3月30日第1版。

[13] 蔚钢:《“义和团运动”的英雄赞歌》,《人民日报》1959年5月12日第7版。

[14] 星环:《红光社的“半边天”》,《人民日报》1959年7月27日第3版。

[15] 张光宇:《举起彩笔保卫幸福生活——看三个苏联动画片有感》,《人民日报》1959年11月20日第8版。

[16]《反映了劳动人民的智慧 显示了民歌的战斗作用 广西歌舞剧刘三姐在京公演》,《人民日报》1960年8月3日第4版。

[17] 何其烈、高洁:《动画木偶之家》,《人民日报》1961年3月12日第6版。

[18] 戴厚英:《诗情画意与“辣味”和“野味”——电影〈刘三姐〉观后》,《文汇报》1962年2月9日第4版。

[19] 马可:《〈白毛女〉的创作回顾和体会》,《人民日报》

1962年5月19日第5版。

[20] 马克:《奇妙的神话世界——谈动画片〈大闹天宫〉》,《人民日报》1962年5月31日第5版。

[21] 关山:《〈小二黑结婚〉如何问世的》,《人民日报》1982年7月6日第8版。

论文集

[1] 中国电影出版社编辑:《电影剧作探索》,中国电影出版社1961年版。

[2] 中国作家协会四川分会,四川人民出版社编:《〈达吉和她的父亲〉讨论集》,四川人民出版社1962年版。

[3] 中国电影出版社编辑:《李双双——从小说到电影》,中国电影出版社1979年版。

[4]《山茶》编辑部编:《傣族文学讨论会论文集》,中国民间文艺出版社1982年版。

[5] 佐临等著:《电影导演阐述集》,中国电影出版社1959年版。

[6] [日] 荻野修二、[美] 马若芬等:《赵树理研究文集 下 外国学者论赵树理》,中国文联出版公司1998年版。

作品集(含内部资料)

[1] 赵树理著,新华书店编辑部编辑:《小二黑结婚》,新华书店1943年版。

[2] 赵树理:《登记》,工人出版社1950年版。

[3] 王玉胡、布哈拉著，中央人民政府文化部电影局艺术委员会编辑:《哈森与加米拉》，艺术出版社 1954 年版。

[4] 熊塞声:《马莲花》，少年儿童出版社 1955 年版。

[5] 赵树理:《三里湾》，通俗读物出版社 1955 年版。

[6] 萧甘牛编著:《铜鼓老爹》，少年儿童出版社 1955 年版。

[7] 任德耀编剧:《马兰花 三幕十一场话剧》，少年儿童出版社 1958 年版。

[7] 贾芝、孙剑冰编:《中国民间故事选》，作家出版社 1958 年版。

[8] 玛拉沁夫、珠兰琪琪柯编剧:《草原晨曲：电影剧本》，内蒙古人民出版社 1959 年版。

[9] 李准:《李双双小传》，作家出版社 1961 年版。

[10] 高缨:《电影文学剧本 达吉和她的父亲》，上海文艺出版社 1962 年版。

[11] 浙江省曲艺队集体改编，施振眉执笔:《李双双 中篇评弹》，浙江人民出版社 1978 年版。

[12] 广西师范学院中文系编:《中国当代文学研究资源·阿诗玛专集》，1979 年，内部资料。

[13] 江苏师范学院中文系编:《中国当代文学研究资料 李准专集》，江苏师范学院中文系，1979 年，内部资料。

[14] 李准、赵籍身执笔:《李双双 豫剧》，河南人民出版社 1979 年版。

[15] 上海美术电影制片厂编:《美术电影剧本选 1949—1979》，上海文艺出版社 1981 年版。

[16] 白桦:《白桦小说选》，四川人民出版社 1982 年版。

[17] 贺敬之、丁毅执笔，马可等作曲:《白毛女》，中国青年出版社 2000 年版。

[18] 桑弧著，李亦中整理:《桑弧电影文集》，上海人民出版社 2016 年版。

附　录

中国“十七年”电影改编研究资料索引①

期刊论文

篇名	作（译）者	期刊名称	时间	卷期辑
《我怎样改编〈茶花女〉》	李萍倩	《电影》	1938	第 2 期
《旧剧改编电影》	笑星	《艺术与生活》	1941	第 16 期
《改编剧本的讨论》	樊篱	《绍兴戏报》	1941	第 82 期
《究竟谁该改编电影剧本？》	鲁思	《上海影坛》	1943	第 1 期
《闲话“改编”剧本》	胡导	《新影坛》	1943	第 6 期
《关于“家”的再检讨：小说之改编为电影剧》	百里驰	《国民杂志》	1943	第 8 期
《一个富于创造性的改编——试评电影文学剧本〈团圆〉》	向阳	《电影文学》	1964	第 4 期
《电影改编中的新收获》	林默之	《电影文学》	1964	第 7 期
《批判电影〈林家铺子〉的改编思想》	闻岩	《电影文学》	1965	第 6 期
《阿依古丽——根据电影〈天山的红花〉改编》	海啸	《剧本》	1966	第 2 期

---

①“中国‘十七年’电影改编研究资料索引”只是收录了编者目力所及之资料，难免挂一漏万，在此致以诚挚歉意！

续表

篇名	作（译）者	期刊名称	时间	卷期辑
《从小说到电影——李准同志的电影改编漫评》	刘景清	《电影文学》	1979	第4期
《一次比较成功的改编——读电影文学剧本〈第二次握手〉》	王秋和	《电影创作》	1980	第2期
《电影〈骆驼祥子〉改编得失谈》	王云缦	《四川文学》	1980	第6期
《鲁迅谈电影改编》	晨帆	《电影作品》	1981	第5期
《前驱者的血——评根据鲁迅小说改编的电影剧本〈药〉》	孔相如	《电影文学》	1981	第9期
《港报谈电影〈原野〉的改编》	怡敏	《南国戏剧》	1981	第12期
《论夏衍的电影改编艺术》	陈坚	《东方杂志》	1982	第1期
《电影改编的新收获》	兆龙、怀舜	《电影文化》	1982	第3期
《鲁迅小说改编电影的几个问题》	李玉铭、韩志君	《电影艺术》	1982	第7期
《关于电影〈子夜〉改编的争论》	张跃牛	《作品与争鸣》	1982	第8期
《电影改编之我见》	蒋子龙	《电影研究》	1983	第9期
《电影改编类型乱弹》	肖尹宪	《电影研究》	1983	第12期
《关于改编的探索——从电影〈日出〉的改编谈起》	吴贻弓	《电影新作》	1984	第5期
《谈〈雷雨〉的电影改编》	孙道临	《电影艺术》	1984	第7期
《理解的艺术和直感的艺术：从文学改编作品出发对电影特性的探讨》	陈犀禾	《当代电影》	1985	第1期
《电影改编漫谈》	陈国裕	《电影作品》	1989	第2期
《电影〈红楼梦〉改编手记》	谢逢松	《红楼梦学刊》	1989	第2期
《关于电影改编忠于原作问题的探索》	王顺来	《南开学报》（哲学社会科学版）	1991	第2期
《电影批评与名著改编》	王建中	《沈阳师范学院学报》（社会科学版）	1991	第2期

续表

篇名	作（译）者	期刊名称	时间	卷期辑
《简论电影改编的评价标准》	刘存宽	《华中师范大学学报》（哲学社会科学版）	1992	第 4 期
《论鲁迅小说的电影改编》	余纪	《电影艺术》	2000	第 6 期
《主流意识形态的伦理化表达——“十七年”（1949—1966）和“文革”（1966—1976）时期中国改编电影研究》	龚金平	《兰州学刊》	2007	第 2 期
《“革命时代”的爱情惋叹——“十七年”（1949—1966）和“文革”（1966—1976）时期中国改编电影研究》	龚金平	《兰州学刊》	2007	第 11 期
《浅议“十七年”电影改编浪潮的成因》	周丽娜	《文学与艺术》	2010	第 4 期
《“十七年”电影创作模式与类型元素辨析》	彭静宜	《当代电影》	2014	第 1 期
《新中国民间文学作品电影改编述评》	周星平	《电影文学》	2015	第 1 期
《国产动画“民族化”的“愿”与“能”——“十七年”动画电影“民族化”的历史回溯》	张启忠	《现代传播》（中国传媒大学学报）	2015	第 12 期
《“崇高”的召唤：农民、农民起义与革命——“十七年”电影革命历史叙事的一种维度》	储双月	《贵州大学学报》（艺术版）	2016	第 2 期
《“十七年”时期苏联译制片对同期国产动画片的文化渗透》	柳迪善	《当代电影》	2016	第 2 期
《河北省“十七年”小说的电影改编》	母华敏、滕朝军	《电影文学》	2016	第 3 期
《家国构想与民族仪式的交合同构——“十七年”时期少数民族题材电影互动仪式研究》	高力、张爱坤	《艺术百家》	2016	第 3 期

续表

篇名	作（译）者	期刊名称	时间	卷期辑
《新中国“十七年”儿童电影：叙事特征及主流意识形态表达》	秦凤华	《电影文学》	2017	第3期
《“十七年”的复调：从文化建设角度谈“十七年”经典电影的再解读》	崔剑剑、郝蕊	《文艺争鸣》	2017	第3期
《“重塑现代”的政治合法性及其艺术悖论——论“十七年”电影中的现代文学改编》	穆海亮	《艺术探索》	2017	第4期
《〈青春万岁〉：从小说到电影》	温奉桥、王雪敏	《井冈山大学学报》（社会科学版）	2017	第5期
《政治记忆的影像表达——论“十七年”电影与政治记忆建构》	陈伟龄	《艺术百家》	2017	第5期
《论“十七年”电影里上海都市文化形象的变迁——从〈我们夫妇之间〉到〈年青的一代〉》	钟大丰	《当代电影》	2017	第6期
《电影学视阈下的〈王贵与李香香〉——兼及延安文学的当下意义》	李军	《广西社会科学》	2017	第10期
《走出“神话”创造经典——〈冰山上的来客〉的艺术突破》	秦甜媛	《电影评介》	2017	第14期
《“十七年”越剧电影与沪港两地电影交流 兼论〈梁山伯与祝英台〉的戏曲银幕化改编》	许元	《北京电影学院学报》	2018	第1期
《生产与秩序：关于“十七年”电影的“社会主义城市”想象》	颜汇成	《文化艺术研究》	2018	第2期
《批评论争事件中的文学场——重审十七年文坛关于〈达吉和她的父亲〉的讨论》	吕东亮	《百家评论》	2018	第3期
《国家与历史话语建构中的“十七年”电影明星机制——以“22大明星”为研究对象》	赵丽瑾、侯倩	《电影艺术》	2018	第6期

续表

篇名	作（译）者	期刊名称	时间	卷期辑
《20 世纪 60 年代前期社会主义文艺的建构与问题——以〈早春二月〉的改编与接受为中心》	杜英	《文艺研究》	2018	第 6 期
《试论中国动画的民族化美学特征（1949—1966）》	曲朋、陈臣	《当代电影》	2018	第 9 期
《权威文艺观念下的浪漫色彩——以电影〈阿诗玛〉为例》	刘颖	《视听》	2018	第 11 期
《“十七年”国产电影孙悟空形象建构研究（1949—1966）》	徐广飞	《文化艺术研究》	2019	第 1 期
《论 1949—1951 年间私营电影的创作语境与作品风格》	朱超亚、肖瑶璇子	《西南交通大学学报》（社会科学版）	2019	第 3 期
新生活、新喜剧与文艺的浪漫年代——以〈五朵金花〉〈今天我休息〉为例》	魏华莹	《郑州大学学报》（哲学社会科学版）	2019	第 5 期
《重读〈阿诗玛〉：神话之魅》	安燕	《贵州社会科学》	2019	第 7 期
《“老兵”的形象政治与国家欲望——对电影〈老兵新传〉（1959）的再解读》	李飞	《北京电影学院学报》	2019	第 8 期
《国家意志与大众媒介的契合——“十七年”时期的幻灯放映模式与社会角色扮演》	杨曦	《北京电影学院学报》	2019	第 8 期
《中国现当代文学的电影改编（1949—1966）》	周少华	《当代电影》	2019	第 11 期
《舆论统辖与理论创新的矩阵——20 世纪五六十年代国家电影理论体制的构成》	陈山	《当代电影》	2020	第 1 期
《家庭妇女解放的问题：从〈新闺怨〉到“十七年”电影》	戎琦	《海南师范大学学报》（社会科学版）	2020	第 3 期

续表

篇名	作（译）者	期刊名称	时间	卷期辑
《“英雄性”与“英雄性审美”——论“献礼电影文化模式”的演变与重塑》	虞吉、张钰	《当代电影》	2020	第 4 期
《“延安传统”与“十七年”时期的电影民族化问题》	张强	《北京电影学院学报》	2020	第 5 期
《“十七年”中国少数民族电影音乐的创作特征与功能建构——以雷振邦的电影音乐为例》	张晓敏	《当代电影》	2020	第 6 期
《新中国工人形象的想象——沙汀的电影文学剧本〈焊茶壶的人〉研究》	马聪丹、朱献贞	《电影新作》	2020	第 6 期
《作为“改造”实践的“十七年”电影改编——以电影〈花好月圆〉为例》	陈珂冰、纪亚文	《电影文学》	2020	第 7 期
《英雄想象 · 文化记忆 · 意识规训——“十七年”革命历史题材电影中的成长话语》	陆佳佳	《当代电影》	2020	第 9 期
《“政治地拍电影”：20 世纪 50 年代“人民电影”美学阐释》	安燕	《文艺研究》	2020	第 11 期
《产业高歌的视觉符码与仪式呈现——“十七年”电影中的社会主义工业景观》	路春艳	《电影评介》	2020	第 13 期
《文化生态视域下“十七年”动画的社会记忆建构与核心价值表达》	刘晓婷	《电影评介》	2020	第 15 期
《电影符号学视域下“十七年”中国动画电影的民族化叙事表达》	刘迅	《电影文学》	2020	第 18 期
《一部红色经典的文化旅行：〈铁道游击队〉的三次电影改编》	刘竺岩、王俊禄	《电影文学》	2020	第 19 期
《如何安置“冗余”的身体？——论电影〈马兰花开〉中情感结构与意识形态裂缝的“缝合”实践》	王刚、肖蕾	《当代文坛》	2021	第 3 期

续表

篇名	作（译）者	期刊名称	时间	卷期辑
《跨媒介实践与文学的形式探索——“十七年”小说的电影改编》	王杰	《中国现代文学研究丛刊》	2021	第3期
《转换·吻合·游离：20世纪50年代反特片之电影语言与意识形态传播》	叶绵耀	《中北大学学报》（社会科学版）	2021	第4期
《文化经典的创新与转化：秦香莲故事改编的戏曲和电影》	高小健	《粤海风》	2021	第4期
《红色经典电影及其国家叙事》	陈犀禾、赵彬	《电影艺术》	2021	第4期
《电影改编论争与“十七年”文学生成的复杂性——以〈无情的情人〉〈达吉和她的父亲〉为视点》	王杰	《文艺争鸣》	2021	第6期
《民间叙事、政治隐喻和集体话语——对“十七年”时期彩调剧〈刘三姐〉文本创改过程的考察》	廖夏璇	《戏剧艺术》（上海戏剧学院学报）	2021	第6期
《国产儿童动画的民族化演进与时代创新》	赵春、张娟	《电影新作》	2021	第6期
《“‘送瘟神’的有力助手”：新中国“十七年”血防电影考察》	黄勇军、柳谦	《北京电影学院学报》	2021	第7期
《“十七年”“海派电影”的通俗剧传统与现代性书写》	李飞	《当代电影》	2021	第8期
《蔡楚生日记中的〈南海潮〉剧本创作史（1938—1965）》	张一玮	《当代电影》	2021	第8期
《“十七年”时期“新英雄人物”的生成与定型——以戏剧与电影的互动为中心》	张也奇	《中国现代文学研究丛刊》	2021	第11期
《在北阙与黄泥之间——以〈李双双〉为视点的考察》	魏华莹	《文艺争鸣》	2021	第12期
《“十七年”时期民族题材电影的人民性文艺观实践与审美》	夏菲、毛攀云	《电影文学》	2021	第16期
《“十七年”电影中的“英雄母亲”与“家国”议题》	李玥阳	《影视艺术》	2022	第1期

续表

篇名	作（译）者	期刊名称	时间	卷期辑
《论“十七年”电影中的劳动话语及其建构方式》	颜汇成、刘思雨	《电影文学》	2022	第 1 期
《明场与暗场：滑稽戏对“十七年”电影的创作介入（1949—1966）》	刘晓臣	《北京电影学院学报》	2022	第 4 期
《“十七年”时期英雄主体成长话语叙事研究》	郭曼博	《电影文学》	2022	第 7 期

研究生学位论文

篇名	作者	毕业院校	年份	学位
《选择与传播》	朱杰	华中师范大学	2004	博士
《作为历史与实践的中国当代电影改编》	龚金平	复旦大学	2006	博士
《“正读”与“误读”：“十七年”小说电影改编研究》	赵小军	南昌大学	2008	硕士
《论中国现代文学作品在当代的电影改编》	张娟	南京师范大学	2009	硕士
《凌子风的电影世界》	沈大春	西南大学	2009	硕士
《话语权力的再生产：〈红岩〉的成型过程及改编研究》	陈由歆	河南大学	2010	博士
《政治·历史·战争——“十七年”电影改编策略研究》	何磊	复旦大学	2011	硕士
《〈白毛女〉的跨文体叙事研究》	陈娜	辽宁大学	2012	硕士
《电影艺术对当代乡土小说的重构》	王爽	西安建筑科技大学	2013	硕士
《“红色经典”新论》	周小兰	苏州大学	2016	硕士
《论争中的彰显与遮蔽——以〈达吉和她的父亲〉为个案的考察》	赵坤	河北师范大学	2017	硕士
《消费时代：从小说到电影改编研究》	熊芳	陕西师范大学	2017	博士

续表

篇名	作者	毕业院校	年份	学位
《纸上的光影：中国影视小说研究（1920—2010）》	黄勇军	兰州大学	2018	博士
《批判·改造·重构——“十七年”时期革命历史电影研究》	王玉玉	中国艺术研究院	2019	硕士
《“十七年”戏剧与电影的互动研究——以戏剧对电影的影响为中心》	张也奇	南京大学	2019	博士
《民间性的媒介呈现：“十七年”时期赵树理小说的电影改编研究》	陈珂冰	山西师范大学	2020	硕士

著作

书名	著/编/译者	出版单位	出版时间
《电影导演论、电影脚本论》	［苏］普特符金著，黄子布、席耐芳编译	晨报社	1933
《电影艺术》	殷作桢	中国文化书局	1934
《电影发达史》	徐公美	商务印书馆	1938
《抗战与电影》	姚苏凤	商务印书馆	1938
《电影教育论》	陈友兰编	商务印书馆	1938
《电影文学论》	王平陵编著	商务印书馆	1938
《电影知识》	鲁思	永祥印书馆	1945
《电影编导简论》	阮潜编著	新华书店	1950
《苏联电影史与电影理论工作问题》	中央人民政府文化部电影局艺术委员会编辑	中央人民政府文化部电影局	1954
《文学遗产与电影》	电影艺术编译社编辑	艺术出版社	1956
《论电影剧本创作的特征》	蔡楚生等著	中国电影出版社	1956
《电影简话》	吴天	中国电影出版社	1957

续表

书名	著/编/译者	出版单位	出版时间
《电影中的人物、性格和情节》	袁文殊	中国电影出版社	1958
《论文学与电影》	[苏]M·罗姆等著，何力译	中国电影出版社	1958
《电影导演阐述集》	佐临等著	中国电影出版社	1959
《谈赵树理的〈三里湾〉》	王中青	上海文艺出版社	1962
《电影改编理论问题》	陈犀禾	中国电影出版社	1988
《再创作 电影改编问题讨论集》	《电影艺术》编辑部，中国电影出版社本国电影编辑部合编	中国电影出版社	1992
《中国的电影改编》	汪流	中国广播电视出版社	1995
《开放视野下多维对话关系的构建 作为历史与实践的中国当代电影改编》	龚金平	光明日报出版社	2007
《苏联影响与中国“十七年”电影》	洪宏	中国电影出版社	2008
《解读红色经典〈青春之歌〉的文本张力与生产机制》	周春霞	中国广播电视出版社	2009
《话语权力再生产〈红岩〉的成型过程及改编研究》	陈由歆	辽宁大学出版社	2011
《从小说到电影 影视改编的综合研究》	陈林侠	中国社会科学出版社	2011
《“十七年”中国少数民族电影研究》	王广飞	中国电影出版社	2012
《中国电影文学改编史》	李清	中国电影出版社	2014
《消费文化语境下的中国电影改编》	周仲谋	中国社会科学出版社	2015

续表

书名	著/编/译者	出版单位	出版时间
《“十七年”文学经典的影视改编研究》	阮青	中国社会科学出版社	2016
《国家建构的一个侧面 “十七年”电影中的边疆叙事与国族认同》	余纪	人民出版社	2016
《云南少数民族题材电影研究 边疆想象、民族认同与文化建构》	李淼	云南大学出版社	2016
《中国现当代文学电影改编概论》	徐兆寿、刘京祥	中国社会科学出版社	2017
《中国现当代小说的电影改编与电影新类型的诞生》	陈伟华	中国社会科学出版社	2017
《改编 中国当代电影与文学互动》	朱怡淼	南京大学出版社	2017
《不必然的对等 文学改编电影》	李欧梵	人民文学出版社	2017
《文学与电影改编研究》	章颜	社会科学文献出版社	2018
《夏衍与20世纪中国文艺发展》	周斌	中国电影出版社	2018
《跨媒介的审美现代性》	沈安妮	中国社会科学出版社	2020
《改编与中国电影》	万传法	中国电影出版社	2020
《从名著到电影 中国现代文学经典作品的当代电影改编版研究》	张一玮	中国广播影视出版社	2021
《当代文学经典研究丛书 影视改编与文学经典的传播》	傅修海	广东高等教育出版社	2021
《中国当代文学影视改编的民族性问题研究》	韩元作	中国社会科学出版社	2021

论文集

书名	著（编）者	出版单位	出版时间
《书与电影评介》	解清	中南新华书店	1950
《在电影工作岗位上》	黄钢	新文艺出版社	1952
《电影批评与创作问题》	黄钢	新文艺出版社	1954
《中国电影评论集》	陈波儿等著	中国电影出版社	1957
《谈谈“野火春风斗古城”》	胡经之	上海文艺出版社	1959
《电影剧作论文选集》	长春电影制片厂总编辑室编	长春电影制片厂	1959
《论“红日”及其他》	丝鸟等	湖北人民出版社	1960
《电影剧作探索》	中国电影出版社编辑	中国电影出版社	1961
《在发展中的我国社会主义电影》	中国电影出版社编辑	中国电影出版社	1961
《〈达吉和她的父亲〉讨论集》	中国作家协会四川分会，四川人民出版社编	四川人民出版社	1962
《青春之歌——从小说到电影》	中国电影出版社编辑	中国电影出版社	1962
《李双双——从小说到电影》	中国电影出版社编辑	中国电影出版社	1963
《夺印——从舞台到银幕》	中国电影出版社编辑	中国电影出版社	1965
《祝福——从小说到电影》	中国电影出版社编辑	中国电影出版社	1979
《赵树理文集（续编）》	董大中编录	工人出版社	1984
《〈马兰花〉的舞台艺术》	中国儿童艺术剧院，黄祖培、郭小梅	中国戏剧出版社	1994

作品集

书名	著（编）者	出版单位	出版时间
《电影故事》	谢恩祈编	上海良友图书公司	1927

续表

书名	著（编）者	出版单位	出版时间
《二月》	柔石	上海书店出版社	1929
《小二黑结婚》	赵树理著，新华书店编辑部编辑	新华书店	1944
《抓壮丁 三幕话剧》	吴雪执笔	东北书店	1948
《战斗里成长》	胡朋、胡可、歌焚、轻影、胡海珠集体创作，胡可改作	中央戏剧学院	1949
《方珍珠》	老舍	晨光出版公司	1950
《强扭的瓜不甜》	谷峪等	新文艺出版社	1951
《龙须沟》	老舍	大众书店	1951
《白毛女》	延安鲁迅文艺学院集体创作，贺敬之、丁毅执笔，马可等作曲	人民文学出版社	1952
《吕梁英雄传》	马烽、西戎	人民文学出版社	1952
《铜墙铁壁》	柳青	人民文学出版社	1952
《鸡毛信》	华山	中国青年出版社	1954
《春风吹到诺敏河》	安波等改编	中央电影局剧本创作所	1954
《草原上的人们》	海默改编，中央人民政府文化部电影局艺术委员会编辑	北京艺术出版社	1954
《新儿女英雄传》	史东山改编，中央人民政府文化部电影局艺术委员会编辑	艺术出版社	1954
《一面小白旗的风波》	吉学霈著，尹国良、左春绘图	中南人民文学艺术出版社	1954
《他高高举起雪亮的小马枪》	吴强	新文艺出版社	1954

续表

书名	著（编）者	出版单位	出版时间
《双铃马蹄表》	陆石、文达著，邵晶坤插图	中国青年出版社	1955
《黄花岭》	舒慧	辽宁人民出版社	1955
《春大姐》	刘真	中国青年出版社	1955
《三里湾》	赵树理	通俗读物出版社	1955
《阿诗玛》	中国民间文艺研究会主编	人民文学出版社	1955
《巧媳妇 童话剧》	梁彦、熊塞声编剧，刘炽作曲，董天野绘图	少年儿童出版社	1956
《冰化雪消》	李准著，郭振绘图	通俗读物出版社	1956
《铁道游击队》	刘知侠改编	中国电影出版社	1957
《谁是凶手》	孙谦改编	山西人民出版社	1957
《柳堡的故事》	石言	新文艺出版社	1957
《三个战友 独幕话剧》	赵寰、董晓华	通俗文艺出版社	1957
《双婚记 五幕六场话剧》	柯夫	中国戏剧出版社	1957
《第二次考试》	何为	中国青年出版社	1958
《春种秋收》	康濯	人民文学出版社	1958
《林家铺子》	夏衍改编，水华导演	北京电影制片厂	1958
《我的一家》	陶承口述，工人出版社整理	人民文学出版社	1958
《马兰花 三幕十一场话剧》	任德耀改编	少年儿童出版社	1958
《野火春风斗古城》	李英儒	人民文学出版社	1958
《土专家 话剧》	李准、王燕飞	中国戏剧出版社	1959
《三毛流浪记选集》	张乐平	少年儿童出版社	1959
《电影文学剧本》	水华、王滨、杨润身改编	中国电影出版社	1959

续表

书名	著（编）者	出版单位	出版时间
《红色风暴》	中国青年艺术剧院集体讨论，金山著	人民文学出版社	1959
《电影文学剧本 青春之歌》	杨沫改编	北京出版社	1959
《五彩路》	胡奇	人民文学出版社	1959
《三八线上 六场话剧》	高德华执笔	解放军文艺出版社	1959
《遥远的勐垅沙 三幕九场话剧》	国防文工团话剧队集体创作，洛水等执笔	解放军文艺出版社	1959
《槐树庄 五幕话剧》	胡可	解放军文艺出版社	1959
《电影文学剧本 桥》	于敏	中国电影出版社	1959
《电影文学剧本 暴风骤雨》	林蓝改编	中国电影出版社	1960
《战火中的青春》	陆柱国、王炎编剧	中国电影出版社	1960
《电影文学剧本 万水千山》	成荫、孙谦编	中国电影出版社	1960
《电影文学剧本 地下少先队》	奚里德	上海文艺出版社	1960
《太阳刚刚出山》	马烽	作家出版社	1960
《柯山红日 六幕八场歌剧》	陈其通编剧，庄映、陆明作曲	解放军文艺出版社	1960
《枯木逢春 话剧》	王炼	上海文艺出版社	1960
《电影文学剧本 英雄小八路》	周郁辉改编	福建人民出版社	1961
《电影文学剧本 林海雪原 智取威虎山》	刘沛然、马吉星改编	北京出版社	1961
《12 次列车 话剧》	中国铁路文工团话剧团集体创作，章烙、丁治霖执笔	上海文艺出版社	1961
《汾水长流》	胡正	作家出版社	1962

续表

书名	著（编）者	出版单位	出版时间
《红旗谱 电影分镜头剧本与完成台本》	凌子风编	北京出版社	1962
《兵临城下 四幕七场话剧》	白刃、洛汀、李树楷集体创作，白刃执笔	春风文艺出版社	1962
《浪涛滚滚》	韶华	中国青年出版社	1962
《惠嫂》	王宗元	东风文艺出版社	1963
《远方青年 三幕五场话剧》	武玉笑	中国戏剧出版社	1963
《电影文学剧本 李双双》	李准	上海文艺出版社	1963
《小足球队 五幕儿童剧》	任德耀	上海文化出版社	1964
《电影文学剧本 夺印》	王鸿、丁毅	中国电影出版社	1964
《电影文学剧本 满意不满意》	费克、张幻尔、严恭	中国电影出版社	1964
《北大荒人 五幕话剧》	牡丹江农垦局话剧团集体创作，小范执笔	中国戏剧出版社	1964
《东进序曲 八场话剧》	顾宝璋、所云平	中国戏剧出版社	1964
《电影文学剧本 水手长的故事》	高型、强明编剧	上海文化出版社	1964
《家庭问题》	胡万春，傅超武编剧	上海文化出版社	1964
《谈〈霓虹灯下的哨兵〉》	上海文化出版社编	上海文化出版社	1964
《电影文学剧本 霓虹灯下的哨兵》	沈西蒙编剧	上海文艺出版社	1964
《霓虹灯下的哨兵 九场话剧》	沈西蒙、漠雁、吕兴臣	人民文学出版社	1964
《电影文学剧本 年青的一代》	陈耘、赵明改编	上海文化出版社	1965
《电影文学剧本 带兵的人》	肖玉、严寄洲	中国电影出版社	1965
《电影文学剧本 千万不要忘记》	谢铁骊、丛深改编	中国电影出版社	1965

续表

书名	著（编）者	出版单位	出版时间
《电影文学剧本 丰收之后》	沈浮、徐韬改编	中国电影出版社	1965
《青松岭 五场话剧》	承德专区话剧团集体创作，张仲朋执笔	百花文艺出版社	1965
《无铃的马帮》	白桦、公刘、艾芜、徐中怀	中国文联出版社	1986
《宝葫芦的秘密》	张天翼	中国少年儿童出版社	1996
《我们夫妇之间》	萧也牧	花城出版社	2010

后　记

习近平总书记《在中国文联十大、中国作协九大开幕式上的讲话》中指出："经典之所以能够成为经典，其中必然含有隽永的美、永恒的情、浩荡的气。经典通过主题内蕴、人物塑造、情感建构、意境营造、语言修辞等，容纳了深刻流动的心灵世界和鲜活丰满的本真生命，包含了历史、文化、人性的内涵，具有思想的穿透力、审美的洞察力、形式的创造力，因此才能成为不会过时的作品。"①

纵观中国"十七年"电影改编，"女性""乡土""民间"作为影像叙事的三重维度贯穿着那些经典中灵动鲜活的人物与跌宕起伏的情节，原本存续于文字之中的记忆透过影像与现实情境产生了一种互文关系，媒介的跨越也带来了意义的漂浮和滑动。影像所展现的，并非全然是文字的机械复制，而是掩映在文化记忆重构之下，民众对存在意义及归属感的探寻，对自我身份的认同与面对未来发展的忧思与困惑。

写作期间，每于深夜挑灯，冥思苦想不得之际，师友之训诫，

① 习近平：《在中国文联十大、中国作协九大开幕式上的讲话（2016年11月30日）》，《人民日报》2016年12月1日第2版。

于吾助益颇多，或催促进度，或提示讹误，或启发思路。人存于世，得四五真心待己之师友颇为不易，吾常感铭五内。怎奈本人学识尚浅，本书仅就“中国‘十七年’电影改编研究”此一议题略作阐述，试于“十七年”电影发展历史逻辑之中，探寻电影改编内部文艺思想之承续与嬗变，使围绕电影改编问题的讨论稍稍突破“原点”之界限，以期今后能对此问题有所推进与深化。

本书中绪论为全书研究之先声，主要梳理早期电影改编理念与实践；第一章论述新中国电影发展中对延安文艺经验的沿袭及“十七年”时期电影改编策略；第二章通过讨论随着历史语境和女性话语的更迭而变化的“十七年”时期电影改编，试图勾勒出这一时期电影改编所具有的丰富历史细节与复杂知识处境；第三章侧重梳理“十七年”电影中的“农村”想象与乡土经验表达，思考具有普遍性的对于命运的挣扎在这一时期的电影改编中如何被挖掘及呈现；第四章将视角聚焦于“民间”，探寻民间叙事改编实践背后连接着的不同文化生产模式、价值认同和文学想象。此外，有感于研究资料之繁多，本书后附“中国‘十七年’电影改编研究资料索引”，虽仅收录目力所及之资料，但或可略助后续研究相关议题之学者。

本书的最终完成，需要感谢中国社会科学院民族文学研究所毛巧晖研究员的悉心指导及读博期间中央民族大学中国少数民族语言文学学院院长钟进文教授对我的学术启蒙；同时，扬州大学新闻与传媒学院坚斌博士为本书的撰写提供了富有建设性的意见，提供了自己悉心搜集的相关资料。此外，中央民族大学民族学与社会学学院民俗学专业在读博士杨赫、扬州大学音乐学院艺术学理论专业在读硕士甄盼等在资料搜集和文稿校对工作中做了大量工作，在此一并感谢！

本书的出版离不开中国戏剧出版社张霞编辑的努力与推进，她对我在撰写过程中出于各种理由的拖延与懈怠展现了极大的包容，但又会温言相劝，勉力督促，我每每回想起来，都有感于她的勤勉与严谨，颇为羞愧。本书的最终完成，还得感谢我的丈夫袁盛华博士，他的包容与关怀，让我能够在琐碎平淡的日常中感受到温暖和快意。

鉴于本人学识有限，书稿中可能存在诸多遗漏与不足，我不揣冒昧，冀以此书求教方家，亦试图以此书引起更多学者对“十七年”电影改编问题的关注。

张歆

2022 年 6 月 10 日